花间集

全鉴

〔后蜀〕赵崇祚◎编 东篱子◎解译

中国纺织出版社

内 容 提 要

　　《花间集》是后蜀赵崇祚编的一部词集，成书于后蜀广政三年（940年），收录晚唐五代时期温庭筠、韦庄等十八位词人的词共五百首。花间词以"男子而作闺音"，真挚动人地抒写离愁别恨与相思闺情，情景交融，无论是人与物，都被刻画得极其唯美，极富感染力。这种特质，对宋词以及后世之词产生了深远的难以取代的影响。

图书在版编目（CIP）数据

花间集全鉴 / （后蜀）赵崇祚编；东篱子解译. ——
北京：中国纺织出版社，2018.8
　　ISBN 978 - 7 - 5180 - 5159 - 5

　　Ⅰ. ①花…　Ⅱ. ①赵…　②东…　Ⅲ. ①词（文学）—作品集—中国—古代　Ⅳ. ①I222.82

　　中国版本图书馆CIP数据核字（2018）第136876号

策划编辑：陈　芳　　　责任印制：储志伟

中国纺织出版社出版发行
地址：北京市朝阳区百子湾东里 A407 号楼　邮政编码：100124
销售电话：010—67004422　传真：010—87155801
http://www.c-textilep.com
E-mail：faxing@c-textilep.com
中国纺织出版社天猫旗舰店
官方微博 http://weibo.com/2119887771
北京佳诚信缘彩印有限公司印刷　　　各地新华书店经销
2018 年 8 月第 1 版第 1 次印刷
开本：710×1000　1/16　印张：20
字数：234 千字　定价：48.00 元

　　《花间集》是我国五代十国时期后蜀赵崇祚编辑的一部词集，也是文学史上的第一部文人词选集。

　　编者赵崇祚，字弘基，生平事迹不详。据欧阳炯《花间集序》所说，此集当成书于后蜀广政三年（940 年），当时赵崇祚官任卫尉少卿。因集中作品内容多写上层贵妇美人的日常生活和装饰容貌，而古人又素以花比拟女子，因此这部专写女子之媚的词集也被称为《花间集》。

　　本书共分 10 卷，收录了温庭筠、韦庄等晚唐至五代的 18 位花间词派词人的经典作品 500 首，集中而典型地反映了早期词史上文人词创作的主体取向、审美情趣、体貌风格和艺术成就，真实地体现了早期词由民间状态向文人创作转换、发展过程的全貌。这些词作都是文人贵族为歌台舞榭享乐生活需要而写，王孙公子、绣幌佳人、歌楼妓院、盛宴欢歌、眉眼传情，辞藻极尽软媚香艳之能事。总之，《花间集》内容上虽不无缺点，然而在词史上却是一块里程碑，标志着词体已正式登上文坛。它规范了"词"的文学体裁和美学特征，最终确立了"词"的文学地位，并对宋元明清词人的创作产生了深远影响。

五代十国时期，前蜀王氏、后蜀孟氏割据蜀中的 60 年间，蜀中少有战争，素有"天府"之称的蜀地也较为富庶，统治者亦能重用文士，这使得很多世族、文人纷纷投奔蜀中。短暂的和平，经济、文化的相对发达，使得统治阶层沉湎于歌舞伎乐，曲子词也因之盛行。《花间集》即是供歌伎伶人演唱的曲子词选本。在 18 位词人中，除温庭筠、皇甫松、和凝 3 人之外，其余 15 位皆活跃于五代十国的后蜀，或是生于蜀中，或是宦旅蜀中，他们是韦庄、薛昭蕴、牛峤、张泌、毛文锡、顾夐、牛希济、欧阳炯、孙光宪、魏承班、鹿虔扆、阎选、尹鹗、毛熙震、李珣。这批词人都有着艳丽香软的词风，以描绘闺中妇女日常生活情态为特点，题材多是儿女艳情，离思别绪，绮情闺怨。体制上，花间词限于小令，不过五六十字，没有题目，仅有词调名。风格上，花间词温柔婉转，婉约含蓄，以浓艳华美为主，间或也有清新典丽之作。温庭筠的词浓艳华美，韦庄的词疏淡明秀，代表了《花间集》中的两种风格，是花间词派的两大代表。

　　由于《花间集》古代无注释本，近现代研究者亦极稀少，致使一般读者在阅读、研究、欣赏时颇为不便。为了帮助广大读者更好地理解作品，我们用简明的注解、直观形象的白话译文，为读者们排疑解难。我们本着尊重原著、全面了解的原则，对原作中一些较为低俗、文学价值不高的作品也加以保留，未作删减，共收录词作 500 首。由于个人的理解不同，学识所限，对于书中的不足、疑义之处也欢迎读者给予批评指正。

编者
2018 年 4 月

目录

花间集 卷第一

花间集 卷第二

花间集　卷第三

花间集 卷第六

花间集　卷第九

花间集　卷第十

花间集　卷第一

温庭筠（六十六首）

【作者简介】

温庭筠（约812—约866年），本名岐，艺名庭筠（yún），字飞卿。唐代并州祁县（今山西省晋中市祁县）人。晚唐诗人、词人。

温庭筠出生于没落贵族家庭，文思敏捷，每当入试押官韵时，八叉手便成八韵，人称"温八叉"。但多次考进士均落榜，一生郁郁不得志，行为放浪，好讥刺权贵，多犯忌讳。曾任随县和方城县尉，官至国子监助教。

温庭筠精通音律、工诗词，与李商隐齐名，时称"温李"。其诗辞藻华丽，浓艳精致，内容多写闺情，少数作品对时政有所反映，现存诗200余首。其词作刻意求精，注重文采和声情，艺术成就在晚唐诸词人之上，为"花间派"首要词人，被尊为"花间词派"的鼻祖，对词的发展影响较大。在词史上，与韦庄齐名，并称"温韦"。今存词70余首，后人辑有《温飞卿集》及《金奁集》。《花间集》收录其词66首。

菩萨蛮（十四首）

其一（小山重叠金明灭）

小山重叠金明灭①，鬓云欲度香腮雪②。懒起画蛾眉，弄妆梳洗迟③。
照花前后镜，花面交相映。新帖绣罗襦④，双双金鹧鸪⑤。

【注释】

①小山：指屏风上雕画的小山，也指女子画眉的式样之一。重叠：指眉晕褪色。金：额黄，在额上涂黄色。金明灭：褪色的额黄明暗不匀。

②鬓云：像云朵似的鬓发。度：覆盖。香腮雪：雪白的面颊。

③弄妆：梳妆打扮。迟：缓慢之意。

④罗襦（rú）：丝绸短袄。

⑤鹧鸪（zhè gū）：鸟名，体形似鸡而比鸡小，羽毛大多黑白相杂，尤以背上和胸、腹等部的眼状白斑更为显著。多生活在丘陵、山地的草丛或灌木丛中。雄性鹧鸪好斗，叫声特殊，有人拟其音为"行不得也哥哥"。这里指装饰的图案。

【译文】

早上起来时眉晕褪了色，额黄也明暗不匀，鬓边的发丝拂过洁白的面颊。慵懒中画一画蛾眉，漫不经心地梳洗打扮。

对着镜子前后仔细照一照，新插的红花与容颜相映生辉。穿上崭新的绫罗裙襦，上面绣着一对对美丽的金鹧鸪。

其二（水精帘里玻璃枕）

水精①帘里玻璃枕，暖香惹梦鸳鸯锦②。江上柳如烟，雁飞残月天。

藕丝③秋色浅，人胜④参差剪。双鬓隔香红⑤，玉钗头上风⑥。

【注释】

①水精：即水晶。

②鸳鸯锦：绣有鸳鸯图案的锦被。

③藕丝：形容女子衣裳的颜色。

④人胜：指人形胜，即彩胜、花胜，一种人形首饰。据《荆楚岁时记》记载："正月七日为人日……剪彩为人，或镂金簿（箔）为人以贴屏风，亦戴之头鬓；又造华胜以相遗。"

⑤隔：分插、分戴之意。香红：指花。

⑥风：指因走动而生风。

【译文】

水晶帘中，玻璃枕上，她正酣睡在温暖馨香的鸳鸯锦被中。窗外的江边刚发芽的柳枝笼罩在轻烟之中，一行大雁飞向了残月高悬的空中。

起床后她穿上浅藕色的衣裙，头上戴着花胜。两鬓插上红花，玉钗在头上随风摇摆。

其三（蕊黄无限当山额）

蕊黄无限当山额①，宿妆隐笑②纱窗隔。相见牡丹时③，暂来④还别离。翠钗金作股⑤，钗上蝶双舞。心事竟谁知？月明花满枝。

【注释】

①蕊黄：即额黄。古代妇女化妆常用黄点额，因形似花蕊，故名。当：留存，留在。山额：额头。

②宿妆：隔夜妆。隐笑：浅笑。

③牡丹时：指牡丹开花的时节，即暮春、晚春。

④暂来：初来、才来、刚来。暂：一时。形容时间短。

⑤翠钗：以翡翠镶嵌的金钗。股：钗脚。

【译文】

她的额头上点着深深的额黄，带着昨夜的残妆似隔着纱帘在隐约地浅笑。她在牡丹花开的时节与情人相见，只是刚刚见面马上又要离别。

翠钗是用黄金作股，钗上装饰的蝴蝶正在双双起舞。可是她的心事又有谁能知道呢？在皎洁的月色中，偌大的庭院只有满树的繁花。

其四（翠翘金缕双鹨鹕）

翠翘金缕双鹨鹕①，水纹细起春池碧。池上海棠梨②，雨晴红满枝。

绣衫遮笑靥③，烟草④粘飞蝶。青琐对芳菲⑤，玉关⑥音信稀。

【注释】

①翠翘：翠绿色的尾羽。金缕：金色羽毛。鸂鶒（xī chì）：水鸟名，多紫色，又名紫鸳鸯，喜雌雄并游。此处指形似鸂鶒的嵌金头饰。

②海棠梨：又名海红、甘棠，一种果树，二月开红花，八月果熟。

③靥（yè）：笑时出现的酒窝。

④烟草：草色如烟。形容春草茂盛的样子。

⑤青琐：刷青漆且雕镂有连锁纹的窗户，泛指华美的窗户。此处借指华贵之家。芳菲：泛指花草树木，谓美好时节。

⑥玉关：玉门关。故址在今甘肃省敦煌西北。此处代指边关。

【译文】

女子戴上了一双鸂鶒形的翠金首饰来到池塘边，春日的池塘中碧波荡漾。池塘边开满了海棠梨，在雨后初晴的天空下显得格外红艳。

华丽的衣衫遮住了她的笑颜，如烟草色中蝴蝶对对纷飞。华美的窗户对着满园的美景，而她的情郎却远在边关，音信全无。

其五（杏花含露团香雪）

杏花含露团香雪①，绿杨陌上多离别。灯在月胧明②，觉来闻晓莺。
玉钩褰③翠幕，妆浅旧眉薄④。春梦正关⑤情，镜中蝉鬓轻⑥。

【注释】

①香雪：杏花香且白，故比作香雪。

②胧明：朦胧。

③玉钩：挂窗帘的玉制之钩。褰（qiān）：提起，挂起。

④旧眉：昨日所画的黛眉。薄：形容颜色变浅。

⑤关：涉及，牵连。

⑥蝉鬓：古代妇女的一种发式，两鬓薄如蝉翼，故称。轻：薄。

【译文】

杏花上滴着晶莹的露珠，好像带着芬芳的雪团，在满是杨柳的路上，她与情郎数次分别。孤灯摇曳在朦胧的月色中，清晨她从梦境中醒来，听见窗外的黄鹂鸟在不住地啼叫。

她用玉钩挂起翠帐，隔夜的淡妆黛色已轻。昨夜的春梦勾起无尽的相思，仿佛连镜中的蝉鬓都变薄了。

其六（玉楼明月长相忆）

玉楼①明月长相忆，柳丝袅娜春无力②。门外草萋萋③，送君闻马嘶。
画罗金翡翠④，香烛销成泪。花落子规⑤啼，绿窗残梦迷。

【注释】

①玉楼：楼的美称。指女子的闺楼。

②袅娜（niǎo nuó）：轻柔细长的样子。春无力：即春风无力，用以形容春风柔软。

③萋（qī）萋：草木茂盛的样子。

④画罗：有图案的丝织品，或指灯罩。翡翠：即翠鸟。

⑤子规：即杜鹃鸟，其叫声如"不如归去"。

【译文】

明月笼罩着闺楼，一位闺中女子正在思念她远方的爱人，轻柔细长的柳丝在春风中轻轻舞动。门外绿草如茵，送君别离时的马嘶声还在耳边回荡。

灯罩上绣着美丽的金色翡翠，香烛已融为滴滴的蜡泪。残花飘落，杜鹃一声声哀怨地啼叫着，绿窗内女子还流连在迷蒙的残梦中。

其七（凤凰相对盘金缕）

凤凰相对盘金缕①，牡丹②一夜经微雨。明镜照新妆，鬓轻双脸长③。
画楼④相望久，栏外垂丝柳。音信不归来，社⑤前双燕回。

【注释】

①盘：盘错，此指绣盘。金缕：指金色丝线。

②牡丹：以牡丹比喻妆成的女主人公。

③双脸长：形容人消瘦。

④画楼：雕饰华丽的楼阁。

⑤社：社日，古代习俗祭神的日子。有春社、秋社之分，此处指春社，在立春后，燕子在此时从南方归来。

【译文】

金缕上的凤凰盘对相依，妆扮后的她好似牡丹经过了一夜微雨更显娇艳。对着镜子照看新妆，只见鬓发轻薄，双颊消瘦。

她在阁楼上久久地伫立眺望，栏外的柳丝静静地低垂着。相思的人没有一点音信，只有那春燕双双飞来。

其八（牡丹花谢莺声歇）

牡丹花谢莺声歇，绿杨满院中庭月。相忆梦难成，背窗灯半明。
翠钿金压脸①，寂寞香闺掩。人远泪阑干②，燕飞春又残。

【注释】

①翠钿（tián）：以翠玉镶嵌的金首饰。钿：花钿，又名花子、媚子、施眉心，古代妇女面额上的一种妆饰。唐代妇女多用金箔、彩纸等剪成花样贴在额上以为妆饰。金压脸：指以黄粉敷面。压：遮掩。

②阑干：眼泪纵横的样子。

【译文】

牡丹花凋谢了，黄莺也停止了歌唱，月光在满院的绿杨中洒满寂寞。她因思念夜不成寐，只能背对着窗户在半明半暗的灯光中辗转反侧。

玉坠金钿低垂在她的脸上，寂寞充满了紧闭着门窗的香闺。想到了远方的情人她不禁泪流满面，燕子飞走了，又一个春天就要过去了。

其九（满宫明月梨花白）

满宫①明月梨花白，故人万里关山②隔。金雁③一双飞，泪痕沾绣衣。
小园芳草绿，家住越溪曲④。杨柳色依依⑤，雁归君⑥不归。

【注释】

①宫：宫苑。此指一般庭院住宅。

②关山：关隘和山川，泛指路途遥远。

③金雁：指绣衣上的图案。古人有"鸿雁传书"的说法，此指远方亲

人来信。

④越溪：水名，即若耶溪。在今浙江省境内，相传西施曾在此溪中浣纱。曲：弯曲幽深之处。

⑤依依：轻柔的样子。

⑥君：指远离家乡的心上人。

【译文】

皎洁的月光洒满庭院，像梨花一样洁白，思念的人却远在万里之外。绣衣的一双金雁展翅欲飞，不知不觉中泪水湿透了绣衣。

我的家住在弯弯的越溪边上，小园内芳草如茵。杨柳轻舞着依依春情，金雁已经归来，思念的人却没有同归。

其十（宝函钿雀金鸂鶒）

宝函钿雀①金鸂鶒，沉香阁上吴山②碧。杨柳又如丝，驿桥③春雨时。

画楼音信断，芳草江南岸。鸾镜与花枝④，此情谁得知？

【注释】

①宝函：一说指枕函，即枕套；一说指梳妆盒。此处当作梳妆盒解。钿雀：指金钗。

②沉香阁：沉香木制的楼阁。泛指精美的亭阁。吴山：又名胥山，在浙江杭州市西湖东南。此处指屏风上所绘的吴地山川风景。

③驿桥：驿站附近的桥。

④鸾镜：饰有鸾凤图案的镜子。花枝：镜中照见自己所簪戴的花。此处借指这位女子。

【译文】

一位女子晨起对镜梳妆，戴上一对鸂鶒金钗，香阁外一派青山绿水。又到了杨柳如丝的季节，绵绵的春雨洒落在驿站附近的小桥上。

在画楼上看见那江南岸边春草萋萋，思念的人却音讯全无。每天陪伴自己的只有手中的鸾镜和枝上的花朵，但她那满腹的心事又有谁知道呢？

其十一（南园满地堆轻絮）

南园满地堆轻絮，愁闻一霎①清明雨。雨后却②斜阳，杏花零落香。
无言匀③睡脸，枕上屏山④掩。时节欲黄昏，无憀⑤独倚门。

【注释】

①一霎：一阵子。

②却：再，又。

③匀：抹匀。

④屏山：画着山水的屏风。

⑤无憀：即无聊。憀：通"聊"。

【译文】

南园里到处堆积着飘落的柳絮，愁思中却听得一阵清明时节的急雨骤然而来。雨后的夕阳又悬挂在天边，一树杏花却在急雨过后显得稀疏飘零。

被雨声惊醒的女子默然无语，揉揉惺忪的睡眼，起身轻掩枕后的山水屏风。此时已是黄昏时分，她百无聊赖地独自倚靠在门楣上。

其十二（夜来皓月才当午）

夜来皓月才当午①，重帘②悄悄无人语。深处麝烟③长，卧时留薄妆④。
当年还自惜，往事那堪忆。花落月明残，锦衾⑤知晓寒。

【注释】

①当午：指月上中天。

②重帘：指一层层帘幕。

③麝烟：火燃麝香所散发的香烟。

④薄妆：淡妆。

⑤锦衾（qīn）：锦制的被子。

【译文】

午夜时分皓月当空，重帘之中寂静无声。深闺里香烟缭绕，她独自卧在床上，还留着淡淡的红妆。

想当年她曾那么珍惜花一样的容颜，可叹往日的欢情早已不堪回首。在残花凋零、残月西坠的凌晨，陪伴她的只有那浸透锦被的阵阵寒意。

其十三（雨晴夜合玲珑月）

雨晴夜合玲珑①月，万枝香袅红丝②拂。闲梦忆金堂③，满庭萱草④长。
绣帘垂景歉⑤，眉黛远山⑥绿。春水渡溪桥，凭栏魂欲消。

【注释】

①夜合：合欢花的别称，又名合昏。古时赠人，以消怨合好。玲珑：空明。

②香袅：香气浮动。红丝：指夜合花的花蕊。

③金堂：富丽堂皇的厅堂。

④萱草：草本植物，俗称黄花菜，又名忘忧草，传说能使人忘却忧愁。

⑤景歉（lù sù）：下垂貌。此处指帘子下垂的穗子、流苏一类的饰物。

⑥眉黛远山：用黛画眉，秀丽如远山。远山眉与小山眉为古代流行的眉式种类。

【译文】

雨后初晴的夜晚，合欢花沐浴在皎洁的月光下，千枝万朵红丝轻轻摇动，散发出迷人的芳香。百无聊赖中又梦见那豪华的厅堂，满院的萱草又绿又长。

绣帘上流苏飘拂，眉间是浓浓的忧愁。桥下溪水潺潺，凭栏远眺，神魂俱消。

其十四（竹风轻动庭除冷）

竹风轻动庭除①冷，珠帘月上玲珑影。山枕②隐浓妆，绿檀金凤凰③。
两蛾④愁黛浅，故国吴宫⑤远。春恨正关情，画楼残点声⑥。

【注释】

①庭除：庭前台阶。

②山枕：形状如山的枕头。

③绿檀：指檀枕。金凤凰：指枕的纹饰。

④蛾：眉。

⑤吴宫：吴地的宫阙。此处暗用西施入吴、思念越国的典故。

⑥残点声：即漏壶滴水将尽的声音。表示天将明。漏壶：古代计时器，
铜制有孔，可以滴水或漏沙，有刻度标志。

【译文】

风吹着竹梢掠过庭前的石阶上，带来阵阵寒风，摇散了珠帘上的朦胧
月光。山枕隐去了她的浓妆，绿檀枕上画着一对描金的凤凰。

她的两眉间带着淡淡的忧伤，那是她在思念自己遥远的故乡。她恼恨
春天的脚步去匆匆，然而春情更浓，画楼上更漏的声音正兀自敲打着她的
无眠。

更漏子（六首）

其一（柳丝长）

柳丝长，春雨细，花外漏声迢递①。惊塞雁②，起城乌③，画屏金鹧鸪。
香雾薄，透帘幕，惆怅谢家池阁④。红烛背⑤，绣帘垂，梦长君不知。

【注释】

①迢递：遥远。

②塞雁：塞外之雁。

③城乌：城头上的乌鸦。

④谢家池阁：原指唐李德裕之妾谢秋娘居所。谢氏为南朝望族，居处

多有池阁之胜。后泛指女子所居的豪华住所。

⑤红烛背：一说指背向红烛；一说指以物遮住红烛，使其光线不向人直射；一说指红烛燃尽。

【译文】

柳丝柔长，春雨濛濛，花园外的滴漏声远远传来。塞外的大雁已经南飞，城头上的乌鸦四处乱飞，只有那画屏上的金鹧鸪依然安静如初。

薄薄的香雾透入帘幕之中，华贵的楼阁池榭只能更加令人惆怅。红烛已经燃尽，绣帘低低垂下，远方的亲人又怎知道我梦里的哀怨与思念呢？

其二（星斗稀）

星斗稀，钟鼓歇，帘外晓莺残月。兰露重，柳风斜，满庭堆落花。

虚阁①上，倚栏望，还似去年惆怅②。春欲暮，思无穷，旧欢如梦中。

【注释】

①虚阁：空无一人的阁楼。

②惆怅（chóu chàng）：失意，烦恼。

【译文】

天边的星辰渐渐地隐入高空，钟声鼓乐也早已停歇，残月西坠，清晨窗外的黄莺已经开始歌唱。兰花上凝结着晶莹的露珠，柳枝在风中轻拂，庭院中堆满了落花。

空无一人的阁楼上，她凭栏远望，还似去年一样的满怀惆怅。春天就要过去了，昔日的情郎如梦中幻影，只给她留下无尽的思念。

其三（金雀钗）

金雀钗①，红粉面，花里暂时②相见。知我意，感君怜③，此情须问天。

香作穗④，蜡成泪，还似两人心意。山枕腻⑤，锦衾寒，觉来更漏残。

【注释】

①金雀钗：指华丽的首饰。

②暂时：短时，时间短暂。

③怜：爱。

④香作穗：熏香燃尽。比喻心如死灰。

⑤腻：指泪污。

【译文】

头插金钗，红粉扑面，在花丛之中与你短暂相见。你知道我对你的情意，我知道你对我的怜爱，上苍可以为我们这份感情作证。

残香已尽，红烛成泪，恰似你我二人心境。泪湿山枕，锦衾也难暖心寒，梦中醒来更难耐更漏声声的敲打。

其四（相见稀）

相见稀，相忆久，眉浅淡烟如柳①。垂翠幕，结同心②，待郎熏绣衾。
城上月，白如雪，蝉鬓美人愁绝③。宫树暗，鹊桥横④，玉签⑤初报明。

【注释】

①眉浅：谓眉色浅淡，如淡烟中的柳叶。

②结同心：即"同心结"，用锦带制成的菱形连环回文结，表示恩爱同心。

③愁绝：愁极。

④鹊桥横：银河移动。比喻天将破晓。鹊桥：指银河。

⑤玉签：古代漏壶中的浮箭。

【译文】

与心上人的见面时间越来越少，而她思念的时间也就越来越长，这让她无心打扮，浅浅的娥眉如同淡烟中的柳叶。夜里她垂下碧绿的帘幕，系上同心结，独自卧在熏香的绣被中，期待情郎能够前来与她相会。

城头上空的月亮洁白如雪，蝉鬓的美人却满怀愁思。庭院中树木的影子渐渐转暗，天空中银河横斜，漏壶中的浮箭报知，天就快亮了。

其五（背江楼）

背江楼，临海月，城上角①声呜咽。堤柳动，岛烟昏②，两行征雁分。
京口路③，归帆渡，正是芳菲欲度。银烛尽，玉绳④低，一声村落鸡。

【注释】

①角：古乐器名。多用作军中号角。

②岛烟昏：谓水中洲岛夜雾朦胧。

③京口路：即京口渡，故址在今江苏省镇江市。

④玉绳：星名，北斗第五星（玉衡星）的北边两星。

【译文】

背倚着江边楼阁，面对海上的新月，耳中传来城头上号角的呜咽声。堤随柳动，小岛在暮烟里渐渐的隐没，两行大雁各自分飞。

京口渡头，远归的船帆已经张开，正是花落春暮的时候。银烛即将燃尽，玉衡星渐渐低垂，远处村落中传来一声报晓的鸡鸣。

其六（玉炉香）

玉炉香，红蜡泪，偏照①画堂秋思。眉黛薄，鬓云残，夜长衾枕寒。

梧桐树，三更雨，不道②离情正苦。一叶叶，一声声，空阶③滴到明。

【注释】

①偏照：特地照耀。

②不道：不管，不顾。

③空阶：无人的台阶。

【译文】

玉炉香烟缭绕，红烛滴洒如泪，光影摇曳，映照出华堂中人的秋思。她眉色淡薄，鬓发零乱，在漫漫长夜中独自卧在清冷的锦衾中。

三更的冷雨侵袭着窗外的梧桐树，也不管屋内的她正为别离伤心。一滴一滴的雨点敲打着梧桐树叶，滴落在无人的石阶上，一直到天明。

归国遥（二首）

其一（香玉）

香玉①，翠凤宝钗垂簌簌。钿筐交胜②金粟，越罗③春水绿。

画堂照帘残烛，梦余④更漏促。谢娘无限心曲⑤，晓屏山断续。

【注释】

①香玉：泛指精美的头饰。

②交胜：交互为美。

③越罗：古越国（苏杭一带）之地所产罗绸，轻薄美观。

④梦余：梦醒之后。

⑤谢娘：即谢秋娘。泛指闺中女子与美丽少妇。心曲：内心的深处。后来常指心中的委曲之事或难言之情。这里是伤心的意思。

【译文】

　　头上佩戴着香玉，翠凤宝钗上的流苏低垂。花钿与金粟辉映，身上的越罗长裙如春水般碧绿。

　　画堂里的残烛忽明忽暗地照在帘幕里，梦醒时只听得更漏声声急促。她那无尽的哀伤，如晨光映照中屏风上的山影时断时续。

其二（双脸）

　　双脸，小凤战蓖金飐艳①。舞衣无力风敛，藕丝②秋色染。

　　锦帐绣帷斜掩，露珠清晓簟③。粉心黄蕊花靥④，黛眉山两点。

【注释】

①小凤：形如小凤的梳发用的蓖。战：通"颤"，颤动。飐(zhǎn)艳：光彩闪动耀眼。

②藕丝：形容舞衣的颜色。

③簟（diàn）：竹席。

④花靥：妇女面部的妆饰。

【译文】

　　那是一张多么漂亮的脸啊！头

上凤篦颤动，金光闪烁。在没有风的时候，她的舞裙无力般地下垂着，那藕丝般的颜色如同经过了秋色的熏染。

床前的锦帐被一帘绣帷斜掩着，早晨窗外的露珠使簟席更显清凉。她那娇艳的脸颊贴着粉心黄蕊的面饰，秀丽的娥眉就好似是两座缥缈的山峰。

酒泉子（四首）

其一（花映柳条）

花映柳条，闲向绿萍池上。凭①栏干，窥细浪，雨潇潇。
近来音信两疏索②，洞房③空寂寞。掩银屏，垂翠箔④，度春宵。

【注释】

①凭：倚，靠。

②两疏索：指双方都未得到音信。疏索：稀疏。

③洞房：幽深的闺房。

④箔：竹帘。

【译文】

花朵映衬着绿柳枝条，女子闲来无事，到绿萍池边嬉戏。她背靠栏杆，望着池中细微的波浪，听着潇潇的春雨，

最近她与情郎的书信往来日渐稀少，只能孤独地独守空闺。她掩上银丝镶嵌的屏风，垂下翠绿的幕帘，独自一人度过这漫长的春夜。

其二（日映纱窗）

日映纱窗，金鸭①小屏山碧。故乡春，烟霭隔，背兰釭②。
宿妆③惆怅倚高阁，千里云影薄。草初齐，花又落，燕双双。

【注释】

①金鸭：金属的鸭形香炉。

②背：熄。兰釭（gāng）：带有兰香的油灯。

③宿妆：隔夜的旧妆。

【译文】

阳光透过纱窗照进屋内，金鸭香炉里烟雾缭绕，小屏风中的青山正绿。这让她想起了故乡的春天，可惜那里的春天被一层层的云雾阻隔开来，只有兰灯在静静地燃烧。

她带着隔夜的残妆，惆怅地倚着高阁极目远望，淡薄的云影一直飘散到千里之外。春草刚刚萌发，花儿却又凋零，燕子双双飞舞。

其三（楚女不归）

楚女①不归，楼枕小河春水。月孤明，风又起，杏花稀。

玉钗斜簪②云鬟髻，裙上金缕凤。八行书③，千里梦，雁南归。

【注释】

①楚女：古代楚地的女子。此处指所思念的女子。

②簪：插。

③八行书：代指书信。

【译文】

思念的人迟迟不归，他独自一人在临河的小楼中，听着潺潺流淌的春水。孤寂的月亮挂在清冷的天上，春风又起，将杏花吹落得越来越稀疏。

还记得她那浓密乌黑的云鬟上慵懒地簪着玉钗，穿着金丝绣凤的裙装。他将自己的满腔柔情与思念都融入了信中，盼望南归的大雁帮他传递这千里之外的情思。

其四（罗带惹香）

罗带惹香①，犹系别时红豆②。泪痕新，金缕③旧，断离肠。

一双娇燕语雕梁，还是去年时节。绿阴浓，芳草歇④，柳花狂。

【注释】

①罗带：古时妇女束腰的丝织带。可结同心，象征定情，故又是情人赠别的物件。惹：引，带来。

②红豆：又名相思子。谓相思之意。

③金缕：金丝绣衣。

④歇：停止，止息。指芳草长势极盛，已停止生长。

【译文】

罗带散发着幽幽的芳香，上面还系着分别时赠送的红豆。衣服上的泪痕总是新的，而金丝线早已磨旧，离肠已断再难续。

一对娇燕在梁上呢喃，恰似去年欢爱的时光。绿树成阴，芳草萋萋，柳絮随风纷飞。

定西番（三首）

其一（汉使昔年离别）

汉使昔年离别①，攀弱柳②，折寒梅③，上高台④。

千里玉关⑤春雪，雁来人不来。羌笛⑥一声愁绝，月徘徊。

【注释】

①汉使：指张骞。此处代指出使西域的官吏。昔年离别：张骞死后，西域人十分怀念他。

②攀弱柳：攀折细柳枝，表示赠别之意。

③折寒梅：折梅寄远，表达思念之情。

④上高台：古代征夫游子，常登高台，遥望故乡，表达思乡之情。

⑤玉关：即玉门关，俗称小方盘城，位于甘肃敦煌市西北。此处泛指边塞。

⑥羌笛：笛名。出于羌族，流行于今甘肃一带。

【译文】

当年汉朝的使者张骞出使西域时，人们折

柳采梅相赠，并登上高台送他远去。

如今玉门关的春雪消融，却只有飞回的大雁而不见汉使的踪迹。听着那苍凉的羌笛声，仿佛连明月都久久不愿离去。

其二（海燕欲飞调羽）

海燕欲飞调①羽，萱草绿，杏花红，隔帘栊②。

双鬟翠霞金缕③，一枝春艳浓。楼上月明三五④，琐窗⑤中。

【注释】

①调：梳理。

②帘栊（lóng）：有帘之窗，即窗户格子。

③翠霞金缕：指华丽的首饰。

④三五：农历十五日。

⑤琐窗：雕刻有花纹的窗。

【译文】

展翅欲飞的海燕正细心地梳理着自己的羽毛，庭院中萱草遍地，杏花满树，只不过这美好的景致却被隔在了帘栊之外。

女子头上戴着华丽的金玉饰品，仿佛是春天里一朵盛开的鲜花。农历十五的夜晚，明月高挂楼头，皎洁的月光照进窗中。

其三（细雨晓莺春晚）

细雨晓莺春晚，人似玉，柳如眉，正相思。

罗幕①翠帘初卷，镜中花一枝。肠断塞门②消息，雁来稀。

【注释】

①罗幕：丝罗帐幕。

②肠断：形容极度思念。塞门：塞外关口处。

【译文】

晚春时节的早晨，天空飘着蒙蒙的细雨，黄莺在雨中婉转鸣叫。闺中的女子如花似玉，眉如弯柳，正在思念远方的情郎。

她轻轻卷起帷帐翠帘开始梳妆打扮，镜中映出春花般的娇艳容颜。只可惜春来大雁稀少，没有带来塞外关口的消息，令人肠断。

杨柳枝（八首）

其一（宜春苑外最长条）

宜春苑外最长条^①，闲袅春风伴舞腰^②。

正是玉人^③肠绝处，一渠春水赤栏桥^④。

【注释】

①宜春苑：秦宫苑名，故址在陕西省西安市长安区南。最长条：指细长柔软的柳条。

②舞腰：形容杨柳细软，随风若舞。

③玉人：美人。

④赤兰桥：长安城郊桥名，因有红色栏杆而得名。隋时香积渠水流经此桥流入京城。

【译文】

宜春苑外柳丝轻摇，好像舞女纤弱的腰肢在春风中起舞。

在那女子相思断肠的地方，一渠春水从赤兰桥下缓缓流淌。

其二（南内墙东御路旁）

南内墙东御路^①旁，须知春色柳丝黄。

杏花未肯^②无情思，何事行人最断肠。

【注释】

①南内：指唐时长安城内的兴庆宫。内："大内"的简称，指天子的宫禁。御路：皇宫内的道路。

②未肯：未必。

【译文】

兴庆宫宫墙旁边的御路上，柳枝像是早已知道春天即将来临，伸出了嫩黄的柳丝。

杏花未必没有自己的情思，只是不知道人们为了什么事而如此伤怀！

其三（苏小门前柳万条）

苏小①门前柳万条，毵毵金线②拂平桥。

黄莺不语东风起，深闭朱门③伴舞腰。

【注释】

①苏小：苏小小（479—约502年），南齐时著名歌伎、钱塘第一名伎。

②毵（sān）毵金线：形容细长的枝叶。毵毵：毛发、枝条等细长的样子。

③朱门：豪贵人家的朱红色大门。

【译文】

苏小小家的门前有许多柳树，细长的柳丝像金线一样在平桥上方轻轻拂动。

黄莺停止了鸣叫，东风轻轻吹来，好似与朱门紧闭的大院内的女子一起起舞。

其四（金缕毵毵碧瓦沟）

金缕毵毵碧瓦沟①，六宫眉黛②惹香愁。

晚来更带龙池③雨，半拂栏干半入楼。

【注释】

①金缕：指柳条。碧瓦沟：屋上碧绿的琉璃瓦槽。

②六宫眉黛：代指皇帝的嫔妃。

③龙池：池塘名，在兴庆宫内。玄宗故宅在隆庆坊，宅中有井，井溢成池，中宗时，井上常有龙云呈样，所以称"龙池"。

【译文】

刚刚舒展着嫩黄枝丫的柳条如细长的金线一般，在屋上碧绿的琉璃瓦槽旁摇曳生姿，引起宫女们无尽的春愁。

傍晚的时候，柳条夹杂着龙池的雨水，一半拂过栏杆，一半伸进了小楼中。

其五（馆娃宫外邺城西）

馆娃宫外邺城西①，远映征帆近拂堤。

系得王孙②归意切，不关③芳草绿萋萋。

【注释】

①馆娃宫：春秋时吴国宫殿名，故址在今江苏省苏州市吴中区西南灵岩山上。邺城：三国时魏都，故址在今河北临漳县西南。曹操曾在此筑铜雀台。

②系：连结，拴着。王孙：皇室贵族的后裔，泛指富贵人家的子弟。此处代指游子。

③不关：无关，不相关。

【译文】

相隔千里的馆娃宫的宫外和邺城的西边，都生长着许多柳树，千万条柳丝远远地映着征帆，轻柔地拂动着岸堤。

柳丝好似懂得行人思归的迫切心情，而这一切却与碧绿茂盛的芳草无关。

其六（两两黄鹂色似金）

两两黄鹂①色似金，袅枝啼露动芳音②。

春来幸自③长如线，可惜牵缠荡子心④。

【注释】

①黄鹂：即黄莺，色黄而艳，嘴淡红，鸣声悦耳。

②袅枝：形容柳枝柔细摇曳。

芳音：形容啼声优美清脆。

③幸自：本自，原来。

④可惜：可爱，可喜。荡子：久行在外、流荡忘返的人。

【译文】

成双成对的黄鹂鸟披着金黄的羽毛，在柳枝间跳跃啼叫，露珠随之滚落。

春天的柳条细长如线，也许它们能牵动久行在外的游子的思归之情吧。

其七（御柳如丝映九重）

御柳如丝映九重①，凤凰窗映绣芙蓉②。

景阳楼③畔千条路，一面新妆④待晓风。

【注释】

①九重：九层，九道。亦泛指多层。古代皇帝住所有门九重，故称九重宫，特指皇宫。

②绣芙蓉：指芙蓉帐。芙蓉：荷花。

③景阳楼：景阳宫内钟楼。景阳：宫名。在今江苏江宁县北。

④一面：满脸。新妆：指楼中佳人晨妆。

【译文】

皇宫内的柳条如丝般舞动，映照着重重宫殿，窗户上雕刻的凤凰花纹与绣帐上的芙蓉花纹交相辉映。

景阳楼畔万千的条条道路上柳枝，好像楼上晨起梳妆完毕的女子正迎接着晨风的吹拂。

其八（织锦机边莺语频）

织锦①机边莺语频，停梭垂泪忆征人。

塞门三月犹萧索，纵有垂杨②未觉春。

【注释】

①织锦：暗用前秦苏蕙织锦为回文璇玑图的典故。

②垂杨：泛指柳。

她坐在织锦机边，听着窗外一声声的黄鹂欢叫，想起远征的亲人，不由得停下织梭，泪流满面。

虽然如今已经是阳春三月，但塞外依然是那样荒凉萧条，那里即使也有柳树，却并未感觉到春天的来临。

南歌子（七首）

其一（手里金鹦鹉）

手里金鹦鹉，胸前绣凤凰。偷眼暗形相①，不如从嫁与②，作鸳鸯。

【注释】

①形相：端详，打量。

②从：任从。嫁与：嫁给他。

【译文】

一个女子手上戴着金鹦鹉手镯，穿着绣着凤凰的彩衣。她偷偷打量着自己的意中人，心想就这样嫁给他吧，与他做一对双宿双飞的鸳鸯。

其二（似带如丝柳）

似带①如丝柳，团酥②握雪花。帘卷玉钩斜，九衢③尘欲暮，逐香车④。

【注释】

①似带：比喻女子腰细。

②团酥：凝固的油脂。形容女子皮肤白皙，肤如凝脂。

③九衢（qú）：四通八达的道路。

④香车：装饰华贵的车。

【译文】

女子纤腰如柳，肤如凝脂，细白如雪。玉钩斜斜地挂起窗帘，她透过窗户，看到外面四通八达的道路上尘土飞扬，遮天蔽日，眼光追逐着那些装饰华贵的车驾飞驰而过。

其三（倭堕低梳髻）

倭堕①低梳髻，连娟②细扫眉。

终日两相思，为君憔悴尽，百花时。

【注释】

①倭堕：古代女子的发型。

②连娟：娟秀细长的样子。

【译文】

女子梳了低低的倭随髻，又将双眉细细地描得娟秀细长。

她终日思念郎君，在百花盛开的时节，容颜却日渐憔悴。

其四（脸上金霞细）

脸上金霞细①，眉间翠钿深。

倚枕覆鸳衾②，隔帘莺百啭③，感君心。

【注释】

①金霞：额头的妆饰，即额黄。细：形容闪光点点。

②鸳衾：绣有鸳鸯图案的锦被。

③百啭（zhuàn）：指鸟鸣声婉转多样。啭：鸟宛转地鸣叫。

【译文】

她脸上贴着金霞般炫丽的额黄，垂至眉间的翠钿碧如春水。

她斜倚着枕头，盖着绣有鸳鸯图案的锦被，隔着帘子，倾听黄莺那百转千回的啼叫，不由得思念起远方的情郎。

其五（扑蕊添黄子）

扑蕊添黄子①，呵花②满翠鬟。

鸳枕映屏山，明月三五夜，对芳颜。

【注释】

①黄子：即额黄。

②呵花：吹去花朵上的露水，戴在头上。

【译文】

女子摘下花蕊去重新装饰额黄，轻轻吹去花上的露珠，把花儿插满翠鬟髻中。绣着鸳鸯图案的绣枕映着翠屏风上的山景，十五的月亮分外皎洁，映照着美丽的容颜。

其六（转盼如波眼）

转盼①如波眼，娉婷②似柳腰。花里暗相招③，忆君肠欲断，恨春宵。

【注释】

①转盼：目光左右扫视。

②娉婷（pīng tíng）：形容姿态秀美。

③暗相招：偷偷地相互打招呼。指女子与男子幽会。

【译文】

美丽的双眸顾盼生姿，好似一汪清澈的秋波；纤细的腰肢，就好似婀娜多姿的柳枝。想当初曾经与情郎在花丛之中幽会，如今再想起他来愁肠百结，只恨这恼人的春夜。

其七（懒拂鸳鸯枕）

懒拂①鸳鸯枕，休缝翡翠裙。罗帐罢炉熏②，近来心更切，为思君。

【注释】

①拂：放，整理。

②罢：停止。熏：古时围炉燃香料，熏烤衣服和被帐等物，取其香暖。

【译文】

懒懒地不愿去整理那睡乱了的鸳鸯枕，也不想去缝补什么翡翠罗裙，罗帐内的香炉很久没有点燃了，只因最近的思君之情更加迫切。

河渎神（三首）

其一（河上望丛祠）

河上望丛祠，庙前春雨来时。楚山无限鸟飞迟，兰棹空伤别离。

何处杜鹃啼不歇，艳红开尽如血。蝉鬓美人愁绝，百花芳草佳节。

【注释】

①丛祠：乡野林间的神祠。

②兰棹（zhào）：用兰香木所造的船，泛指精美的船。棹：桨，指代船。

【译文】

　　坐在河中的小船上眺望着林野间的神祠，神祠笼罩在笼罩的春雨中。鸟儿在连绵不断的楚山中盘旋，迟迟不愿离去，只能看着远行人的船儿越行越远暗自神伤。

　　不知道是哪里的杜鹃在不停地哀啼，到处盛开着艳丽的花朵。在这百花盛开的季节，那蝉鬓如丝的女子却因送别了情郎而伤心欲绝。

其二（孤庙对寒潮）

孤庙对寒潮，西陵①风雨萧萧。谢娘惆怅倚兰桡②，泪流玉箸③千条。

暮天愁听思归乐④，早梅香满山郭⑤。回首两情萧索⑥，离魂⑦何处飘泊。

【注释】

①西陵：即西陵峡，今湖北宜昌市西北，又名夷陵。长江三峡之一。

②兰桡（ráo）：形容船的精美豪华。桡：划船的桨。代指船。

③玉箸：比喻流成行的眼泪。箸（zhù）：筷子。

④思归乐：指杜鹃啼声。杜鹃鸣声近似"不如归去"，所以有"思归乐"之名。

⑤山郭：山村。

⑥萧索：缺乏生气，这里有冷淡的意思。

⑦离魂：指离别之人的魂魄。

【译文】

河边一座孤孤单单的庙宇迎着阵阵寒冷的江涛，凄风冷雨笼罩着西陵峡。一个美丽的女子满怀惆怅地倚在船边，满脸是泪。

时值黄昏时分，她满怀着愁，听着杜鹃的叫声，梅花早已香满山村。回首过往，曾经的欢情早已淡薄，不知道那个人如今流落何方。

其三（铜鼓赛神来）

铜鼓赛神①来，满庭幡盖徘徊②。水村江浦过风雷③，楚山如画烟开。

离别橹声空萧索，玉容惆怅妆薄。青麦燕飞落落④，卷帘愁对珠阁⑤。

【注释】

①铜鼓：古代南方少数民族的乐器。赛神：赛神会，又称"赛会"，旧俗酬神活动。

②幡盖：幢幡华盖之类。幡（fān）：一种窄长的旗子，垂直悬挂。盖：荷盖，像伞一样的仪仗器物。徘徊：迎风飘展的样子。

③浦：水滨。过风雷：形容迎神之车马声如风雷震荡。

④青麦：麦青时节，约夏历三月。落落：形容燕子飞行悠然自在的样子。

⑤珠阁：华丽的楼阁。

【译文】

赛神会的铜鼓敲响了，满院的幢幡华盖随风飘扬。水村里、江边上，到处充满车马喧嚣之声，楚山烟消雾散，清丽如画。

赛神会早已结束，离别的橹声还在耳边久久回荡。她满腹惆怅，面容憔悴，每天也没有心情去梳妆打扮了。楼外麦色青绿，燕子自由地飞来飞去，她站在珠阁之上，卷起帘幕，对着满目春景却毫无兴致。

女冠子（二首）

其一（含娇含笑）

含娇含笑，宿翠残红窈窕①。鬓如蝉，寒玉簪秋水，轻纱卷碧烟。

雪胸鸾镜里②，琪树③凤楼前。寄语青娥伴④，早求仙。

【注释】

①宿翠残红：指女子隔夜残妆。窈窕（yǎo tiǎo）：形容女子文静而美丽。

②雪胸：如雪的胸脯。鸾镜：镜子的美称。

③琪树：仙家的玉树。

④寄语：传信。青娥：指美女。

【译文】

女道士带着娇羞的笑容，虽然脸上是隔夜的残妆，但是依然美丽动人。鬓发薄如蝉翼，玉簪清凉如秋水，身着轻薄纱裙犹如在云中仙子。

镜中映照出她雪白的胸脯和曼妙的身姿，仿佛是凤楼前一棵灵动的仙树。她告诫那些美丽的同修女道们，要及早求仙得道，免得落入了世俗间的情爱牵绊之中。

其二（霞帔云发）

霞帔云发①，钿镜②仙容似雪。画愁眉，遮语回轻扇，含羞下绣帷。

玉楼相望久，花洞③恨来迟。早晚乘鸾去④，莫相遗。

【注释】

①霞帔（pèi）：彩色的披肩。云发：如云的头发。

②钿镜：用金片妆饰的镜子。

③花洞：百花遍开的仙洞。指女冠所居住的地方。

④乘鸾去：指成仙。鸾：仙人所乘坐的鸾凤之类。

【译文】

她穿着彩霞一般的绚丽披肩，黑发如云，镜中照映出她如雪般的容颜。她描画着紧蹙的双眉，把玉扇放在嘴边，却又欲说还休地放下绣帷。

她在玉楼上眺望了很久，只是情郎迟迟不来与她相会。只希望能有朝一日羽化成仙乘鸾而去，这样两人就能长相厮守、不离不弃了。

玉蝴蝶（秋风凄切伤离）

秋风凄切伤离，行客①未归时。塞外草先衰，江南雁到迟。
芙蓉凋嫩脸，杨柳堕②新眉。摇落③使人悲，断肠谁得知？

【注释】

①行客：指出行、客居的人。

②堕：飘落，枯萎。

③摇落：凋残。

【译文】

凄凉悲切的秋风加剧了离别的忧伤，远行的情郎久久未归。塞外的绿草早已枯萎，可是江南的大雁却还是迟迟未到。

娇嫩的脸庞慢慢像芙蓉般凋零，弯弯的柳叶眉也如杨柳般日渐枯萎。万物凋零的情景惹人哀伤，可是她柔肠寸断的离愁别绪，又有谁能知晓呢？

清平乐（二首）

其一（上阳春晚）

上阳①春晚，宫女愁蛾浅②。新岁清平思同辇③，争奈长安路远④。
凤帐鸳被徒熏，寂寞花锁千门⑤。竞把黄金买赋⑥，为妾将上⑦明君。

【注释】

①上阳：唐代宫殿名。在今河南洛阳市境内。

②愁蛾：带愁的蛾眉。浅：颜色暗淡。

③清平：太平。同辇：与皇帝同车。辇（niǎn）：古时用人力拉的车子，后多用来指皇帝坐的车。

④争奈：怎奈，没有办法的意思。长安：今西安。唐代京城，君王所住之地。路远：比喻君王与宫女们的关系疏远。

⑤千门：形容宫门众多。

⑥竞：竞相，争着。黄金买赋：汉武帝陈皇后失宠，以黄金百斤请司马相如写赋献给皇帝。司马相如作《长门赋》，使武帝回心转意。

⑦将上：呈上，献上。

【译文】

春色迟暮的上阳宫内，一个宫女满怀愁思轻蹙着娥眉。在这太平新年之时，她多么希望能与君王同辇而行，可自己与皇帝的关系还是太过于疏远。

绣有凤凰的帷帐和绣有鸳鸯的锦被被她一遍遍徒劳地熏香，只是这一切期盼像花儿一样都被封锁在千重的宫门之内。真想像汉朝时的陈皇后一样，用重金买来司马相如的辞赋献给皇帝，希望能够打动君王的心。

其二（洛阳愁绝）

洛阳愁绝，杨柳花飘雪。终日行人恣①攀折，桥下水流呜咽。

上马争劝离觞②，南浦③莺声断肠。愁杀平原年少④，回首挥泪千行。

【注释】

①恣（zì）：任意。

②离觞（shāng）：离杯，即离别的酒宴。

③南浦：代指送别地。

④愁杀：愁煞。忧愁之极。平原：即平原郡，中国古代郡、国名。原属济北国，西汉汉高祖从齐郡分置平原郡。其地在今山东省德州市中南部及齐河县、惠民县、阳信县一带。年少：少年。

【译文】

洛阳的柳絮像雪花一样漫天纷飞，徒增了离人心中的愁苦。路边的柳枝被路人随意折取，桥下的流水哽咽着流过。

上马的时候，送行的人们争相劝饮饯别之酒，南浦的莺啼声更让人分外悲伤。平原郡的少年心中愁苦，频频回首挥别，禁不住泪流千行。

遐方怨（二首）

其一（凭绣槛）

凭绣槛，解罗帷。未得君书，肠断潇湘①春雁飞。
不知征马②几时归，海棠花谢③也，雨霏霏。

【注释】

①潇湘：潇水和湘水。此处泛指湖南湘江流域。

②征马：代指征人。

③海棠花谢：指暮春时节。

【译文】

她百无聊赖地靠着雕花栏杆，放下罗帷极目远望。潇湘大地春雁飞来，让人伤心的是却没能带来情郎的书信。

海棠花已经凋零，晚春的细雨迷蒙，却不知道远征的丈夫何时才能归来。

其二（花半坼）

花半坼①，雨初晴。未卷珠帘，梦残惆怅闻晓莺。
宿妆眉浅粉山横，约鬟②鸾镜里，绣罗③轻。

【注释】

①坼（chè）：绽裂。

②约鬟：束发。约：束。

③绣罗：绣花罗裙。

【译文】

花儿含苞待放，小雨初停天放晴。闺中的女子还没有卷起珠帘，刚从梦中醒来，听到了黄莺的鸣叫，心中满是惆怅。

昨夜的妆容早已经凌乱，眉毛淡淡的好似一团横卧的粉山。她对着镜子梳理头发，绣裙随风轻盈舞动。

诉衷情（莺语）

莺语，花舞，春昼午①，雨霏微②。金带枕③，宫锦④，凤凰帏。

柳弱蝶交飞⑤，依依。辽阳⑥音信稀，梦中归。

【注释】

①昼午：中午。

②雨霏微：蒙蒙细雨。

③金带枕：以金带妆饰的枕头。借指所爱之人的遗物。

④宫锦：皇宫中所用锦绸之类，这里指床上用的被垫均用宫锦所制，言其富丽。

⑤交飞：上下翻飞。

⑥辽阳：县名，故址在今辽宁省辽阳县西北。此处泛指边塞。

【译文】

一个春天的中午，黄莺娇啼，百花飞舞，细雨蒙蒙。她靠着金带枕头，盖着宫锦被褥，挂起凤凰的罗帐，独卧在床。

柔弱的柳条与纷飞的蝴蝶在风中起舞，难分难舍。远在边关的丈夫音信稀少，只能希望在梦中和归来的爱人相见。

思帝乡（花花）

花花①，满枝红似霞。罗袖画帘肠断，卓②香车。

回面③共人闲语，战篦④金凤斜。惟有阮郎⑤春尽，不归家。

【注释】

①花花：指繁花。

②卓：站立。

③回面：转脸。

④战篦（bì）：头饰，装饰在妇女头上微微抖动的篦子。

⑤阮郎：阮肇，东汉人。泛指久去不归的心爱男子。传说阮肇和刘晨入天台山采药，因迷路遇到两位仙女，并喜结良缘，半年后返家，世间已过数百年。

【译文】

繁花开满了枝头，如同天上的红霞一般绚烂。站在香车旁的她卷起了画帘，满怀惆怅。

她转身与他人闲谈，饰有金凤的战篦斜插在发髻上。春天都已经要过去了，她的情郎却还没有回来。

梦江南（二首）

其一（千万恨）

千万恨①，恨极在天涯②。

山月不知心里事，水风空落眼前花，摇曳③碧云斜。

【注释】

①恨：指离别之恨。

②天涯：天边。形容遥远的地方。

③摇曳：摇荡。

【译文】

心中有千万种恨，但最恨的还是那个远在天涯的人。

高山明月不了解她的重重心事，轻掠过水面的清风将花儿吹到了她的眼前，不知不觉的明月早已经斜入碧云外。

其二（梳洗罢）

梳洗罢，独倚望江楼①。

过尽千帆皆不是，斜晖脉脉②水悠悠，肠断白蘋洲③。

【注释】

①望江楼：江边的小楼。

②斜晖：日落前的日光。晖：阳光。脉脉：含情凝视，情意绵绵的样子。这里形容阳光微弱。

③白蘋洲：代指分手的地方。白蘋（pín）：水中浮草，色白。古时男女常采蘋花赠别。洲：水中的陆地。

【译文】

清晨起床梳洗过后，女子独自一人登上了江边的小楼凭栏凝望着滔滔江面。

江中游过了无数只帆船，都没有她所盼望的人。日暮时分，逐渐低沉，昏黄的斜阳含情脉脉地洒在江面上，漫漫的江水流向了远方。那开满白蘋花的洲渚，更引得她肝肠寸断。

河传（三首）

其一（江畔）

江畔，相唤。晓妆妍，仙景个女①采莲。请君莫向那岸边，少年，好花新满船。

红袖摇曳逐风暖，垂玉腕，肠向柳丝②断。浦南归，浦北归？莫知，晚来人已稀。

【注释】

①个女：那个或那些女子。

②柳丝：指少年停留之处。

【译文】

江畔传来阵阵呼唤声，一个带着娇媚晨妆的采莲少女，好似那仙境中的仙女。姑娘千万不要到对岸去啊，那边有一个少年，正坐在满插鲜花的船上。

采莲女的红袖在暖风中舞动，露出那洁白如玉的双腕，偷偷地望着岸边的少年独自神伤。不知道那个少年是从浦南回去，还是从浦北回去呢？不知不觉中天色渐暗，河中的人已差不多走光了，只有她还在独自惆怅。

35

其二（湖上）

湖上，闲望。雨潇潇，烟浦①花桥路遥。谢娘②翠蛾愁不消，终朝③，梦魂迷晚潮。

荡子④天涯归棹远，春已晚，莺语空肠断。若耶溪⑤，溪水西，柳堤，不闻郎马嘶。

【注释】

①烟浦：云烟笼罩的水滨。

②谢娘：此指游春女。

③终朝：一整天。

④荡子：指辞家远出、羁旅忘返的男子。

⑤若耶溪：水名，今浙江绍兴市若耶山下。传说西施曾在此处浣纱。此借指思妇住所。

【译文】

一个女子悠闲地向湖上张望。濛濛的细雨，让云烟笼罩的水滨花桥显得更加遥远。女子轻蹙着的娥眉一整天都没能舒展，恍惚如在梦中倾听阵阵的晚潮声。

浪子的归舟还在万里之外，眼看着春天就要逝去了，而一声声的黄莺啼叫更是让她伤心肠断。她终日在若耶溪西边的柳堤上等待，却始终没有听到了情郎归来时马儿的嘶鸣声。

其三（同伴）

同伴，相唤。杏花稀，梦里每愁依违①。仙客②一去燕已飞，不归，泪痕空满衣。

天际云鸟引晴③远，春已晚，烟霭渡南苑④。雪梅香，柳带长，小娘⑤，转令人意伤。

【注释】

①依违：忽离忽合，重在离别。

②仙客：指"鹤"，相传仙人多骑鹤，所以称之为"仙客"。此处代指所思之人。

③晴：与"情"谐音，是双关语。

④苑：泛指园林，花园。

⑤小娘：指少女。

【译文】

同伴们互相呼唤着一同去赏春。看着渐渐稀疏的杏花，依稀在梦里才能见到那分离的人儿。那情郎就像仙鹤一样一去不返，就像燕子飞向了远方不再归来，只留下伤心的眼泪沾湿了衣裳。

天边的云像鸟儿一样带走了晴日，春光逐渐逝去，朦胧的烟霭飘过南苑。初春时节，带雪的梅花香气袭人，柳丝柔软细长，这反而更增添了少女的哀伤。

蕃女怨（二首）

其一（万枝香雪开已遍）

万枝香雪①开已遍，细雨双燕。钿蝉筝②，金雀扇③，画梁④相见。
雁门⑤消息不归来，又飞回。

【注释】

①香雪：指杏花或梨花。

②钿蝉筝：装饰有金蝉的筝。

③金雀扇：画有金雀的扇。

④画梁：彩绘的屋梁。此处指燕栖的地方。

⑤雁门：关名，在今山西代县西北。此处泛指边塞。

【译文】

千万朵雪白芬芳的梨花早已经开满了枝头，一双双燕子在细雨中飞翔。闺阁内只有装饰有金蝉的筝、扇子上绘制的金雀与梁上的燕子来与她做伴。

她的情郎远戍塞外好久没有消息了，而去年的燕子却早已经飞了回来。

其二（碛南沙上惊雁起）

碛①南沙上惊雁起，飞雪千里。玉连环②，金镞③箭，年年征战。
画楼离恨锦屏空，杏花红。

【注释】

①碛（qì）：浅水中的沙石。这里指边塞荒漠之地。

②玉连环：古代征人的服饰之物。此处指征人的用具。

③镞（zú）：箭头。

【译文】

塞外荒漠的南面，飞扬的惊飞了一群大雁，就好似千里风雪漫卷。士兵们佩戴着玉连环与金镞箭，连年征战不休。

画楼中的美人满怀离愁别绪，面对着满树红杏花。

荷叶杯（三首）

其一（一点露珠凝冷）

一点露珠凝冷①，波影。
满池塘，绿茎红艳两相乱②。肠断，水风凉。

【注释】

①凝冷：凝聚着清冷。

②绿茎红艳：指池中的荷花。相乱：交错杂乱。

【译文】

点点的露珠凝结在清冷的荷叶上，映照着水光的波影。

整个池塘中，翠绿的荷茎和红艳的荷花交杂在一起。风吹波动，寒到彻骨，此情此景让人万分感伤。

其二（镜水夜来秋月）

镜水①夜来秋月，如雪。

采莲时，小娘红粉②对寒浪。惆怅，正思惟③。

【注释】

①镜水：平静明净的水。

②小娘：旧称为歌妓。此处指采莲少女。红粉：女子化妆所用的胭脂和铅粉，这里指妆扮得十分美丽的少女面庞。

③思惟：思量，思念。

【译文】

池中的水波如镜般平整，映照着夜空中的一轮如雪般皎洁的秋月。

这正是采莲的时节，采莲的少女盛装打扮，却只能对着寒冷的水波。她不由得心中万分惆怅。人虽在采莲，思绪却飘向了远方。

其三（楚女欲归南浦）

楚女欲归南浦①，朝雨。

湿愁红②，小船摇漾③入花里。波起，隔西风④。

【注释】

①楚女：泛指南国女子。南浦：泛指离别之地。

②红：指荷花。

③摇漾：摇摆荡漾。

④西风：指秋风。

【译文】

一位南国的女子将要返回自己的家乡，在离别的早晨，天空中下起了细雨。

雨水打湿了娇艳的花朵，小船摇摇晃晃地驶入了荷花丛中。秋风将荷花池吹起了波澜，也将她和送别之人隔得更远了。

花间集　卷第二

皇甫松（十二首）

【词人简介】

　　皇甫松，生卒年不详，晚唐文学家。字子奇，自号檀栾子。睦州新安（今浙江淳安）人。唐工部郎中皇甫湜之子，宰相牛僧孺之外甥。早年科举失意，屡试不第，未能出仕；后期隐居不出，死后唐昭宗追赠为进士。皇甫松著作有诗词、小说等，词最为著称，在晚唐词史上占有重要地位和影响，其词娟秀清雅，有民歌之意。《花间集》收录其词12首。

天仙子（二首）

其一（晴野鹭鸶飞一只）

晴野鹭鸶①飞一只，水葓②花发秋江碧。

刘郎此日别天仙③，登绮席④，泪珠滴，十二晚峰高历历⑤。

【注释】

　　①鹭鸶（lù sī）：水鸟名，又名白鹭。羽毛纯白色，顶有细长的白羽，嘴长而尖，颈细长，捕食小鱼。

　　②水葓（hóng）：一种水草，俗名"空心菜"，夏秋开花。

　　③刘郎：即刘晨，指久去不归的心爱男子。此处用刘晨与阮肇入天台山采药遇仙女事。天仙：指天台山神女。

　　④绮席：富丽的席座。这里指由仙境回到人间。

　　⑤十二晚峰：即巫山十二峰。巫山主要指四川盆地东部湖北、重庆、湖南交界一带"南－北"走向的连绵群峰。历历：清楚明白，分明可数。

【译文】

晴空万里的旷野中，飞过一只鹭鸶，秋日的水蓣花开满了碧蓝的河水。

相传刘晨就在这一天和天台山的仙女们分别重返人间，离别的泪水不停地洒落，暮色中巫山十二峰仍历历在目。

其二（踯躅花开红照水）

踯躅花①开红照水，鹧鸪飞绕青山觜②。

行人经岁③始归来，千万里，错相倚④，懊恼天仙应有以⑤。

【注释】

①踯躅花：即杜鹃花。

②山觜（zuǐ）：山的入口处。觜：同"嘴"。

③行人：指刘晨、阮肇。经岁：经年，相隔一年。

④倚：依靠。

⑤以：原因，缘由。

【译文】

艳丽的杜鹃花，映红了山间的溪水，鹧鸪鸟绕着青山的山口飞来飞去。

刘晨、阮肇二人，走了千万里路，过了一年多才回来。那天台山的仙女错误地误信了世俗之人，却不能白头偕老，这就是她懊恼刘郎的原因。

浪淘沙（二首）

其一（滩头细草接疏林）

滩头细草接疏林，浪恶罾船①半欲沉。

宿鹭眠鸥②飞旧浦，去年沙觜③是江心。

【注释】

①罾（zēng）船：渔船。罾：渔网。

②宿鹭眠鸥：指昏昏欲睡的水鸟。

③沙觜：岸边沙水相接的地方。

【译文】

滩头的细草紧挨着稀疏的树林，渔船在恶浪中颠簸沉浮。

筋疲力尽的白鹭和沙鸥正在一遍遍地寻找从前的栖息地，可惜去年的江岸现如今早已经成了江心。

其二（蛮歌豆蔻北人愁）

蛮歌豆蔻①北人愁，蒲雨杉风②野艇秋。

浪起鸂鶒③眠不得，寒沙细细入江流。

【注释】

①蛮歌：南方少数民族的歌。豆蔻（kòu）：植物名，多年生草本，夏日开花。豆蔻花含苞待放时称含胎花，古人常以此来指代美丽的少女。

②蒲雨杉风：蒲丛杉林被风雨笼罩。蒲（pú）：植物名，又称香蒲，多年生草本，叶可作席、扇。

③鸂鶒（jiāo jīng）：一种水鸟，又名"赤头鹭"、"茭鸡"。

【译文】

南方人兴高采烈地唱起豆蔻歌，北方人却正在发愁。蒲草丛中，松树林里，风雨潇潇，小船在秋江里荡漾。

江面上波浪滔滔，连鸂鶒也无处下脚歇息，细细的寒沙随着雨水流入江中。

杨柳枝（二首）

其一（春入行宫映翠微）

春入行宫映翠微①，玄宗侍女②舞烟丝。

如今柳向空城绿，玉笛何人更把③吹？

【注释】

①行宫：皇帝出行时所住宿的处所。翠微：青翠的山色。

②玄宗侍女：侍奉玄宗的宫女们。舞烟丝：形容宫女舞姿袅娜，如烟柳之丝。

③更：再。把：把弄。

【译文】

春风吹入了玄宗的行宫，绿树映着青山，侍奉玄宗的宫女们舞动腰肢，就好似那烟雾中的柳枝。

如今柳色依旧，只是这行宫却早已经荒废，还有什么人在把弄玉笛，吹起《杨柳枝》的曲调呢？

其二（烂熳春归水国时）

烂熳春归水国①时，吴王宫殿②柳丝垂。

黄莺长叫空闺畔，西子③无因更得知。

【注释】

①烂熳（màn）：古同"烂漫"，姹紫嫣红的景象。熳：色彩艳丽。水国：水乡。指吴越一带的水网湖泊地区。

②吴王宫殿：指吴王夫差所筑的宫殿。

③西子：即西施，春秋时越国美女。

【译文】

江南水乡又迎来了春光灿烂的日子，吴王宫殿里柳丝垂绿。

空无一人的闺阁旁，黄莺声声长啼，而这声音，西子却没法听到了。

摘得新（二首）

其一（酌一卮）

酌一卮①，须教玉笛吹。锦筵②红蜡烛，莫来迟。

繁红③一夜经风雨，是空枝。

【注释】

①酌（zhuó）：饮。卮（zhī）：古代饮酒的器皿。

②锦筵：精美的酒宴。

③繁红：指盛开的各种鲜花。

【译文】

斟满了一杯美酒，应有玉笛演奏来助兴。红烛映照盛大的筵席，大家千万不要来晚了。

人生应当及时行乐，否则就会像是经过了一夜风吹雨打的繁花，只能留下光秃秃的枝桠。

其二（摘得新）

摘得新①，枝枝叶叶春。管弦②兼美酒，最关③人。

平生都得几十度④，展香茵⑤。

【注释】

①新：指鲜花。

②管弦：乐器。此处代指音乐歌舞。

③关：触动，牵动。

④度：回，次。

⑤香茵：香褥。指芳草如茵。茵：垫子，褥子。

【译文】

摘下刚绽放的花朵，枝枝叶叶都带有春意。悦耳的管弦配上醇香的美酒，最能触动人们的情思。

如此良辰，平生应该有几十回才好。尽情享乐，让我们展开香褥，尽情欢歌畅饮吧。

梦江南（二首）

其一（兰烬落）

兰烬①落，屏上暗红蕉②。

闲梦江南梅熟日③，夜船吹笛雨潇潇，人语驿边桥。

【注释】

①兰烬：兰膏烛灯燃烧的灰烬。

②暗红：形容模糊莫辨。蕉：美人蕉。

③梅熟日：指初夏黄梅时节。

【译文】

兰烛燃尽香灰落，屏风上的美人蕉变得模糊起来。

在闲适无聊的睡梦中，好似又来到了江南梅子成熟的时节，在蒙蒙细雨中坐在夜船上，听着远处传来的悠扬笛声，一对有情人在驿桥边旁悄声低语。

其二（楼上寝）

楼上寝①，残月下帘旌②。

梦见秣陵③惆怅事，桃花柳絮满江城④，双髻⑤坐吹笙。

【注释】

①寝：睡或卧。

②帘旌：帘额，即帘上所缀软帘。

③秣陵：古金陵别名，今江苏南京。

④江城：指南京。

⑤双髻：少女的发式。此处代指少女。

他在楼上沉睡，一轮残月映照在了帘额之上。

在梦中他好似又回到了金陵，重温惆怅的旧情。桃花柳絮飞满江城，思念着那个梳着双髻、坐着吹笙的女子。

采莲子（二首）

其一（菡萏香连十顷陂）

菡萏香连十顷陂（举棹）①，小姑②贪戏采莲迟（年少）。

晚来弄水船头湿（举棹），更脱红裙裹鸭儿（年少）。

【注释】

①菡萏（hàn dàn）：荷花。陂（bēi）：水池。举棹：与下文"年少"，均指唱词时众人相和之声。

②小姑：未出嫁的少女。

【译文】

荷花的香气充溢这十顷的水塘，贪玩的少女竟忘了采莲。

天色渐晚，她因玩水打湿了船头，更是大胆地脱下红裙包住小鸭子。

其二（船动湖光滟滟秋）

船动湖光滟滟①秋（举棹），贪看年少信船流②（年少）。

无端③隔水抛莲子（举棹），遥被人知半日羞（年少）。

【注释】

①滟（yàn）滟：形容水波闪烁摇荡的样子。

②信：听任。船流：船随水而流。

③无端：无故，没来由。

【译文】

船在湖面划过时，荡漾出波光粼粼的秋色。采莲少女光顾着偷看岸边的少年，听凭小船小船随波逐流。

姑娘没来由地抓起一把莲子，向那少年抛掷过去。猛然觉得被人远远地看到了，她因此害羞了半天。

韦庄（四十八首）

【词人简介】

韦庄（836–910年），字端己，谥文靖。京兆杜陵（今陕西西安市东南）人。唐末诗人、词人。

韦庄在唐末诗坛上有重要地位。其诗多以白描的手法抒写闺情离愁和游乐生活，风格清丽疏淡，多以伤时、感旧、离情、怀古为主题。清代翁方纲称他"胜于咸通十哲（指方干、罗隐、杜荀鹤等人）多矣"（《石洲诗话》），郑方坤把他与韩偓、罗隐并称为"华岳三峰"（《五代诗话·例言》）。《全唐诗》录其诗316首。

韦庄又是花间派中成就较高的词人，与温庭筠齐名，并称"温韦"。其词内容上虽也多男欢女爱、离愁别恨、流连光景，但注重于作者情感的抒发。陈廷焯《白雨斋词话》说"韦端己词，似直而纡，似达而郁，最为词中胜境"。有《浣花集》10卷，后人又辑其词作为《浣花词》。《花间集》收录其词48首。

浣溪沙（五首）

其一（清晓妆成寒食天）

清晓妆成寒食天^①，柳球斜袅间花钿^②，卷帘直出画堂前。
指点牡丹初绽朵，日高犹自凭朱栏，含颦^③不语恨春残。

【注释】

①清晓：清晨。寒食：节令名，清明节前一到两天。相传起于春秋时期晋文公悼介之推之事。节后另取榆柳之火，以为饮食，谓之"新火"。

②柳球：妇女头上的一种妆饰品，将柳枝弯曲成球形。清明日妇女有带柳的风俗。

③含颦（pín）：皱眉。形容忧愁的样子。

【译文】

在寒食的那一天，一大早她就起来梳妆打扮。头上斜插柳球，袅袅地轻摇在花钿之间。她把珠帘卷起，一直走到画堂前。

她在牡丹丛中指指点点着初绽的花朵，太阳高照的时候，依然独自倚靠朱栏。她双眉微皱，默默无语，好似在恼恨春花的凋残。

其二（欲上秋千四体慵）

欲上秋千四体慵①，拟教人送又心忪②，画堂帘幕月明风。

此夜有情谁不极③？隔墙梨雪又玲珑④，玉容憔悴惹微红。

【注释】

①慵（yōng）：倦怠无力。

②拟：打算。忪（zhōng）：惶恐，惊惧。

③不极：不尽。

④梨雪：梨花如雪。玲珑：纯洁晶莹的样子。

【译文】

想到那秋千上玩耍却四肢无力，想叫人推着秋千悠荡心里又十分害怕，只好看着清风徐徐地掀起帘帷，把月光洒满画堂。

这样的良宵美景，有情的人怎能不尽情享受呢？隔墙的梨花雪白晶莹，那憔悴的脸上又带有几分羞红。

其三（惆怅梦余山月斜）

惆怅梦余山月斜，孤灯照壁背①窗纱，小楼高阁谢娘家。

暗想玉容何所似？一枝春雪冻梅花，满身香雾簇②朝霞。

【注释】

①背：背向。

②簇：聚集；笼罩。

【译文】

满怀惆怅地从梦中醒来，山边的她的身影映照在墙上，小楼高阁上就是我那心上人的家。

心里暗暗地想象着那什么来形容那少女的美貌呢？是一枝春雪中凝冻的洁白梅花，周身香雾缭绕就像是那天边簇拥的朝霞。

其四（绿树藏莺莺正啼）

绿树藏莺莺正啼，柳丝斜拂白铜堤①，弄珠江②上草萋萋。

日暮饮归何处客？绣鞍骢马③一声嘶，满身兰麝④醉如泥。

【注释】

①白铜堤：原为乐府曲名；也指堤名，在今湖北襄阳。此处泛指堤岸。

②弄珠江：泛指江流。

③骢（cōng）马：青白色的马。

④兰麝：兰草和麝香两种香料。这里泛指香气。

【译文】

黄莺正在绿树中欢快地啼叫，风吹着柳丝轻拂着江堤，弄珠江畔芳草萋萋。

黄昏时饮酒归来的是哪里的客人呢？绣鞍骏马一声长嘶，虽然他浑身散发如兰如麝的香气，却是烂醉如泥。

其五（夜夜相思更漏残）

夜夜相思更漏①残，伤心明月凭栏干，想君思我锦衾寒。
咫尺②画堂深似海，忆来唯把旧书③看，几时携手入长安？

【注释】

①更漏：古时滴漏计时。

②咫（zhǐ）尺：比喻距离很近。

③旧书：以往的来信。

【译文】

每个夜晚，我都在深深的思念中彻夜难眠，独自一人伤心地倚靠着栏杆仰望着明月，想必你也正思念着我，难耐锦被的寒冷。

画堂虽只有咫尺之大，却好似大海一样深幽。回忆往日，只好把从前的书信拿出来重温，不知道何时才能和你一起手拉着手进入长安？

菩萨蛮（五首）

其一（红楼别夜堪惆怅）

红楼①别夜堪惆怅，香灯半卷流苏帐②。残月出门时，美人和泪辞。
琵琶金翠羽③，弦上黄莺语④。劝我早归家，绿窗⑤人似花。

【注释】

①红楼：红色的楼。泛指华美的楼房。一说指青楼，妓女、歌妓所居。

②香灯：即长明灯。通常用琉璃钉盛香油燃点。流苏：一种下垂的以五彩羽毛或丝线等制成的穗子，常饰于车马、帷帐等物上。

③金翠羽：嵌金点翠的装饰。

④黄莺语：如黄莺鸣叫。

⑤绿窗：绿色纱窗。

【译文】

在红楼与你分别的那天晚上，香灯映照着半卷的流苏帷帐，让人万分惆怅。顶着一轮残月出门，心上人含着眼泪与我辞别。

她弹起装饰有金翠玉的琵琶，一声声就好似黄莺的啼叫。她要我记得早日回家，碧纱窗下的如花美眷正在苦苦等待。

其二（人人尽说江南好）

人人尽说江南好，游人只合①江南老。春水碧于天，画船听雨眠。
垆边人②似月，皓腕凝霜雪③。未老莫还乡，还乡须④断肠。

【注释】

①只合：只应，只当。

②垆（lú）边人：暗用汉代卓文君当垆卖酒事。代指美女。垆：酒店安放酒坛的土台子。

③皓（hào）：洁白，明亮。凝霜雪：像凝结的霜雪那样洁白。

④须：必定，肯定。

【译文】

人人都说江南好，远游之人就应当在江南颐养天年。那里的春水比蓝天还要蓝，游人可以惬意地在画船上听着绵绵的细雨入睡。

卖酒的少女明眸皓齿，白皙的手臂洁白如雪。劝告你们在没有衰老之前，还是不要回到家乡，否则肯定会让你徒增伤心。

其三（如今却忆江南乐）

如今却①忆江南乐，当时年少春衫薄。骑马倚斜桥，满楼红袖②招。
翠屏金屈曲③，醉入花丛④宿。此度见花枝⑤，白头誓不归。

【注释】

①却：才。

②红袖：指代少女。

③金屈曲：屏风上可折叠的环钮、搭扣。

④花丛：美人聚集处，比喻歌楼。

⑤此度：这次。花枝：代指美女、所钟爱的女子。

【译文】

现在我才回想起当年在江南的快乐，当时的我青春年少，薄薄的春衫飘举。我骑着马斜靠在桥边，满楼的女子都甩动红袖与我打招呼。

翠绿的屏风曲折迂回，金光闪闪，那就是我醉宿花丛的歌楼。现在要是能再有像遇到当年那样的美女，我发誓即便是年老头发白了也不会想回故乡了。

其四（劝君今夜须沉醉）

劝君今夜须沉醉，樽①前莫话明朝事。珍重主人心，酒深情亦深。
须愁春漏②短，莫诉③金杯满。遇酒且呵呵④，人生能几何？

【注释】

①樽（zūn）：古代盛酒器具。

②春漏短：春夜短。

③诉：推辞，推脱。

④呵呵：笑声。此处有强作欢笑、得过且过之意。

【译文】

今天晚上劝您务必要喝个一醉方休，酒桌前不要再谈论明天的事。一定要珍重主人的一片心意，这满杯的酒正是代表着主人深深的情谊啊！

遗憾的是像今晚这般欢饮的春夜太短暂了，就不再推辞说杯中的酒斟得太满。今朝有酒就要开怀畅饮、及时行乐，人生之中能有几回这样的欢乐呢？

其五（洛阳城里春光好）

洛阳城里春光好，洛阳才子①他乡老。柳暗魏王堤②，此时心转迷。
桃花春水绿，水上鸳鸯浴。凝恨对残晖，忆君君不知。

【注释】

①洛阳才子：本指西汉洛阳人贾谊，此处作者自称。

②魏王堤：即魏王池，洛阳名胜之一。

【译文】

　　洛阳城中春光明媚，风景秀丽，可是我这个洛阳才子却流落他乡终老一生。茂密的柳枝笼罩在魏王堤上，此时的我满心凄迷。

　　片片桃花飘落在碧绿的春水上，水中一对对鸳鸯在沐浴嬉戏。满怀愁恨地望着落日的余晖，此时你可能并不知道我正在思念你。

归国遥（三首）

其一（春欲暮）

春欲暮，满地落花红带雨①。惆怅玉笼鹦鹉，单栖无伴侣。
南望去程何许②，问花花不语。早晚③得同归去？恨无双翠羽④。

【注释】

①红带雨：落花夹杂着雨点。

②何许：何处。

③早晚：何时，哪一天。

④双翠羽：一双翅膀。

【译文】

　　春天就要过去了，满地的落花夹杂着雨水。可怜的是那独自待在玉笼中的鹦鹉，因为没有伴侣而形单影只。

　　远望南去的路程，不知有多远，问花儿花儿也不回答。到底什么时候，才能和自己的爱人一同归去呢？只可惜自己没有一双翅膀啊！

其二（金翡翠）

金翡翠①，为我南飞传我意。罨画②桥边春水，几年花下醉。
别后只知相愧③，泪珠难远寄。罗幕绣帏鸳被，旧欢如梦里。

【注释】

①金翡翠：金色的翡翠鸟。此处指神话中的青鸟，古诗词中常代指传信的使者。

②罨（yǎn）画：色彩鲜明的画。

③相愧：相互感到惭愧。这里偏重于己方，有自感惭愧之意。

【译文】

金色的翠鸟啊，请你为我飞去南方传达我的心意吧。桥边的春水如一幅色彩鲜明的画，在这里和心上人过了几年欢快的生活。

离别后，我一直感到愧恨，可是路途遥远，泪水难以传达我的心意。眼前的轻罗帐中鸳鸯被里，只我能在梦中去追寻往日的欢情了。

其三（春欲晚）

春欲晚，戏蝶游蜂花烂漫。日落谢家池馆①，柳丝金缕②断。
睡觉绿鬟风乱③，画屏云雨④散。闲倚博山⑤长叹，泪流沾皓腕。

【注释】

①谢家池馆：即谢娘家之意。此处指妓馆。

②金缕：形容柳条细柔。

③风乱：纷乱。如风吹散的意思。

④云雨：本意是山中的云雾之气。此处指男女欢会。

⑤博山：博山炉，表面雕刻有重叠山形的装饰。此处代指香炉。

【译文】

春天就要过去了，蝴蝶和蜜蜂在烂漫的花丛之中追逐嬉戏。落日的余晖照映在女子居住的庭院之中，人们纷纷折断金缕一样的柳丝来互赠告别。

从睡梦中醒来的她发鬟被风吹乱，画屏后男女欢情已经消散。她倚靠着博山香炉不住叹息，泪水流下沾湿了雪白的手腕。

应天长（二首）

其一（绿槐阴里黄莺语）

绿槐阴里黄莺语，深院无人春昼午。画帘垂，金凤舞①，寂寞绣屏香一炷。

碧天云②，无定处，空有梦魂来去。夜夜绿窗风雨，断肠君信否？

【注释】

①金凤舞：指画帘上绘的金凤凰，随风而舞。

②碧天云：比喻所怀念的人。

【译文】

黄莺鸟在绿槐的树阴中不住娇啼，春日正午时分的深院中空无一人。画帘低垂，帘上的金凤凰随风而动，寂寞的绣屏前一炷香正在静静燃烧。

蓝蓝的天上白云四处飘散，徒有相思的梦魂来了又去。夜夜独自倾听风雨吹打着绿窗，你是否相信我正为你相思断肠？

其二（别来半岁音书绝）

别来半岁音书绝，一寸离肠千万结①。难相见，易相别，又是玉楼花似雪。

暗相思，无处说，惆怅夜来烟月②。想得此时情切，泪沾红袖黦③。

【注释】

①结：郁结。

②烟月：指月色朦胧。

③黦（yuè）：黄黑色。此处指泪痕。

【译文】

分别后半年都未收到你的来信，满腹思绪化作千千结。别时容易见时难，一转眼又到梨花白满楼的时节。

只能在暗中相思，相思的话儿无处去诉说，最害怕那烟云遮明月的夜晚。想到此时心情更为凄恻，伤心的泪水已把鲜红的袖口弄得泪痕斑驳。

荷叶杯（二首）

其一（绝代佳人难得）

绝代佳人难得，倾国①，花下见无期。一双愁黛②远山眉，不忍更思惟③。

闲掩翠屏金凤，残梦，罗幕画堂空。碧天无路信难通，惆怅旧房栊④。

【注释】

①倾国：形容指容貌绝美，使国人为之倾倒。

②愁黛：带愁绪的眉毛。

③思惟：思量；相思。

④房栊（lóng）：窗框。此处指窗户。

【译文】

难得一见的绝世佳人，她那绝世的美貌倾国倾城，只可惜没有机会再与她在花丛之中约会。她那双含愁的远山眉，让人不忍再想。

闲来无事掩上装饰有金凤图案的画屏，从残梦中惊醒，只看见罗幕低垂、画堂屋空。只可惜上天无路，音信难通，只能看着这旧时的房栊满怀惆怅。

其二（记得那年花下）

记得那年花下，深夜，初识谢娘时。水堂①西面画帘垂，携手暗相期②。

惆怅晓莺残月，相别，从此隔音尘③。如今俱是异乡人，相见更无因④。

【注释】

①水堂：临近水池的堂屋。

②相期：相约。

③隔：断绝。音尘：音讯，踪迹。

④因：缘由，这里指机会。

【译文】

还记得那年夜深人静的时候，和情人第一次在花丛中相见的情形。水堂西侧的帘子低垂着，他们手牵手偷偷定下下次相会的日期。

不知不觉残月将尽，清晨的莺语已经响起，这让人万分惆怅。从那次离别后，她便杳无音信。现如今二人都漂泊他乡，再也没有相见的机会了。

清平乐（四首）

其一（春愁南陌）

春愁南陌①，故国音书隔。细雨霏霏梨花白，燕拂画帘金额②。
尽日相望王孙③，尘满衣上泪痕。谁向桥边吹笛，驻马西望销魂。

【注释】

①南陌：南郊；南面的道路。

②金额：金线装饰的帘额。

③王孙：古代贵族子弟的通称。

【译文】

满怀惆怅地望着城南郊外的春光，和故乡已经音信隔绝。细雨霏霏，梨花雪白，燕子轻盈地拂过画帘金额。

一整天期盼着远在他乡的人，沾满泪痕的衣衫上满是尘土。不只是谁在桥边吹起哀怨的笛声，让人不由得驻马向西张望。

其二（野花芳草）

野花芳草，寂寞关山道①。柳吐金丝莺语早，惆怅香闺暗老②。
罗带悔结同心③，独凭朱栏思深。梦觉半床斜月，小窗风触鸣琴。

【注释】

①寂寞：寂静。关山道：形容艰难坎坷的山路。代指远行人所行处。

②暗老：不知不觉中衰老。

③结同心：即同心结。用锦带打成连环回文结，表示男女相爱。

【译文】

寂寞冷清的关山道上长满了野花芳草。柳树长出了如同金缕的柳丝，黄莺大清早就开始啼叫，闺中的思妇独自感叹年华暗中老去。

她不禁悔恨当初与那人永结同心，现如今只能独自倚着栏杆深深地思念。半夜梦醒，只见一弯斜月照在床前，小窗吹来的风触动了琴弦。

其三（何处游女）

何处游女①，蜀国②多云雨。云解有情花解语，窣地③绣罗金缕。

妆成不整金钿，含羞待月秋千。住在绿槐阴里，门临春水桥边。

【注释】

①游女：郊游的女子。

②蜀国：四川一带。

③窣（sū）地：拂地。

【译文】

在这多云多雨的季节，不知哪里来的郊游的女子。游女如含情之云，如知语的花，绣金罗裙长曳于地。

游女们懒懒地化完妆，连金银首饰也无心整理，含情脉脉地坐在月光下的秋千上等待。游女的家住在绿槐荫里，门前就是小桥流水。

其四（莺啼残月）

莺啼残月，绣阁香灯灭。门外马嘶郎欲别，正是落花时节①。

妆成不画蛾眉，含愁独倚金扉②。去路香尘③莫扫，扫即郎去归迟。

【注释】

①落花时节：指暮春。

②金扉：装饰华丽的门。

③香尘：芳香之尘。多指女子香气遗落在尘土中。

【译文】

一弯残月挂在西天，黄莺儿不住地对着天边的残月哀怨地啼啭，绣阁中的灯盏尚未点燃。门外马又嘶叫起来，情郎就要告别，此时正是晚春落花时节。

她懒懒地化完妆，连蛾眉也无心描画。满含悲愁独自倚着门扉，痴痴地向着离去远去的道路凝望。他骑马远去的路上定然会扬起一溜黄尘，这尘土可千万不要扫去呵。如果扫去了，我那心上人就更要迟迟不归了。

望远行（欲别无言倚画屏）

欲别无言倚画屏，含恨暗伤情。谢家庭树锦鸡①鸣，残月落边城。

人欲别，马频嘶，绿槐千里长堤。出门芳草路萋萋，云雨别来易东西。不忍别君后，却②入旧香闺。

【注释】

①锦鸡：色彩斑斓的公鸡。或指山鸡。

②却：又，再。

【译义】

就要分别了，她默默地倚着画屏，含恨暗自伤情。院中的树上锦鸡悲鸣，一弯残月落向边城。

人就要走了，屋外征马长嘶，只留下千里长堤上的绿槐。门外路上芳草萋萋，云飞雨散，别易会难，各分东西。与郎君依依惜别后，根本不想再回到那刚刚缠绵过的香闺内。

谒金门（二首）

其一（春漏促）

春漏促，金烬①暗挑残烛。一夜帘前风撼竹，梦魂相断续。

有个娇娆②如玉，夜夜绣屏孤宿。闲抱琵琶寻旧曲③，远山眉黛绿。

【注释】

①金烬：灯烛燃后的余灰。

②娇娆：形容美丽妩媚。这里指代美女。

③寻旧曲：寻求往日与情人共赏的曲调。

【译文】

春夜里的更漏一声声十分急促，灯烛即将要燃尽，却一次次又重新跳起微小的烛光。一整晚的暖风拂动着屋外的翠竹，让人在梦中时醒时睡。

闺房之中，有个娇娆如玉的佳人，夜夜空守绣屏，孤枕难眠。闲极无聊之时，她抱起琵琶弹起旧曲，那远山眉黛绿中，透露出她满腹的哀愁。

其二（空相忆）

空相忆，无计①得传消息。天上嫦娥人不识，寄书何处觅。

新睡觉来无力，不忍把伊②书迹。满院落花春寂寂，断肠芳草碧。

【注释】

①无计：没有办法。

②伊：她。

【译文】

徒然相忆，没有办法再传消息。苦于没人认识天上的嫦娥，欲寄书信却无处寻找她。

小睡醒来只觉浑身无力，不忍再把她的书信拿出来看。满院落花春光清寂，空留碧绿芳草惹人伤心断肠。

江城子（二首）

其一（恩重娇多情易伤）

恩重娇多情易伤，漏更长，解鸳鸯①。朱唇未动，先觉口脂②香。

缓揭绣衾抽皓腕，移凤枕，枕潘郎③。

【注释】

①解鸳鸯：解开绣有鸳鸯的衣裳。

②口脂：口红，唇上胭脂。

③潘郎：晋人潘岳因貌美，为妇人爱慕。后泛指少年俊美的男子。此

处代指情郎 。

【译文】

　　一个恩情深重，一个美丽多娇，这样的人最容易伤情。更漏声绵绵不断，催促她赶紧解衣上床。未见朱唇动，已闻口脂香。她慢慢掀开绣被，抽出雪白的手腕，轻轻地移动凤枕，呼唤情郎睡到自己的身旁。

其二（髻鬟狼藉黛眉长）

　　髻鬟狼藉①黛眉长，出兰房②，别檀郎③。角声呜咽，星斗渐微茫④。露冷月残人未起，留不住，泪千行。

【注释】

①狼藉：散乱不整的样子。

②兰房：香闺绣阁。

③檀郎：指晋人潘岳，字安仁，小字檀奴，后人以檀郎、潘郎、潘安、潘仁等代称美男子。

④微茫：稀疏而模糊。

【译文】

　　发髻虽然凌乱不堪，秀眉却还是那么修长。她走出闺房，依依不舍地送别了自己的情郎。报时的角声呜咽着，天空中的星星已经渐渐地变得稀疏而模糊。

　　寒露冷冽，残月低沉，许多人都还没有起床。她没有办法将他留下，忍不住泪流千行。

河传（三首）

其一（何处）

　　何处，烟雨，隋堤①春暮。柳色葱笼，画桡②金缕，翠旗高飐香风，水光融。

　　青娥殿脚③春妆媚，轻云里，绰约司花妓④。江都⑤宫阙，清淮月映迷楼⑥，古今愁。

①隋堤：隋炀帝开运河时沿河道所筑之堤。

②画桡（ráo）：彩绘的桨。代指船。

③青娥殿脚：隋炀帝乘龙舟游江都，强征民间十五、六岁的子女五百人，为其牵挽彩缆，称为殿脚女。青娥：美丽的少女。

④绰（chuò）约：美丽轻盈之态。司花妓：为隋炀帝持花的女子。司：主管。

⑤江都：隋炀帝行宫所在地。故址在今江苏省扬州市。

⑥迷楼：隋炀帝行宫名。故址在今江苏省扬州市西北。

【译文】

晚春的隋堤，不知何处飘来蒙蒙烟雨。金柳画桡，翠旗迎风，香气四溢，水光相接。

牵挽彩缆的宫女春妆娇媚，薄薄的云雾里，持花的女子美丽轻盈。江都的宫阙内，青青的淮水旁，月光映照着迷楼，留下千古愁怨。

其二（春晚）

春晚，风暖，锦城①花满。狂杀②游人，玉鞭金勒，寻胜③驰骤轻尘，惜良晨。

翠娥争劝临邛酒④，纤纤手，拂面垂丝柳。归时烟里，钟鼓正是黄昏，暗销魂⑤。

【注释】

①锦城：又称锦官城，因织锦出名。旧址在四川成都市南。

②狂杀：使人欣喜若狂。

③寻胜：踏春郊游。

④翠娥：指当垆卖酒的姑娘。临邛（qióng）酒：汉代司马相如与卓文君在临邛卖过酒，后代指美酒。临邛：古代县名，今四川省邛崃县。相传汉司马相如与卓文君曾在此处卖酒。

⑤暗销魂：黯然伤神。

【译文】

　　暮春之时，暖风和煦，锦官城中百花盛开。这美好的景色让游人欣喜若狂，纷纷骑马出去游春踏青，纵马扬鞭，卷起阵阵尘土，尽情享受着美好的时光。

　　卖酒的女人争相劝说游人品尝这临邛的美酒，女子的纤纤玉手，好似温柔的杨柳拂面。等到在烟雾中返回的时候，远处的钟鼓声提醒大家已是黄昏时刻了，这番情景惹得人暗自销魂。

其三（锦浦）

　　锦浦①，春女，绣衣金缕。雾薄云轻，花深柳暗，时节正是清明，雨初晴。

　　玉鞭②魂断烟霞路，莺莺语，一望巫山雨③。香尘隐映，遥见翠槛④红楼，黛眉愁。

【注释】

　　①锦浦：锦江边。

　　②玉鞭：借代乘车骑马的人。

　　③巫山雨：即巫山云雨。这里指游乐之处。

　　④槛（jiàn）：栏杆。

【译文】

　　在锦江边上，春日郊游的女子身穿金缕绣花衣裳。雾淡云轻，花红柳绿，这正是雨后初晴的清明时节。

　　烟霞笼罩的路上，那马上之人却

正暗自伤怀，听着黄莺不住地娇啼，眺望一下曾经与爱人欢爱之所。在香尘隐映的地方，远远地看见自己的心上人正倚在翠槛红楼上，轻蹙着眉头。

天仙子（五首）

其一（怅望前回梦里期）

怅望前回梦里期^①，看花不语苦寻思。
露桃^②花里小腰肢，眉眼细，鬓云垂，唯有多情宋玉^③知。

【注释】

①怅望：怅然想望。期：会，相会。

②露桃：承雨露而生的蜜桃。

③宋玉：战国时期楚国文学家。在他的作品中，有许多描写美丽女子的笔墨，如《神女赋》和《登徒子好色赋》。

【译文】

心怀愁恨地期盼着上次梦中约好相会的日子，默默地看着眼前盛开的花儿，心中满是苦苦的相思。

她站在露桃花中，扭动纤细的腰肢，眉眼细长，云鬓低垂，这份美妙情思，也许只有那多情的宋玉才能知晓。

其二（深夜归来长酩酊）

深夜归来长酩酊^①，扶入流苏犹未醒。
醺醺酒气麝兰和^②，惊睡觉，笑呵呵，长道人生能几何！

【注释】

①酩酊（mǐng dǐng）：大醉的样子。

②和：融合。

【译文】

他深夜归来，酩酊大醉，直到被扶进了流苏低垂的锦帐中，依旧昏睡不醒。

身上浓烈的酒气和兰麝所散发的香气混合在了一起，终于让他从睡梦中惊醒，他呵呵笑着，长叹说人生能有几次这样的纵情欢快啊！

其三（蟾彩霜华夜不分）

蟾彩霜华①夜不分，天外鸿②声枕上闻，绣衾香冷懒重熏。

人寂寂，叶纷纷，才睡依前③梦见君。

【注释】

①蟾彩：月光。传说月中有蟾蜍，故称之为蟾。霜华：霜色。

②鸿：大雁。

③依前：像从前一样。

【译文】

皎洁的月光洒在银色的霜花之上，很难让人分清霜花和月光，枕边传来了天外征鸿的声声雁唳。夜深寒重，绣衾香冷，也懒得去重薰。

夜深人静时万籁无声，只听见外面叶子纷纷飘落的声音。更显出深夜的阒寂。刚刚入睡，便像从前一样又梦见了郎君。

其四（梦觉云屏依旧空）

梦觉云屏①依旧空，杜鹃声咽隔帘栊，玉郎薄倖②去无踪。

一日日，恨重重，泪界③莲腮两线红。

【注释】

①云屏：屏风，用云母镶饰的画屏。

②玉郎：指情人。薄倖：薄情。倖：同"幸"。

③界：印，划。

【译文】

梦中醒来，只见云屏依旧，一片空寂，帘外杜鹃声声凄切，可恨薄情的玉郎一去杳无信息。

每一天都是恨意重重，止不住泪水双流，在腮边留下两条红线。

其五〔金似衣裳玉似身〕

金似衣裳玉似身，眼如秋水鬓如云，霞裙月帔①一群群。

来洞口，望烟分，刘阮②不归春日曛③。

【注释】

①帔（pèi）：披肩。

②刘阮：指刘晨、阮肇。

③曛（xūn）：落日的余光；傍晚；黄昏。

【译文】

身着金子般绚烂的衣裳，身体似玉石般白腻无瑕，眼如秋水，鬓发如云，这是一群群身穿鲜艳夺目的彩绣衣裙的女子。

她们来到仙居的洞口，望着仙人两隔的烟霭飘散，这个春日的傍晚刘晨和阮肇是再也回不来了。

喜迁莺（二首）

其一〔人汹汹〕

人汹汹①，鼓冬冬，襟袖五更②风。大罗天③上月朦胧，骑马上虚空④。

香满衣，云满路，鸾凤⑤绕身飞舞。霓旌绛节⑥一群群，引见玉华君⑦。

【注释】

①汹汹：声音喧闹。形容人声鼎沸。

②五更：天刚亮时。古代此刻群臣开始上朝。

③大罗天：道家所谓最高的一层天。此处指朝廷。

④上虚空：指进宫。

⑤鸾凤：指绣有鸾凤花纹的朝服。

⑥霓旌绛节：指仪仗。霓（ní）：与彩虹同时出现的一种彩色光带。旌（jīng）：古代的一种旗子，旗杆顶上用五色羽毛做妆饰。绛（jiàng）：暗红

色。节：仪仗的一种。

⑦玉华君：天帝。此处代指皇帝。

【译文】

还是五更十分，路上已是人声鼎沸，鼓乐齐鸣，科举高中的士子衣袂襟袖迎风飘展。宫廷上空月色朦胧，进第士子骑马去朝拜君王。

衣服上满是香气，好似走在铺满云彩的路上，衣上所绣的鸾凤绕身飞舞。一队队旌旗仪仗威严壮观，引领着新科进士去参拜皇帝。

其二（街鼓动）

街鼓动，禁城①开，天上探人回②，凤衔金榜③出云来，平地一声雷。

莺已迁④，龙已化⑤，一夜满城车马。家家楼上簇神仙⑥，争看鹤冲天⑦。

【注释】

①禁城：皇城。

②天上：指朝廷。探人：入朝看榜的人。一说疑作探春，指应科举考试。

③凤衔：凤凰衔书，喻指皇帝诏书。金榜：科举应试考中者的名单。

④莺已迁：唐人称举进士及第为迁莺。

⑤龙已化：即"鲤鱼跳龙门"，比喻中第者如鱼化为龙。

⑥神仙：指美女。

⑦鹤冲天：比喻学子登第。

【译文】

大街上鼓声震天，皇城的宫门大开，入朝看榜的人都回来了。凤鸟衔着金榜

穿过云层而来，中举的喜讯像平地惊雷一样震动八方。

迁莺及第，鲤鱼化龙，一夜之间满城的车马川流不息。家家楼上都簇拥着神仙一样的美女，争相观看那登科中榜、一飞冲天的新科进士。

思帝乡（二首）

其一（云髻坠）

云髻坠，凤钗垂。髻坠钗垂无力，枕函敧①。
翡翠屏深月落，漏依依②。说尽人间天上，两心知。

【注释】

①枕函：中间可以放置物体的匣状枕头。敧（qī）：斜靠。

②漏依依：漏声迟缓，形容时间过得慢。依依：留恋不舍的样子。

【译文】

云鬟飘坠，凤钗低垂。一位闺中女子发髻凌乱、凤钗低垂，正浑身无力慵懒地斜靠在枕函上。

残月西落，翡翠绣屏更显昏暗，更漏声声如诉。说尽人间天上事，这些事大概只有两心相爱的人才会知道吧！

其二（春日游）

春日游，杏花吹满头。陌①上谁家年少，足风流！
妾②拟将身嫁与，一生休③。纵被无情弃，不能羞④！

【注释】

①陌：田间小路。

②妾：古代女子对自己的谦称。

③休：罢休。此处为满足之意。

④羞：羞愧，后悔。

【译文】

春日踏青郊游，风吹杏花落满头。田间路上那是谁家的少年，真是万分风流！

我想以身相许嫁给他，这一生一世就满足了。即使有一天他无情无义抛弃了我，我也不后悔。

诉衷情（二首）

其一（烛尽香残帘半卷）

烛烬香残帘半卷，梦初惊。花欲谢，深夜，月胧明。

何处按歌声①，轻轻。舞衣尘暗生，负春情②。

【注释】

①按歌声：击乐唱歌声。

②春情：指痴情，相思之情。

【译文】

香烛燃尽，熏香将冷，垂帘半卷，女子刚刚从梦中惊醒。花儿即将凋零，深夜中只有朦胧的月亮与她做伴。

不知从哪里传来轻微的击乐唱歌的声音。那舞裙上早已落满了灰尘，怕是要辜负这春日的情思了。

其二（碧沼红芳烟雨静）

碧沼红芳①烟雨静，倚兰桡②。垂玉珮，交带③，袅纤腰。

鸳梦隔星桥④，迢迢。越罗⑤香暗销，坠花翘⑥。

【注释】

①沼：水池。芳：花朵。

②兰桡：用木兰树所做的船桨。这里借代华美的船。

③交带：束结彩带。

④鸳梦：鸳鸯梦，指男女春恋之梦。星桥：鹊桥，即银河。

⑤越罗：指用越地所产丝绸而制的华丽衣裙。

⑥花翘：一种首饰。

【译文】

绿池红花，烟雨茫茫，一派寂静，她独自靠在船边。罗裙上垂挂着玉珮，束结着彩带，纤腰袅袅婷婷。

就是在梦中相会也不容易，也像隔着迢迢鹊桥。罗裙衣香暗自消融，头上的花翘斜坠。

上行杯（二首）

其一（芳草灞陵春岸）

芳草灞陵①春岸。柳烟深，满楼弦管，一曲离声肠寸断。

今日送君千万②，红缕玉盘金镂盏。须劝！珍重意，莫辞满。

【注释】

①灞陵：古地名。故址在今陕西西安市东。

②千万：千万里，指去程遥远。一说指情深意厚，千叮咛万嘱咐。

【译文】

灞陵两岸芳草茂密。在那柳深烟浓之处，满楼丝竹悠悠奏响，一支送别曲，让人肝肠寸断。

今日送君远行，红缕鱼脍、玉盘金杯为你饯别。劝君珍重这份离别的情意，不要推说不胜酒力。

其二（白马玉鞭金辔）

白马玉鞭金辔①。少年郎，离别

容易，迢递②去程千万里。

惆怅异乡云水，满酌一杯劝和泪③。须愧！珍重意，莫辞醉。

【注释】

①辔（pèi）：驾驭牲口用的嚼子和缰绳。

②迢递：形容路途遥远。

③劝和泪：含着泪劝酒。

【译文】

白马已经配好了玉鞭和金辔。年郎又要轻易离开，去到千里迢迢的远方。

想到你就要到那异乡的山水，便满斟一杯，含着泪劝酒。受到如此深情相送而内心应有愧，为珍重情意，不可推辞怕喝醉。

女冠子（二首）

其一（四月十七）

四月十七，正是去年今日，别君时。忍泪佯①低面，含羞半敛眉②。

不知魂已断，空有梦相随。除却③天边月，没人知。

【注释】

①佯（yáng）：装作。

②敛眉：皱眉头。

③除却：除了。

【译文】

今天是四月十七，正是去年的今天，与你离别的时候。忍住泪水假装着低下脸，含羞皱眉。

不知不觉中魂销肠断，如今只能在梦里与你相见。我的相思之情，除了天边的月亮，没有别人再明白了。

其二（昨夜夜半）

昨夜夜半，枕上分明梦见，语多时。依旧桃花面，频低柳叶眉①。

半羞还半喜，欲去又依依。觉来知是梦，不胜②悲。

【注释】

①低眉：此处指低头。

②不胜：不能忍受。

【译文】

昨夜半夜时分，分明梦见与你枕上相见，知心的话说了好久。你依然面如桃花，频频低下柳叶眉。

看上去你有些羞涩，又有些欢喜，要离去时却又依依不舍。醒来才知道是一场梦，心中不觉涌起难忍的悲愁。

更漏子（钟鼓寒）

钟鼓寒，楼阁暝①，月照古桐金井②。深院闭，小庭空，落花香露红。

烟柳重，春雾薄，灯背水窗③高阁。闲倚户，暗沾衣，待郎郎不归。

【注释】

①暝（míng）：光线暗淡。

②金井：有雕栏的井。

③背：淹没，笼罩。水窗：临水的窗。

【译文】

钟鼓敲打着寒夜的清冷，楼阁隐入晦暗的夜色中，月光照射在金井边的古桐树上。深深的大院大门紧闭，小院中空旷一人，只有落花与香露撒下一片片残红。

柳丝如烟重重，春雾淡薄轻轻，那高阁的临水窗笼罩在灯光中。她无聊地倚在门口，悄悄滑落的泪水湿透衣襟，深夜等待却不见郎君归来的身影。

酒泉子（月落星沉）

月落星沉，楼上美人春睡。绿云①倾，金枕腻②，画屏深。

子规③啼破相思梦，曙色东方才动。柳烟轻，花露重，思难任④。

【注释】

①绿云：形容女子浓密乌黑的头发。

②腻：泪污，泪水沾染。

③子规：即杜鹃。

④任：抵挡，忍受。

【译文】

月亮西落，星辰消隐，楼上闺中的女子正在春夜中沉睡。浓发倾垂，泪污金枕，画屏深深。

杜鹃鸟的啼声打破了她相思的梦境，东方方才露出黎明的曙光。柳丝如烟在晨风中轻荡，花瓣上露泪点点，更难忍受那相思的忧伤。

木兰花（独上小楼春欲暮）

独上小楼春欲暮，愁望玉关芳草路。消息断，不逢人，欲敛细眉归绣户①。

坐看落花空叹息，罗袂湿斑红泪滴②。千山万水不曾行③，魂梦欲教何处觅？

【注释】

①绣户：闺房。

②袂（mèi）：衣袖。红泪：女子悲哭的泪水。泪从涂有脂粉的面上洒下，故曰"红泪"。一说指血泪。红泪：女子悲伤的眼泪。

③行：去过。

【译文】

独自登上小楼，着看将要逝去的春天，忧愁地眺望玉门关外芳草萋萋的小路。那边的音讯早已断绝，又遇不到来往边关的人，只好微蹙着愁眉，回到闺房中。

无聊地坐在那儿，看着落花一片片飘落，心中空自叹息，衣襟上满是泪痕。边关远隔万水千山，自己从未去过，即使是在梦中，我又到哪里才能把你找到呢？

小重山（一闭昭阳春又春）

一闭昭阳①春又春，夜寒宫漏永，梦君恩。卧思陈事②暗消魂，罗衣湿，红袂有啼痕。

歌吹隔重阍③，绕庭芳草绿，倚长门④。万般惆怅向谁论？凝情⑤立，宫殿欲黄昏。

【注释】

①昭阳：汉代昭阳殿。此借指前蜀高祖王建（847—918年）之宫。春又春：过了一春又一春。

②陈事：旧事，往事。

③歌吹：歌唱弹吹，泛指音乐之声。阍（hūn）：宫门。

④长门：汉代长门宫。此处用汉武帝时陈皇后因失宠，别居长门宫指事。

⑤凝情：痴情。

【译文】

自从被幽闭在昭阳宫，春来春去，年复一年，寒夜里的更漏绵绵不断，夜夜梦见君王的恩宠。卧在床上回想当年的旧事更叫人心中哀痛，泪水淋湿了罗衣，衣襟上一片湿红。

重重宫门之外传来笙歌乐舞之声，倚着长门怅望，只见满庭芳草。万般惆怅又能向谁诉说呢？只能在无望中痴痴地凝立，看着宫殿消没在沉沉的暮霭中。

花间集 卷第三

薛昭蕴（十九首）

【词人简介】

薛昭蕴，生卒年不详。字澄州。河中宝鼎（今山西荣河县）人。在前蜀为官，官至侍郎。

薛昭蕴现存词19首，均见《花间集》中。其词多描写闺怨离情、友情离思以及女道士清冷生涯、文人及第的得意情景，风格清丽委婉。

浣溪沙（八首）

其一（红蓼渡头秋正雨）

红蓼①渡头秋正雨，印沙鸥迹自成行，整鬟飘袖野风香。

不语含嚬深浦里，几回愁煞棹船郎②，燕归帆尽水茫茫。

【注释】

①红蓼（liǎo）：一种水草，花淡红色。

②棹船郎：撑船人，即船夫。此处指远行的情人。

【译文】

长满红蓼的渡口正飘着绵绵不断的秋雨，沙滩上还依稀印着几行沙鸥的足迹。她手理秀发，衣袖飘展，连山野的风都是香的。

看她愁眉紧锁地默立在水边，来往的船夫也不住地为她叹息。燕子已经归巢，船只也已远去，眼前只剩下茫茫秋水。

其二（钿匣菱花锦带垂）

钿匣菱花锦带垂①，静临兰槛卸头②时，约鬟低珥③算归期。

茂苑草青湘渚阔④，梦余空有漏依依，二年终日损芳菲⑤。

【注释】

①匣：镜盒。菱花：指菱花镜。

②卸头：卸妆。

③约：束，挽。珥（ěr）：用珠玉所制的耳环等妆饰物。

④茂苑：在今江苏吴中区太湖北。湘渚：湘水中的小洲。

⑤损芳菲：损毁春色。比喻青春日渐逝去。

【译文】

她打开菱花镜盒，解开衣带，靠着栏杆静静地卸着妆。她束挽鬟髻，低垂珥珰，计算着所思之人的归期。

梦中看见茂苑芳草萋萋，湘渚辽阔，梦醒后只听见更漏声声。两年来，终日思念，芳容憔悴。

其三（粉上依稀有泪痕）

粉上依稀有泪痕，郡庭①花落欲黄昏，远情深恨与谁论？

记得去年寒食日，延秋门外卓金轮②，日斜人散暗消魂。

【注释】

①郡庭：郡署的公堂。

②延秋门：唐长安禁苑中宫庭门。卓金轮：即停车。卓：立。金轮：车轮。

【译文】

妆粉上依稀还留有泪痕，黄昏时分郡署的公堂中落花片片。这悠悠的情思与深深的愁恨，我要向谁去诉说呢？

记得去年寒食节的那一天，你在延秋门外停下华美的车子，可惜到了黄昏时就此分别，只留下我暗自忧伤。

其四（握手河桥柳似金）

握手河桥柳似金，蜂须轻惹百花心①，蕙风兰思寄清琴②。

意满便同春水满，情深还似酒杯深，楚烟湘月③两沉沉。

【注释】

①花心：花蕊。

②蕙风兰思：形容美人的思绪和风度。蕙、兰：都是香草名。寄：寄托。清琴：清越的琴声。

③楚烟湘月：指往日游宴时的意境。

【译文】

我们执手话别的河边小桥上柳色如金，像蜜蜂的触须轻拂着花蕊。如今，我只能用清越的琴声寄托我的情思。

我的爱意像淙淙春水涨满江河，我的深情如杯中那满满的美酒，我们俩的心意如楚烟湘月一般深沉。

其五（帘外三间出寺墙）

帘下三间出寺墙①，满街垂杨绿阴长，嫩红轻翠间浓妆。

瞥地见时犹可可②，却来闲处暗思量③，如今情事隔仙乡④。

【注释】

①寺墙：指高大的院墙。寺：从汉代以来，三公所居谓之府，九卿所居谓之寺。

②瞥地：一瞥，用眼一扫而过。可可：不在意。

③却来：回过来。思量：思念。

④仙乡：缥缈之境。

【译文】

穿过了三重垂帘，才走出相府的围墙，满街的垂杨带来浓浓的绿荫。绿荫中款款地走过一位裹红带绿打扮艳丽的女子。

刚看见时还未曾留意，闲来却又暗暗思念。如今再也无缘相会，仿佛仙境与人间相隔。

其六（江馆清秋缆客船）

江馆清秋缆①客船，故人相送夜开筵，麝烟兰焰簇花钿②。

正是断魂迷楚雨，不堪离恨咽湘弦③，月高霜白水连天。

【注释】

①缆：缆绳。这里作动词用，系缆。

②簇花钿：指聚集着盛妆的女子。

③湘弦：传说湘水女神善于鼓瑟，这里借喻悲思。

【译文】

正值清爽的秋日，江畔馆舍边系着待发的客船，故人送别的宴席连夜摆开，袅袅的麝烟与兰灯的光焰簇拥着浓妆的少女。

正是这让人魂断的凄迷的楚江雨，使人不堪离愁，更不堪湘弦呜咽。高悬的秋月洒下雪白的秋霜，放眼处水天相接，茫茫一片。

其七（倾国倾城恨有余）

倾国倾城恨有余，几多红泪泣姑苏①，倚风凝睇②雪肌肤。

吴主山河空落日③，越王宫殿半平芜④，藕花菱蔓满重湖⑤。

【注释】

①姑苏：姑苏台，在今江苏苏

州。相传为吴王夫差所筑。

②凝睇（dì）：注视。

③吴主：指吴王夫差。落日：这里比喻亡国。

④越王：指越王勾践。芜：田野荒废，野草丛生。

⑤菱蔓（màn）：菱角的茎。重湖：指湖泊相连。

【译文】

她空有倾国倾城的美艳，却不知在姑苏台上洒下多少泪滴。她默立风中，肌肤如雪，凝神远望。

吴王的江山已不复见，在落日照耀下显得更空旷，越王的宫殿有一半也都长满了荒草。湖泊一个挨着一个，都开满了荷花，长满了菱蔓。

其八（越女淘金春水上）

越女①淘金春水上，步摇云鬓佩鸣珰，渚风江草又清香。

不为远山凝②翠黛，只应含恨向斜阳，碧桃花谢忆刘郎。

【注释】

①越女：指江浙一带的女子。

②凝翠黛：皱眉。翠黛：指眉。

【译文】

越女在春天的江边淘金，头上步摇环珮叮当作响，江渚上春风送来芳草的清香。

她眉头紧皱，不是因为远山的景色，而是含恨面对斜阳。春残桃花落，又让她思念起情郎。

喜迁莺（三首）

其一（残蟾落）

残蟾①落，晓钟鸣，羽化②觉身轻。乍无春睡有余醒③，杏苑④雪初晴。

紫陌⑤长，襟袖冷，不是人间风景。回看尘土似前生，休羡谷中莺⑥。

【注释】

①残蟾：指残月。

②羽化：修道成仙，飞升上天。这里指登第。

③乍：忽然。余酲（chéng）：余醉。

④杏苑：即杏园，长安东南，曲江之畔。唐代新进士多游宴于此。

⑤紫陌：帝都郊野的道路。一说指禁城中的大道。

⑥谷中莺：比喻隐居未出仕者。

【译文】

　　残月西落，晨钟长鸣，仿佛羽化成仙一样，只觉得浑身轻飘飘的。蓦然间睡意散去，还能感到昨夜的余醉，此时杏苑正当雪后初晴。

　　禁城中的大道是那样的长，衣襟袖笼里鼓满了冷风，自己仿佛已经离开人间登临仙境。回首尘寰好似已经是往世前生，再不用羡慕那幽谷中的黄莺。

其二（金门晓）

金门①晓，玉京②春，骏马骤轻尘。桦烟深处白衫新③，认得化龙身④。

九陌⑤喧，千户启，满袖桂香⑥风细。杏园欢宴曲江⑦滨，自此占芳辰⑧。

【注释】

①金门：汉代金马门。代称官署。

②玉京：京城，皇都。

③桦烟深处：指朝廷考场。桦烟：桦木皮卷蜡作烛燃烧的烟。白衫：唐时士子穿的便服。

④化龙身：鱼化为龙，比喻登第。

⑤九陌：京城里的大道。

⑥桂香：比喻中举。古代以"折桂"喻登第。

⑦曲江：曲江池，在今陕西西安市东南曲江镇一带。

⑧占：拥有；享受。芳辰：良辰。

【译文】

　　金马门的早上，京城一派春色，骏马疾驰扬起如烟的轻尘。穿着新衫的进士们意气高扬，因为他们如今已经飞越龙门。

京城大道上一派喧闹，千家万户都敞开大门，只为争睹登第者的风采，沾一沾他们的喜气。皇帝在曲江池边的杏园赐宴庆祝，他们自此享尽美景良辰。

其三（清明节）

清明节，雨晴天，得意正当年。马骄泥软锦连乾①，香袖半笼②鞭。花色融，人竞赏，尽是绣鞍朱鞅③。日斜无计更留连，归路草和烟。

【注释】

①连乾：又作"连钱"，马的妆饰物。

②笼：遮，罩。

③鞅（yāng）：套在马颈上的皮带。

【译文】

清明节那天，雨后初晴，正是意气风发的年龄。他骑着佩戴着锦连乾的骏马，长袖遮住了半截马鞭。

花色交融，人们纷纷出门踏青，一路上骏马飞驰。直到夕阳西沉，虽恋恋不舍但没有办法，只好踏上归途，满地青草和着云烟飞扬。

小重山（二首）

其一（春到长门春草青）

春到长门①春草青，玉阶华露滴，月胧明。东风吹断紫箫②声，宫漏促，帘外晓啼莺。

愁极梦难成，红妆流宿泪，不胜情。手挼③裙带绕阶行，思君切，罗幌④暗尘生。

【注释】

①长门：长门宫。

②紫箫：紫竹所做的箫。

③挼（ruó）：揉搓。

④罗幌：丝罗帷帐。

【译文】

春天到了，长门宫内春草青青，玉石台阶上凝满露珠，月色朦朦胧胧。紫箫的乐声仿佛被东风吹断，宫中更漏急促，窗外晓莺已经开始啼鸣。

心中万分愁苦以致难以入睡，整夜泪湿红妆，流不尽相思情。手指撮弄着裙带绕阶而行，思君心切，连丝罗帷帐都落满了灰尘。

其二（秋到长门秋草黄）

秋到长门秋草黄，画梁双燕去，出宫墙。玉箫无复理①霓裳，金蝉②坠，鸾镜掩休妆③。

忆昔在昭阳④，舞衣红绶带⑤，绣鸳鸯。至今犹惹御炉香，魂梦断，愁听漏更长。

【注释】

①理：治，引申为演奏。霓裳：即《霓裳羽衣曲》。

②金蝉：金制蝉形头饰。

③休妆：美丽的妆饰。

④昭阳：昭阳名，汉成帝宠幸的赵飞燕、赵合德姐妹所居之处。此处代指受宠时所居之所。

⑤绶（shòu）带：丝带。

【译文】

秋天到了，长门宫内草已枯黄，画梁间的一对燕子相伴离去，飞出宫墙。玉箫久已沉寂，因为无心再吹奏伴舞。发上的金蝉摇摇欲坠，

妆奁镜盒也早已掩上，无心再去照那娇美的容妆。

回忆过去在昭阳宫内的美好时光，身着舞衣红带翩翩起舞，舞衣上还绣着对对鸳鸯，至今还撩起御炉缕缕飘香。如今相思魂消梦断，夜夜愁听那无休无止的更漏声。

离别难（宝马晓鞴雕鞍）

宝马晓鞴①雕鞍，罗帷乍别情难。那堪春景媚，送君千万里。半妆②珠翠落，露华③寒。红蜡烛，青丝曲④，偏能钩引泪阑干⑤。

良夜促，香尘绿⑥，魂欲迷，檀眉半敛愁低。未别心先咽，欲语情难说，芳草路东西。摇袖立，春风急，樱花杨柳雨凄凄。

【注释】

①鞴（bèi）：把鞍辔等套在马上。

②半妆：半面妆。这里指送行后妆饰零落散乱。据《南史·后妃传》载：（梁元帝徐）妃以帝眇（miǎo）一目，每知帝将至，必为半面妆以俟，帝见则大怒而去。

③露华：露凝结而成雪花状。

④青丝曲：弦琴所弹的曲调。

⑤钩引：勾起，引起。阑干：形容泪流满面的样子。

⑥香尘绿：指月光下的大地一派浅绿色。

【译文】

清晨的时候，骏马已经备上鞍辔，罗帐里的二人还在依依难舍忘情缠绵。怎忍在这春光明媚的季节，送君远去千里之外。无心妆饰，连首饰也忘了佩戴，窗外晨露都凝结成雪花。看着那陪伴良宵的红烛，那弹过《青丝曲》的琴弦，都能引得我泪流涟涟。

良宵苦短，月光下的大地一派浅绿，神魂迷茫，愁眉不展低头忍泪。还未分手心中已经在哭泣，多少要说的知心话都还没来得及说。送君走出芳草地，从此后路分东西天各一方。我久久地挥手伫立，春风急促，凄凄春雨笼罩了樱花杨柳。

相见欢（罗襦绣袂香红）

罗襦绣袂香红，画堂中。细草平沙蕃马①，小屏风。

卷罗幕，凭妆阁，思无穷。暮雨轻烟魂断，隔帘栊②。

【注释】

①蕃马：吐蕃的马。

②帘栊：带有帘子的窗户。

【译文】

画堂中，她身着绣罗短袄，红妆飘香。小屏风上，画着细草、平沙与蕃马。

卷起罗帏纱帐，倚在梳妆阁前，尽是无尽的相思。帘栊外暮雨漾起轻轻的尘烟，隔断了相思离魂。

醉公子（慢绾青丝发）

慢绾①青丝发，光砑吴绫袜②。床上小熏笼③，韶州新退红④。

叵耐⑤无端处，捻得从头污⑥。恼得眼慵开，问人闲事来。

【注释】

①绾（wǎn）：盘，绕。

②光砑（yà）：即砑光，以石碾磨布帛使之密实光泽。吴绫：产于吴地的丝织品。

③熏笼：熏香取暖的小烘笼。

④韶州：地名，今属广东省曲江一带。此地所产红色染料非常有名，称为"韶红"。退红：即"韶红"。

⑤叵耐：无可奈何，引申为可恶。

⑥捻（niǎn）：用手搓转。从头污：从头到脚都弄脏。

【译文】

头上散散地盘着黑色的头发，脚穿砑光的吴绫丝袜，床上燃着崭新的韶红小熏笼。

可恶的是无缘无故弄得人家全身脏乱，恼怒地半睁睡眼，他却拿闲话搪塞人家。

女冠子（二首）

其一（求仙去也）

求仙去也，翠钿金篦尽舍，入崖峦。雾卷黄罗帔①，云雕白玉冠。
野烟溪洞冷，林月石桥寒。静夜松风下，礼天坛②。

【注释】

①罗帔：丝罗披肩。

②礼天坛：登坛拜天。此为道家仪式。

【译文】

为了求仙成道，翠钿金篦全都扔了，躲进重峦深谷。黄罗绸的披肩如
雾飞卷，白玉冠帽如云彩所饰。

山野的烟雾笼罩着溪畔的崖洞分外清冷，林中的月儿映照石桥阵阵幽
寒。在寂静的夜晚，微风吹动松林，她虔诚地登坛拜天。

其二（云罗雾縠）

云罗雾縠①，新授明威法箓②，降真函③。髻绾青丝发，冠抽碧玉簪。
往来云过五④，去住岛经三⑤。正遇刘郎使⑥，启瑶缄⑦。

【注释】

①云罗雾縠：丝罗织物。縠（hú）：有皱纹的纱。

②明威：显赫神威。法箓：天神所授的符命。箓（lù）：道家所画的
符箓。

③真函：盛宝箓的盒子。

④云过五：即"过五云"。五云：五色彩云。

⑤岛经三：即"经三岛"，经过三座仙岛。三岛：指蓬莱、方丈、瀛洲
三岛，仙人所居之地。

⑥刘郎使：刘晨所遣的使者。

⑦启瑶缄：开启使者所投的书缄。瑶缄：精美的信笺，对书信的美称。缄（jiān）：封闭。这里指信的封口处。

【译文】

她身着云雾般的罗绸法衣，恭敬地捧着盛宝箓的盒子，里面是道仙刚刚授予的显赫神威的法箓。她头上发髻高绾，玉簪插于道冠上。

她来往于神仙境地，脚踏五色彩云，经过三座仙岛。正好遇到刘郎的使者，拆看了使者带来的书信。

谒金门（春满院）

春满院，叠损罗衣金线。睡觉水晶帘未卷，檐前双语燕。

斜掩金铺①一扇，满地落花千片。早是②相思肠欲断，忍教③频梦见？

【注释】

①金铺：门上兽面形铜制环钮，用以衔环。此处代指门。

②早是：已是；早知是。

③教：叫，使，让。

【译文】

满院春光中，揉皱的罗衣已经折坏了绣花的金线。刚从睡梦中醒来，水晶帘尚未卷起，一双春燕正在檐下呢喃细语。

在那扇斜掩的门外，满地的落花千瓣万瓣。早知是相思如断肠般的痛苦，又何必使我和他在梦里频频相见？

牛峤（三十二首）

【词人简介】

牛峤（约公元 890 年前后在世），生卒年不详。字松卿，一字延峰。陇西狄道（今甘肃临洮）人，祖籍安定鹑觚（今甘肃灵台）。中唐宰相牛僧孺之孙。五代前蜀词人。乾符五年（878 年）进士及第。历官拾遗，补尚书郎，后人又称"牛给事"。

牛峤博学有才，以歌诗著名。原有《牛峤集》30 卷，今已佚。现存诗 3 首，见《全唐诗》《全唐诗外编》；词 32 首，见《花间集》。其词莹艳缛丽，多写闺房情思，风格浓丽富华。

柳枝（五首）

其一〔解冻风来末上青〕

解冻风来末上青①，解垂罗袖拜卿卿②。

无端袅娜临官路，舞送行人过一生。

【注释】

①解冻风：即春风。末：树梢。

②卿卿：男女间昵称。此处形容柳条相依偎的姿态。

【译文】

春风轻轻吹来，柳梢染上了青色，好似甩动罗袖的美女相依相偎。

没有缘由地在大道边起舞，就像天天送别行人般在轻舞中度过自己的一生。

其二（吴王宫里色偏深）

吴王宫①里色偏深，一簇纤条万缕金。
不愤钱塘苏小小②，引郎松下结同心。

【注释】

①吴王宫：指吴王夫差为西施所造的馆娃宫。今江苏苏州西南灵岩山上有灵岩寺，即其故址。

②不愤：不平，不服气。苏小小：南齐时钱塘名妓，才倾士类，容华绝世，其家院多柳。

【译文】

昔日的吴王宫里柳色总比别处偏深，一簇簇纤细的枝条如阳光洒下的万道金光。

真是不服气，为什么那钱塘的苏小小要在松树之下与心上人永结同心。

其三（桥北桥南千万条）

桥北桥南千万条，恨伊张绪不相饶①。
金羁白马②临风望，认得杨家静婉③腰。

【注释】

①伊：那个，指示代词。张绪：南朝齐吴郡人，字思曼，官至国子祭酒。齐武帝曾将杨柳比张绪。相饶：不相让。

②金羁白马：指少年公子。

③杨家静婉：应是羊家净婉。杨家：南朝梁羊侃家，"杨"当作"羊"。羊侃，梁甫人，好《春秋左传》和孙吴兵法，性豪侈，姬妾侍列，家巨富。静婉：张静婉，南朝梁代名舞女。此处"静"当作"净"。《南史·羊侃传》载："舞人张净婉围一尺六寸，时人咸推能掌上舞。"

【译文】

桥南桥北千万枝柳条，那吐纳风流的姿态与张绪也不相让。

白马少年迎风凝望着柳枝的婀娜，好像见到了羊侃家的舞女张静婉的细腰一般。

其四（狂雪随风扑马飞）

狂雪①随风扑马飞，惹烟无力被春欺。
莫教移入灵和殿②，宫女三千又妒伊③。

【注释】

①狂雪：指柳絮。

②灵和殿：用齐武帝在灵和殿前植柳之事。据《南史·张绪传》载：绪（张绪）吐纳风流，听者皆忘饥疲，见者肃然如在宗庙。……刘悛之为益州，献蜀柳数株枝条甚长，状若丝缕，时旧宫芳林苑始成，武帝以植于太昌灵和殿前，常赏玩咨嗟曰："此杨柳风流可爱，似张绪当年时。"

③伊：指柳树。

【译文】

漫天飞舞的柳絮随风扑向奔驰的骏马，柳枝缠绕着烟雾，显得娇柔无力，被春风吹得摇曳不定。

请不要把它移植进灵和殿内，以免引起那三千宫女的妒忌。

其五（袅翠笼烟拂暖波）

袅翠笼烟拂暖波，舞裙新染麹尘①罗。
章华台畔隋堤上②，傍得春风尔许③多。

【注释】

①麹（qú）尘：原指酒曲所生的细菌，色深黄色。此处指柳色。

②章华台：相传为楚灵王离台。在今湖北沙市。此地多柳。隋堤：隋炀帝开通济渠，沿渠筑堤，堤上植柳。

③尔许：如许，如此。

【译文】

翠柳袅娜，绿烟笼罩，拂动在春水之上。柳枝如新染的麹黄色罗裙，翩翩起舞。

章华台畔的隋堤上，伴着春风杨柳何其多啊！

女冠子（四首）

其一（绿云高髻）

绿云高髻，点翠匀红时世①。月如眉。浅笑含双靥②，低声唱小词。
眼看唯恐化③，魂荡欲相随。玉趾④回娇步，约佳期。

【注释】

①时世：指入时之妆。

②靥（yè）：酒窝。

③化：幻化成仙。

④玉趾：形容女子精美的足履。

【译文】

她的黑发像浓云，盘着高高的发髻，佩戴着入时的妆饰，眉似细细的弯月。浅浅一笑露出两个酒窝，正低声把小曲吟唱。

时刻担心她马上就要幻化成仙飞升，神魂荡漾，只想紧紧跟随她而去。谁知道她竟款款地停住脚步，回头与我把佳期约定。

其二（锦江烟水）

锦江①烟水，卓女烧春②浓美，小檀霞③。绣带芙蓉帐，金钗芍药花。
额黄侵腻发，臂钏④透红纱。柳暗莺啼处，认郎家。

【注释】

①锦江：又名府南河，岷江流经四川成都市区的两条主要河流府河、南河的合称。

②卓女：本指卓文君，此处代指当垆美女。烧春：酒名。

③小檀霞：形容衣服浅红犹如彩霞般动人。

④臂钏（chuàn）：手臂上戴的镯子。

【译文】

锦江水面上烟雾缭绕，美女卖的酒醇香浓郁。她穿着浅红衣服犹如彩霞般动人。绣带帐帘上绣着朵朵芙蓉，发上金钗雕着芍药花。

浓浓的黑发遮住了额黄，薄薄的红纱遮不住臂间镯影。认得那柳绿莺啼的宅院，就是情郎的家。

其三（星冠霞帔）

星冠①霞帔，住在蕊珠宫②里。佩玎珰。明翠③摇蝉翼，纤珪④理宿妆。醮坛⑤春草绿，药院⑥杏花香。青鸟⑦传心事，寄刘郎。

【注释】

①星冠：镶有明珠的闪光的帽子。

②蕊珠宫：神仙宫阙名。此处指女冠居处。

③明翠：钗钿类饰物。

④纤珪（guī）：比喻手纤细而洁白。珪：玉石。

⑤醮（jiào）坛：道士祭神的坛场。

⑥药院：指仙家的药草院。

⑦青鸟：传信的神鸟。代称信使。

【译文】

女道士头戴星冠，身着彩衣，住在蕊珠宫里。她所佩戴的珠玉叮当有声。玉钗上蝉翼晃动，纤纤玉手整理着昨夜残妆。

道坛上春草碧绿，种着药草的院子里杏花飘香。请青鸟把我的心事传递给刘郎吧！

其四（双飞双舞）

双飞双舞，春昼后园莺语。卷罗帷。锦字书①封了，银河雁过迟。鸳鸯排宝帐，豆蔻绣连枝②。不语匀珠泪，落花时。

【注释】

①锦字书：用五彩丝织成的书信。此处指妻子给丈夫的信。

②连枝：即连理枝，喻男女爱情。

【译文】

春日里的黄莺成对成双，在后园的柳丛中雀跃欢唱。她轻轻地卷起绫罗帷帐。写给夫君的信早已封好，天上的大雁却迟迟没有经过这里。

帐帘上绣着对对鸳鸯，还有着豆蔻连理枝的图案。默默地擦去脸上的泪痕，看着那春花飘落。

梦江南（二首）

其一（衔泥燕）

衔泥燕，飞到画堂前。
占得杏梁①安稳处，体轻唯有主人怜。堪羡好因缘②。

【注释】

①占得：占据，占有。杏梁：用杏树所做的屋梁，泛指优质木材所做的梁柱。

②因缘：即"姻缘"，指双燕美好的结合。

【译文】

一对衔泥的春燕，飞到了雕梁画栋的堂前。

在杏木梁间占据一处安稳的角落筑巢，那轻盈的体态惹得主人疼爱。主人真是羡慕这美好的一对啊。

其二（红绣被）

红绣被，两两间鸳鸯。
不是鸟中偏爱尔①，为缘②交颈睡南塘。全胜薄情郎。

【注释】

①尔：这里指鸳鸯。

②为缘：因为。

【译文】

红色的绣被上，绣着一对对的鸳鸯。

不是因为在鸟儿中偏偏喜欢你，只是因为你们头挨着头双双睡在南塘。这一点就比我那薄情郎强太多了！

感恩多（二首）

其一（两条红粉泪）

两条红粉泪①，多少香闺意。强攀②桃李枝，敛愁眉。

陌上莺啼蝶舞，柳花飞。柳花飞，愿得郎心，忆家还早归。

【注释】

①红粉泪：指泪湿红粉。

②强攀：有高攀之意。

【译文】

两条夹杂着红粉的泪珠，蕴含着闺中女子的深挚情意。想当初只因强攀高枝，到如今只惹得紧蹙愁眉。

路上莺啼蝶舞，柳絮纷飞。只希望丈夫的心不要像柳花那样随风飘飞不定，而要想着家早早归来才好。

其二（自从南浦别）

自从南浦①别，愁见丁香结②。近来情转深，忆鸳衾。

几度将书托烟雁，泪盈襟。泪盈襟，礼月③求天，愿君知我心。

【注释】

①南浦：泛指送别之处。

②丁香结：丁香的花蕾。诗词中多用来比喻愁思凝结不解。

③礼月：拜月。

【译文】

自从南浦一别，绵绵的愁绪便如那万千丁香结。近来情思愈加深重，常忆起同衾共眠的情景。

好几次托云雁带去书信，相思泪流满衣襟。相思泪流满衣襟，拜月求上天相助，愿君知道我的心意。

应天长（二首）

其一（玉楼春望晴烟灭）

玉楼春望晴烟灭，舞衫斜卷金条脱①。黄鹂娇啭声初歇，杏花飘尽龙山②雪。

凤钗低赴节③，筵上王孙愁绝。鸳鸯对衔罗结④，两情深夜月。

【注释】

①条脱：也作"调脱"、"跳脱"等，指手腕上的钏饰。

②龙山：一说在湖北江陵县，此处泛指高山。一说位于今辽宁省朝阳县东甫，又称和龙山或凤凰山，此处泛指北方。

③赴节：按声击拍和节。

④罗结：罗带打成花结。

【译文】

在玉楼上望着远处春烟消散，舞衣漫卷，露出臂上的金环钏铃。黄鹂婉转的歌喉刚刚停歇，杏花飘满龙山犹如下了一场雪。

她手点凤钗轻轻和着节奏，令那筵席上的王孙公子为之痴迷。罗带上鸳鸯对对成结，深夜里那圆圆的月亮见证了他们的爱情。

其二（双眉淡薄藏心事）

双眉淡薄藏心事，清夜背灯①娇又醉。玉钗横，山枕腻，宝帐鸳鸯春睡美。

别经时②，无限意，虚道③相思憔悴。莫信彩笺书里，赚人④肠断字。

【注释】

①背灯：掩灯。

②别经时：别后所经历的一段日子。

③虚道：空说，说假话。

④赚人：骗人。

【译文】

她那淡淡的双眉中藏着无数心事，清寂的夜晚她背灯醉卧，看起来是那么娇柔。玉钗横在头上，山枕都被泪水打湿了，鸳鸯宝帐内春日的睡梦是那么美好。

别后所经历的一段日子里，满含无限深情，骗她说因为想她而憔悴。千万不要相信信里的那些让人魂思梦想的甜言蜜语。

更漏子（三首）

其一（星渐稀）

星渐稀，漏频转，何处轮台①声怨。香阁掩，杏花红，月明杨柳风。
挑锦字②，记情事，惟愿两心相似。收泪语，背灯眠，玉钗横枕边。

【注释】

①轮台：地名，故址在今新疆轮台县东南。此处指边地乐曲名。

②锦字：泛指妻子给丈夫的书信。

【译文】

天上的繁星渐渐地稀落了，更漏声声在向远处移动，不知是从什么地方，传来哀怨的《轮台曲》声。香闺的门虚掩着，院中杏花艳红，明亮的月光里杨柳随风舞动。

对灯写信，字字写下往昔的情思，只愿他与我心思相同。和泪收起书信，上床背灯而眠，玉钗斜斜地横落枕边。

其二（春夜阑）

春夜阑①，更漏促，金烬暗挑残烛。惊梦断，锦屏深，两乡②明月心。
闺草③碧，望归客④，还是不知消息。辜负我，悔怜君，告天天不闻。

【注释】

①夜阑：夜深。阑：将尽。

②两乡：两边，两处。

③闺草：闺阁外的草。

④归客：指远行的丈夫。

【译文】

春夜将尽，更漏声声急促，灯里的兰膏快要燃尽，她伸手挑亮昏昏欲灭的残烛。一场春梦被惊醒，锦屏深深，天上的明月照着两处一样的心。

闺阁外青草碧绿，翘首盼望远行未归的丈夫，还是不知他的消息。是他辜负了我一片痴情，悔恨我爱他爱得太深，可恨苍天竟然不闻不问。

其三（南浦情）

南浦情，红粉泪，怎奈两人深意。低翠黛，卷征衣，马嘶霜叶飞。
招手别，寸肠结①，还是去年时节。书托②雁，梦归家，觉来江月斜。

【注释】

①寸肠结：形容悲伤，柔肠百结之意。

②托：托付。

【译文】

还记得南浦送别时的情景，粉妆的脸上泪水盈盈，虽然我二人情深义重，无奈也要分离。低低地垂下含泪的双眼，双手抚弄着你的征衣，听战马嘶鸣，看霜叶乱舞。

就是去年的这个时节，我们挥手告别，令人愁肠寸断。曾托鸿雁带去我的书信，曾在梦里见你回到家中，梦醒时只看见江边斜挂的月儿。

望江怨（东风急）

东风急，惜别花时①手频执。罗帷愁独入，马嘶残雨春芜②湿。
倚门立，寄语薄情郎，粉香和泪泣。

【注释】

①花时：花开时节。

②春芜：一种小草。

【译文】

春风劲吹，花开时节我与你依依惜别，频频挥手。我害怕独入闺楼，听着骏马远去的嘶鸣，看残雨打湿了路边的青草。

我久久地倚门伫立，多少话儿想对薄情的郎君诉说，泪水却和着妆粉不停地流。

菩萨蛮（七首）

其一（舞裙香暖金泥凤）

舞裙香暖金泥凤①，画梁语燕惊残梦。门外柳花飞，玉郎犹未归。
愁匀红粉泪，眉剪春山翠。何处是辽阳②？锦屏春昼长。

【注释】

①金泥凤：以金粉装饰的凤形图案。金泥：即泥金，以金粉饰物。

②辽阳：地名，在今辽宁省辽阳市南。这里代指征戍之地。

【译文】

舞裙上弥漫着浓浓的暖香，上面还有以金粉装饰的凤凰。画梁上春燕呢喃低语，又惊醒了一场春梦。门外柳絮纷飞，我的郎君依旧未归。

含愁重匀被泪水打湿的红粉妆，紧锁的双眉凝望着远处春山的黛绿。那辽阳到底在哪里？画屏里的春天又为何如此漫长？

其二（柳花飞处莺声急）

柳花飞处莺声急，晴街春色香车立。金凤小帘开，脸波和①恨来。

今宵求梦想，难到青楼②上。赢得一场愁，鸳衾谁并头？

【注释】

①脸波：眼波。和：带着，随着。

②青楼：豪华的楼房。此处指车中女子所居的楼。

【译文】

柳絮纷飞的地方传来了急促的莺啼声，无边春色中晴天的街边停下了一辆华美的马车。只见楼上的女子掀起绣凤的窗帘，飞来含恨的眼波。

愿今宵能在梦中与她相会，只是始终难以等上那豪华的闺楼。怕只是白白的相思只能赢来空空的忧愁，谁知她那鸳枕绣衾边，会与谁并头相依？

其三（玉钗风动春幡急）

玉钗风动春幡①急，交枝红杏笼烟泣。楼上望卿卿，窗寒新雨晴。

熏炉蒙翠被，绣帐鸳鸯睡。何处有相知？羡他初画眉②。

【注释】

①春幡：彩胜一类的妆饰品。

②他：指张敞。画眉：用汉代张敞为妻子画眉的典故，比喻夫妻恩爱。

【译文】

玉钗上的春幡在暖暖的春风中急速飘动，那满枝头的杏花好似在烟雨中哭泣。站在楼上盼望着心上的人，任初晴的湿寒袭进绣窗。

锦被蒙在熏炉上，绣帐上的鸳鸯还在交颈而眠。相知的人你在何方？

只有像张敞那样为妻画眉之人。

其四（画屏重叠巫阳翠）

画屏重叠巫阳①翠，楚神尚有行云意②。朝暮几般心，向他情漫③深。

风流今古隔，虚作瞿塘客④。山月照山花，梦回⑤灯影斜。

【注释】

①巫阳：巫山之阳。宋玉《高唐赋序》中描写楚王梦与神女相会高唐，神女自谓"旦为行云，暮为行雨"。

②楚神：楚王与神女。行云意：指男女合欢。

③漫：徒然，枉然。

④瞿塘客：李益《江南曲》云："嫁得瞿塘客，朝朝误妾期"。瞿塘：长江三峡之首，在四川奉节县东。

⑤梦回：梦醒。

【译文】

画屏曲曲折折，巫山之阳一片翠绿，神仙还有儿女之情，何况人世间呢？朝朝暮暮几番变心，白白地对他用情那么深。

风流情意古今早已不同，可叹自己虚许了瞿塘客。室外山月通明，映照着山花，梦醒时分，身边只有斜斜的灯影。

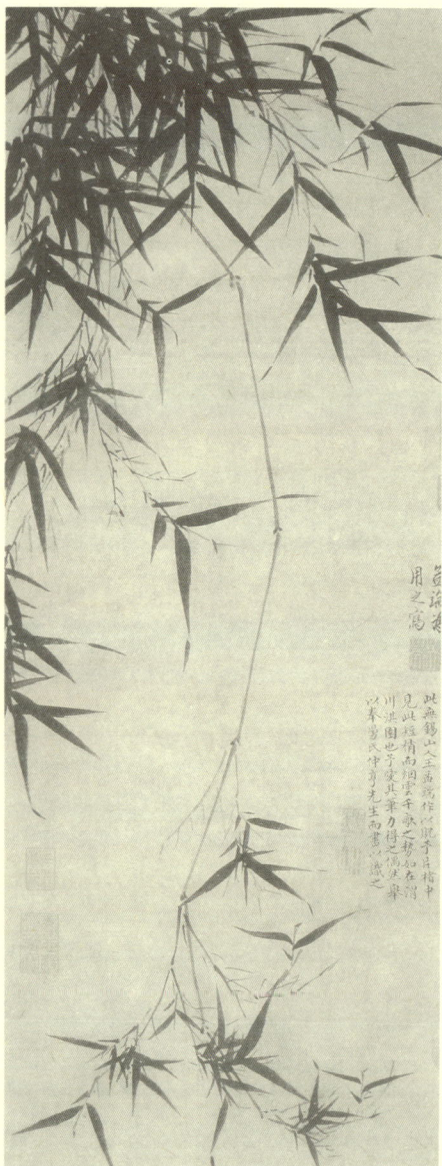

其五（风帘燕舞莺啼柳）

风帘燕舞莺啼柳，妆台约鬓低纤手。钗重髻盘珊①，一枝红牡丹。
门前行乐客，白马嘶春色。故故②坠金鞭，回头应眼穿③。

【注释】

①盘珊：即盘桓，盘旋环绕。髻状如盘，称为"盘桓髻"，又称"盘髻"。

②故故：故意，偏偏。

③眼穿：即望眼欲穿。

【译文】

风吹绣帘，燕舞翩翩，莺啼柳绿，梳妆台前一双纤手正在梳理鬓发。盘桓髻上金钗闪耀，妆后的人儿美如一朵红牡丹。

游冶的少年在门前徘徊，白马频频嘶叫着春天。他故意假装把马鞭掉在地上，趁机回头再把她多看几眼，恨不得把双眼望穿。

其六（绿云鬓上飞金雀）

绿云鬓上飞金雀，愁眉敛翠春烟薄。香阁掩芙蓉，画屏山几重。
窗寒天欲曙，犹结同心苣①。啼粉浥②罗衣，问郎何日归。

【注释】

①同心苣（jù）：即同心结，相连锁的火炬状图案花纹。古人常用以象征爱情。

②啼粉：指眼泪带着脂粉一并流下。浥（wò）：污，弄脏。

【译文】

乌云般的发髻上钗头的金雀展翅欲飞，在春天淡薄的云气中她愁眉紧锁。闺阁里她合上芙蓉镜奁，凝视着画屏上的重重峰峦。

寒冷的窗外天快要亮了，她还在绣着同心苣。泪水和着脂粉染湿了身上的罗衣，心中在问同心上的人，何时才是你的归期？

其七（玉楼冰簟鸳鸯锦）

玉楼冰簟①鸳鸯锦，粉融香汗流山枕。帘外辘轳②声，敛眉含笑惊。
柳阴烟漠漠③，低鬓蝉钗落。须作一生拚④，尽君今日欢。

【注释】

①冰簟（diàn）：竹凉席。

②辘轳（lù lu）：井上汲水设施。

③漠漠：弥漫的样子。

④拚：舍弃。

【译文】

华美的楼阁里，清凉的竹席上，鸳鸯锦被下，脂粉和着香汗湿透了山枕。突然窗外响起辘轳汲水的声音，惊醒了温柔乡里的这对鸳鸯，女子微蹙黛眉，双眸却又含着笑意。

浓浓的柳荫里晨雾弥漫，女子发髻散乱，蝉钗也掉落了。她一定是拚却了一生的激情，才博得郎君一宵欢畅。

酒泉子（记得去年）

记得去年，烟暖杏园。花正发，雪飘香，江草绿，柳丝长。

钿车①纤手卷帘望，眉学②春山样。凤钗低袅翠鬟上，落梅妆③。

【注释】

①钿车：金玉装饰的车。

②学：仿照。

③落梅妆：古代妇女的一种面部妆饰，又称"梅花妆"或"寿阳妆"。南朝宋武帝之女寿阳公主因梅花落额上，成"五出之花"（即五个花瓣），而成梅花妆。

【译文】

记得去年这个时候，春风吹暖了整个杏园。杏花正在盛开，花香如漫天雪飘，江边的草又绿了，柳条儿变长了。

华丽的马车上，一只纤纤玉手掀开车帘向外张望，新画的黛眉好似远处的春山。凤钗低坠在翠鬟上微微颤动，贴额的梅花妆更增添了她的娇艳。

定西番（紫塞月明千里）

紫塞①月明千里，金甲②冷，戍楼③寒，梦长安。

乡思望中天阔，漏残星亦残。画角④数声呜咽，雪漫漫。

【注释】

①紫塞：长城。亦泛指北方边塞。

②金甲：金属铠甲。

③戍楼：边塞驻军的营房。

④画角：古代一种军乐器，多用以报昏晓、振士气。

【译文】

明月照耀着万里长城，将士的盔甲寒冷如冰，戍楼上寒风凛冽，睡梦里又来到了长安。

思乡的时候仰望浩渺无边的天空，更漏的残声里群星稀落。不知何处传来几声呜咽的画角，窗外的大雪漫天飞舞。

玉楼春（春入横塘摇浅浪）

春入横塘①摇浅浪，花落小园空惆怅。此情谁信为狂夫，恨翠愁红②流枕上。

小玉③窗前嗔燕语，红泪滴窗金线缕。雁归不见报郎归，织成锦字封过与④。

【注释】

①横塘：本为地名，六朝吴大帝时，自江口沿淮筑堤，谓之横塘，在今江苏南京市西南。此处指较大的水池。

②恨翠愁红：借代为泪水。恨翠：指眉。愁红：指泪水。

③小玉：唐传奇中的人物霍小玉。此处泛指思妇。嗔（chēn）：发怒，生气。

④封过：指把信封好了。与：寄与。

【译文】

春风拂过横塘，水上荡起阵阵涟漪，小园内飘满落花，令人万分惆怅。无人相信她对这个荡子的感情，满腔愁恨只能和着泪水流落到枕边。

她无来由地恼怒窗前的燕子双双低语，不禁泪洒窗前滴落在衣上。远方的鸿雁飞了回来，却没有带来情郎归来的消息，只好将写好的信封好托大雁寄给远方的他。

西溪子（捍拨双盘金凤）

捍拨①双盘金凤，蝉鬓玉钗摇动。画堂前，人不语，弦解语。

弹到昭君怨②处，翠蛾愁，不抬头。

【注释】

①捍拨：护拨的饰物。拨：拨动琵琶筝瑟弦索的器具。

②昭君怨：琵琶曲名，表达汉代王昭君的哀怨情感。昭君：即王昭君，姓王名嫱，汉元帝宫女，后赐给呼韩单于，出塞和亲。

【译文】

捍拨的一对金凤在弦上不住翻飞，鬓发上金钗随之不停颤动。画堂前的听众听得投入，没有一个人说话，只有琵琶弦声诉说着她的悠悠情思。

弹到伤感哀婉之时时，只见她愁眉紧锁，轻轻低下了头。

江城子（二首）

其一（鵁鶄飞起郡城东）

鵁鶄飞起郡城①东，碧江空，半滩风。

越王②宫殿，蘋叶藕花中。帘卷水楼鱼浪起，千片雪，雨蒙蒙。

【注释】

①郡城：此指古会稽（今浙江绍兴），春秋时为越国国都。

②越王：指勾践。

【译文】

一群白鹭从郡城东边飞起，掠过江上碧蓝的天空，卷起半滩江风。

越王旧时的宫殿，如今只是一片荷花蘋叶。水边的楼阁竹帘高卷，鱼儿在水面上嬉戏翻腾，激起层层水浪，如同千万片雪花飞舞，又化作蒙蒙细雨。

其二（极浦烟消水鸟飞）

极①浦烟消水鸟飞，离筵分首②时，送金卮③。

渡口杨花，狂雪任风吹。

日暮天空波浪急，芳草岸，雨如丝。

【注释】

①极：浦。

②分首：离别，分别。

③金卮（zhī）：金杯，古代盛酒的器皿。此处借代为"酒"。

【译文】

远处的水面上，云雾消散，水鸟飞舞。酒宴结束就要分别时，再奉上美酒一杯。

渡口的杨花，似狂雪一般任风吹舞。日暮时分，天阔波涌，长满芳草的岸边，细雨如丝般飘落。

花间集　卷第四

张泌（二十七首）

【词人简介】

张泌，生卒年不详。字子澄，淮南人。晚唐五代后蜀诗人、词人，其词多写艳情，用字工炼，章法巧妙，描绘细腻。现存词 27 首，收录在《花间集》中。

浣溪沙（十首）

其一（钿毂香车过柳堤）

钿毂①香车过柳堤，桦烟②分处马频嘶，为他沉醉不成泥。

花满驿亭香露细，杜鹃声断玉蟾③低，含情无语倚楼西。

【注释】

①钿毂（gǔ）：金饰的车轮轴承。

②桦烟：桦烛燃烧的烟。桦树皮厚而轻软，可卷蜡为烛，谓之"桦烛"。

③玉蟾：月亮。

【译文】

华丽的香车驶过长长的柳堤，此时桦烛已尽，骏马频频地嘶叫着，我爱他如痴如醉，心里却十分清醒。

驿亭边开满了鲜花，细小的露珠凝着花的香气。杜鹃鸟已停止了歌唱，月儿也已西沉，我满怀别情默默地伫立在楼西。

其二（马上凝情忆旧游）

马上凝情忆旧游①，照花淹竹小溪流，钿筝罗幕玉搔头②。

早是③出门长带月，可堪分袂④又经秋，晚风斜日不胜愁。

【注释】

①旧游：旧时的游客或游侣。

②玉搔头：玉钗，借指美女。也可指古曲牌名。

③早是：已是。

④分袂：离别。

【译文】

骑在马上，情思悠悠，回忆着往日的欢游。鲜花拥抱着竹林，小溪在脚边潺潺地流。罗幕里的女子正在弹奏古筝曲《玉搔头》。

想当初，她们已在宁静的月夜里分手，怎堪离别的相思又经一秋！夕阳下凄凉的晚风让人不胜哀愁。

其三（独立寒阶望月华）

独立寒阶望月华①，露浓香泛②小庭花，绣屏愁背一灯斜。

云雨自从分散后，人间无路到仙家，但凭魂梦访天涯。

【注释】

①月华：月光。

②泛：透出。

【译文】

独自站在寒冷的石阶上望着漫天的月光，小院中的花凝着露珠，散发着浓浓的花香。闺房内，一盏残烛斜斜地映照着绣屏。

自从那次云雨欢情过后，我们就分别了，从此人间再也没有一条路让我重登你的仙居，只有在梦中让魂迫迫随你到天涯海角。

其四（依约残眉理旧黄）

依约残眉理旧黄①，翠鬟抛掷一簪长，暖风晴日罢朝妆。

闲折海棠看又捻,玉纤②无力惹余香,此情谁会③倚斜阳?

【注释】

①依约:隐约。旧黄:残留的额黄。

②玉纤:纤纤玉指。

③会:理会,了解。

【译文】

眉上只留下淡淡的妆彩,额上还贴着昨日的花黄。满头秀发散乱,一支玉簪斜斜地插在头上。在这个风和日丽的日子,她却无心梳理晨妆。

随手折下一枝海棠,看看又将它揉碎。纤纤的玉手无力地垂下,竟无力再抬手嗅那花香。这般的情思有谁能理解?她只能孤独地倚栏望着斜阳。

其五(翡翠屏开绣幄红)

翡翠屏开绣幄①红,谢娥②无力晓妆慵,锦帷鸳被宿香浓。

微雨小庭春寂寞,燕飞莺语隔帘栊,杏花③凝恨倚东风。

【注释】

①绣幄(wò):绣帐。

②谢娥:即谢娘。此处为女子的泛称。

③杏花:比拟女子。以花拟人,是拟人化的写法。

【译文】

折起翡翠屏风，撩开红色绣帐，慵懒无力的女子无心梳理晨妆。锦帷遮住的绣被，还透着昨夜的浓香。

细雨飘进小小的庭院，显得春日更加寂寞。帘外的春燕飞来飞去，莺鸟在婉转地歌唱。杏花带着忧伤，随着暖暖的春风摇荡。

其六（枕障熏炉隔绣帷）

枕障①熏炉隔绣帷，二年终日两相思，杏花明月②始应知。

天上人间何处去，旧欢新梦觉来时，黄昏微雨画帘垂。

【注释】

①枕障：枕头和屏障。

②杏花明月：杏花每年春天盛开，月亮每月一度圆缺，故以之拟指岁月时间。

【译文】

枕边薰炉的香烟在罗帷内升腾，两年来我整天苦苦地思念你，杏花和明月自始至终明白我的心思。

我为了寻你走遍天上人间，不知道你到底在哪里。旧时的欢娱又入了梦中，醒来才知道这又是在梦里。在这细雨纷飞的黄昏，画帘正寂寂地低垂。

其七（花月香寒悄夜尘）

花月香寒悄夜①尘，绮筵幽会暗伤神，婵娟②依约画屏人。

人不见时还暂语，令才③抛后爱微颦，越罗巴锦不胜春④。

【注释】

①悄夜：静夜。

②婵娟：形态美好。泛指美貌女子。

③令才：出众的才华。一说令指词曲中的令、引、慢、近之类；或作酒令解。

④越罗巴锦：越地的罗，巴蜀的锦，都是古时著名的衣料。不胜：受

不住，不尽。

【译文】

月夜寂静清寒，花香袭人，轻尘微扬。在宴会上惊喜相会，却惹得暗暗伤神，那女子仿佛是画屏中人。

人还没有出现，就听见了她的说话声。我出众的才华刚刚展示就吸引了她的爱意，她的娇羞轻盈里不知蕴藏多少春意柔情。

其八（偏戴花冠白玉簪）

偏戴花冠白玉簪，睡容新起意沉吟①，翠钿金缕镇②眉心。

小槛③日斜风悄悄，隔帘零落杏花阴，断香轻碧④锁愁深。

【注释】

①沉吟：犹豫不决。

②镇：安插；压。

③小槛：窗外的小栏杆。

④断香轻碧：指零落的杏花。

【译文】

她斜戴着花冠，头上插着白玉簪，一副刚睡醒的样子，显得意气消沉，金缕束绕翠钿，插于眉上发际中。

屋外日斜风细，帘外杏花零落满地，一缕轻怨，从心头掠过。

其九（晚逐香车入凤城）

晚逐香车入凤城①，东风斜揭绣帘轻，慢②回娇眼笑盈盈。

消息③未通何计是，便须佯④醉且随行，依稀闻道太狂生⑤。

【注释】

①凤城：京城。

②慢：漫不经心。

③消息：音讯。此处指对车中美人的情意。

④便须：即应。佯（yáng）：假装。

⑤太狂生：此处指车中美人嗔骂之语。生：语尾助词，无义。

【译文】

　　傍晚时，我追逐着她的香车，一直跟随到京城里。一阵东风吹来，将绣帘斜斜地掀起，终于看到她漫不经心地回首相视，娇美的眸子带着盈盈笑意。

　　不知有什么办法能让她明白我的心意？只好佯装作酒醉的狂徒跟着车走，隐约听得车中人笑骂道"这人好轻狂"。

其十（小市东门欲雪天）

　　小市东门欲雪天，众中依约见神仙①，蕊黄香画②贴金蝉。

　　饮散黄昏人草草③，醉容无语立门前，马嘶尘烘④一街烟。

【注释】

　　①神仙：指所见之美女。

　　②蕊黄：额黄。画：点画。

　　③草草：匆促的样子。

　　④尘烘：尘土飞扬。

【译文】

　　小市东门外，天色阴沉，好像要下雪的样子。人群中忽见一位美女，仿佛下凡的仙女。钗头的金蝉晃动，不时碰到散发香味的额黄。

　　聚饮的酒席散后，人们匆匆走上归途，他仍旧痴痴地醉立门前张望。马儿嘶叫着驰过街道，荡起满街尘土飞扬。

临江仙（烟收湘渚秋江静）

烟收湘渚①秋江静，蕉花露泣愁红。五云②双鹤去无踪，几回魂断，凝望向长空。

翠竹③暗留珠泪怨，闲调④宝瑟波中，花鬟月鬓绿云重⑤。古祠深殿⑥，香冷雨和风。

【注释】

①湘渚：湘江的水边陆地。

②五云：五色祥云。

③翠竹：此指湘妃竹。据《述异记》载，舜南巡，葬于苍梧，尧二女娥皇、女英泪下沾竹，竹文成斑，故称为"斑竹"或"湘妃竹"。

④调：弹奏。湘灵：即湘妃。

⑤绿云重：形容鬟发浓美。

⑥古祠深殿：指湘妃祠，今湖南湘阴北洞庭湖畔之黄陵庙。

【译文】

秋天的湘江边上，烟消雾散，江水平静，美人蕉的红花上露珠滴落，如美人饮泣时的含怨凝愁。舜帝已经乘着五色祥云、驾着双鹤成仙而去不见了踪影，娥皇和女英仍旧凝望着长空，数度肝肠寸断。

翠竹上暗暗留下带怨的珠泪，在湘江波浪中，湘妃弹起了宝瑟。鬟如花，鬓如月，发如绿云，层层叠叠。如今却只是古祠深殿里的塑像，粉销香冷，相伴苦雨凄风。

女冠子（露花烟草）

露花烟草，寂寞五云三岛①，正春深。貌减潜②消玉，香残尚惹③襟。竹疏虚槛静，松密醮坛阴。何事刘郎去，信沉沉④。

【注释】

①三岛：即蓬莱、方丈、瀛洲三神山。

②潜：暗暗地，不知不觉地。

③惹：沾染。

④沉沉：声音、音信等遥远不及。

【译文】

花儿凝着寒露，如烟的雾在草丛中缭绕，五色祥云笼罩着寂静的三岛，这是春色正深的季节。容貌一天天在憔悴，犹如美玉不知不觉中销蚀了亮色，只有衣襟上还留有缕缕残香。

门槛外静静地立着稀疏的竹子，茂密的松林中醮坛也显得阴暗。为什么刘郎就这样走了？至今音信杳无。

河传（二首）

其一（渺莽云水）

渺莽①云水，惆怅暮帆，去程迢递。夕阳芳草，千里万里，雁声无限起。

梦魂悄断②烟波里，心如醉。相见何处是，锦屏香冷无睡，被头多少泪。

【注释】

①渺莽：即渺茫，辽阔而迷茫。

②悄断：暗自终结。

【译文】

浩渺的江水连着苍茫的云天，望着远去的暮色中的帆影，我万分惆怅，他离去的路程是那样遥远。夕阳映照着萋

萋芳草，别情千万里，四处传来鸿雁的鸣叫声。

　　梦魂般的离愁被烟波淹没，我的心如醉酒一般。不知何处是我们再次相见的地方？锦屏边的香燃尽了，我仍然愁思无眠，不知流了多少泪，被头上已经是泪痕斑斑。

其二（红杏）

　　红杏红杏，交枝相映，密密蒙蒙①。一庭浓艳②倚东风，香融，透帘栊。斜阳似共春光语，蝶争舞，更引流莺妒。魂销千片玉樽前，神仙，瑶池醉暮天。

【注释】

①蒙蒙：纷杂的样子。

②浓艳：指繁茂的鲜花。

【译文】

　　一枝又一枝红杏，枝枝交相辉映，花团锦簇。满院浓艳花香，借着春风透进帘栊。

　　夕阳似乎正在与春光交谈，彩蝶纷飞竞舞，更是引得飞莺妒羡。饮着美酒，陶醉于千片杏花里，又如醉入黄昏的瑶池，快活似神仙。

酒泉子（二首）

其一（春雨打窗）

　　春雨打窗，惊梦觉来天气晓。画堂深，红焰①小，背兰釭②。酒香喷鼻懒开缸③，惆怅更无人共醉。旧巢中，新燕子，语双双。

【注释】

①红焰：烛焰、灯焰。

②背：熄。

③釭：指酒坛子。

【译文】

春雨打窗，从梦中惊醒，发觉天已放亮。幽深的画堂内，灯焰即将燃尽，便伸手熄灭了它。

昨夜闻到酒香喷鼻，便懒懒地打开酒坛子，令人惆怅的是无人与我共醉。旧巢中一对新燕正在呢喃私语。

其二（紫陌青门）

紫陌青门^①，三十六宫^②春色。御沟辇路^③暗相通，杏园风。

咸阳沽酒宝钗空^④，笑指未央^⑤归去。插花走马^⑥落残红，月明中。

【注释】

①紫陌：指京城的道路。青门：汉长安城东南门。泛指京城城门。

②三十六宫：形容宫殿多。

③御沟：流经宫内的河道。辇路：帝王车驾经过的路。

④沽（gū）：买。宝钗空：指宝钗饰品全用来换钱买酒。

⑤未央：汉代宫殿名。

⑥走马：驰马。比喻疾驰。

【译文】

游遍京都的大街、城门，饱览三十六宫春色。走过暗中相连的宫中车道与御沟，享受杏园的春风得意。

在咸阳卖光了金钗宝玉买来美酒，大醉后笑着向未央宫归去。纵马飞驰时散落了头上的插花，片片花瓣在明亮的月光中飘舞。

柳枝（腻粉琼妆透碧纱）

腻粉琼妆透碧纱，雪休夸。金凤搔头堕鬓斜，发交加^①。

倚着云屏新睡觉，思梦笑。红腮隐出枕函花，有些些^②。

【注释】

①交加：交错；错杂。

②些些：些许，少许。

红粉玉妆透过轻盈的碧纱，肌肤胜雪。头上的金凤钗把发髻都坠歪了，鬟云飘散。

她从睡梦中醒来，倚着云屏，想起梦中的情景不由得含羞而笑，粉腮上还留有些许枕函花纹的印迹。

生查子（相见稀）

相见稀，喜相见，相见还相远。檀①画荔枝红，金蔓②蜻蜓软。
鱼雁③疏，芳信断，花落庭阴晚。可怜玉肌肤，消瘦成慵懒。

【注释】

①檀：浅红色。

②金蔓：金质首饰。

③鱼雁：指书信。古人有鱼雁传书之说。

【译文】

他俩见面的次数很少，所以相见时是那么欢喜。谁知他匆匆地见上一面，便又匆匆地远离。那时的她衣上绣着浅红的荔枝，钗头上的蜻蜓在软软的金丝上伫立。

别后的来信一天天稀少，好像断了消息。庭院幽深，片片落花凋零在暮色里。可怜那白嫩的肌肤，如今早已消瘦得光泽尽失，人也变得慵懒无力。

思越人（燕双飞）

燕双飞，莺百啭，越波堤①下长桥。斗钿花筐金匣恰②，舞衣罗薄纤腰。
东风淡荡③慵无力，黛眉愁聚春碧。满地落花无消息，月明肠断空忆。

【注释】

①越波堤：即"月波堤"。泛指河堤。

②斗钿花筐：妇女头饰。金匣：熨斗。此处指用熨斗将衣物烙平。

③淡荡：和舒的样子。

【译文】

燕子双双飞舞，黄莺千啼百啭，月波堤下横着一座长桥。头上的花饰金碧璀璨，熨平的舞衣十分轻薄，正好衬托出那纤柔的细腰。

春风和煦，暖得让人慵懒无力，黛眉凝聚着深深的忧愁，仿佛锁住了春山的碧绿。满地都是落花，却没有一片带来他的消息，皎洁的月光下，我断肠的相思只留下空空的回忆。

满宫花（花正芳）

花正芳，楼似绮①，寂寞上阳宫②里。钿笼③金锁睡鸳鸯，帘冷露华珠翠。

娇艳轻盈香雪腻④，细雨黄莺双起。东风惆怅欲清明，公子桥边沉醉。

【注释】

①绮：有花纹的细绫。

②上阳宫：唐代宫名。遗址在今河南洛阳市。唐玄宗时，杨贵妃得宠，排斥有姿色的宫女，有些宫女在上阳宫里被关闭了几十年，头发都白了。

③钿笼：金饰的鸟笼。

④香雪：指女子肌肤。腻：细腻光润。

【译文】

花儿正开得绚丽，画楼如织锦一样华丽，上阳宫里却只有满满的寂寞。好似金笼里锁住的昏睡的鸳鸯，翠玉珠帘凝着颗颗露珠，透着森森的寒冷。

可惜了她那娇艳的面庞、轻盈的体态与雪白的肌肤，竟还不如那对对在细雨中自由飞翔的莺鸟。惹人相思惆怅的春风吹来，眼看着又到了清明时节，只看见那王孙公子醉倚桥头。

南歌子（三首）

其一（柳色遮楼暗）

柳色遮楼暗，桐花落砌①香。画堂开处远风凉，高卷水晶帘额②，衬斜阳。

【注释】

①砌：白阶。

②帘额：垂帘上方的遮匾。

【译文】

春柳枝条繁密遮住了小楼的阳光，桐花落在石阶上散发着缕缕馨香。画堂门打开，吹进远来的凉风，高高卷起水晶帘额，映照在落日斜阳中。

其二（岸柳拖烟绿）

岸柳拖①烟绿，庭花照日红。数声蜀魄②入帘栊，惊断碧窗残梦，画屏空。

【注释】

①拖：曳引，摇曳。

②蜀魄：杜鹃鸟。

【译文】

岸边的柳枝摇曳着如烟的浓绿，院中的花儿在阳光的照射着更加红艳。几声杜鹃啼叫传入帘拢，惊断了绿窗纱里的残梦，只见画屏兀自立在那里。

其三（锦荐红鸂鶒）

锦荐①红鸂鶒，罗衣绣凤凰。绮疏②飘雪北风狂，帘幕尽垂无事，郁金香③。

【注释】

①荐：垫席。

②绮疏：雕饰空心花纹的窗户。

③郁金香：指室内充满郁金香美酒的香气。

【译文】

锦席上绣着红鸂鶒，罗衣上绣着金凤凰。雕饰空心花纹的窗户外北风呼啸，大雪纷飞。闲来无事，帘幕尽垂，室内飘散着郁金香美酒的香气。

江城子（二首）

其一（碧栏干外小中庭）

碧栏干外小中庭①，雨初晴，晓莺声。飞絮落花，时节近清明。睡起卷帘无一事，匀面了②，没心情。

【注释】

①中庭：庭院；庭院之中。

②匀面：化妆。了：结束，完毕。

【译文】

碧绿色的栏杆外是一方小小的院子，雨过天晴的早上，莺啼声声。柳絮纷飞，落花片片，已是接近清明时节了。睡醒起床后，卷起帘栊，觉得无所事事。化完妆，突然间心情皆无。

其二（浣花溪上见卿卿）

浣花溪①上见卿卿，脸波②明，黛眉轻。绿云高绾，金簇小蜻蜓。好是③问他来得么？和笑④道：莫多情。

【注释】

①浣花溪：一名濯锦江，又称百花潭，在成都市西。

②脸波：眼波。

③好是：最好是。

④和笑：含笑。

【译文】

当初在浣花溪旁见到她：眼波如秋水般明净，画眉的黛色淡淡的。高高的发髻如盘绕的云，发上簪着金缕盘结的蜻蜓。真心地问她能否和我约会，她含笑说道："不要自作多情。"

河渎神（古树噪寒鸦）

古树噪①寒鸦，满庭枫叶芦花。昼灯当午隔轻纱②，画阁珠帘影斜。

门外往来祈赛③客，翩翩帆落天涯。回首隔江烟火，渡头三两人家。

【注释】

①噪（zào）：指虫禽的鸣叫。

②昼灯：神庙里白天所燃的灯。轻纱：指轻纱灯罩。

③祈赛：许愿与还愿。赛：报答。

【译文】

古树上寒鸦声聒噪个不停，芦花枫叶落满庭院。青纱帐的后面，供神的灯中午还亮着，斜斜的灯影投在画阁珠帘上。

寺门外许愿与还愿的香客来来往往，翩翩远去的白帆渐渐地消逝在茫茫的天涯。回头远望，隔江的炊烟袅袅，只能看见渡口处的三两户人家。

蝴蝶儿（蝴蝶儿）

蝴蝶儿，晚春时，阿娇①初着淡黄衣，倚窗学画伊②。

还似花间见，双双对对飞。无端和泪拭胭脂，惹教双翅垂。

【注释】

①阿娇：即陈皇后，汉武帝刘彻的姑母长公主之女。此处代指美人。

②伊：指蝴蝶。

【译文】

晚春时节，蝴蝶纷飞，一位女子身着淡黄色的衣裳，临窗学画蝴蝶。

这些蝴蝶似曾在花丛之中见过，成双成对纷飞在窗前。好端端地不知怎么就流了泪，沾湿了胭脂，惹得蝴蝶儿垂翼流连。

花间集　卷第五

毛文锡（三十一首）

【词人简介】

毛文锡，字平珪，生卒年不详，唐末五代蜀词人。高阳（今属河北）人，一作南阳（今属河南）人。著有《前蜀纪事》2 卷、《茶谱》1 卷。

《花间集》称其为"毛司徒"，其词多写闺房艳情，间有疏淡明净之作。今有王国维辑《毛司徒词》1 卷。《花间集》收录其词 31 首。

虞美人（二首）

其一（鸳鸯对浴银塘暖）

鸳鸯对浴银塘①暖，水面蒲梢短。垂杨低拂麴尘波，蛛丝结网露珠多，滴圆荷。

遥思桃叶吴江碧②，便是天河隔。锦鳞红鬣③影沉沉，相思空有梦相寻，意难任④。

【注释】

①银塘：形容塘水清澈明净。

②桃叶：晋王献之爱妾名。此处指所怀念的人。吴江：指秦淮河，古属吴地，故称。

③锦鳞红鬣：代指书信。锦鳞：指红鲤鱼。红鬣：又名桃花鱼，雄鱼带红色，生殖季节色泽鲜艳；一说指鱼颔边的小鳍。

④任：负担，承受。

【译文】

塘水清澈明净温暖，一对对鸳鸯正在水中嬉戏。水中蒲草初生，枝梢尚短。淡黄色的杨柳低拂水面，摇漾生波。蜘蛛网上结着颗颗露珠，滴到圆圆的荷叶上面。

遥思秦淮河畔的桃叶渡，便如那银河把二人相隔。可叹书信难通，只有梦中相寻，这种相思真使人经受不住。

其二（宝檀金缕鸳鸯枕）

宝檀①金缕鸳鸯枕，绶带盘宫锦②。夕阳低映小窗明，南园绿树语莺莺，梦难成。

玉炉香暖频添炷③，满地飘轻絮。珠帘不卷度沉烟④，庭前闲立画秋千，艳阳天。

【注释】

①宝檀：珍贵的檀色。

②绶：古代系帷幕或印纽的带子。宫锦：原指宫中所织的锦绸，此指五彩帷幕。

③添炷：多次加燃料。炷：此处指参有香料的燃料。

④沉烟：沉香燃烧散发出的香烟。

【译文】

紫檀色的绣枕上绣着金丝鸳鸯，华美的绶带束着五彩帷帐。夕阳的余晖映照着窗纱，南园绿树上的莺啼声声，叫人难以入梦。

温热的香炉中一次次添续燃香，遍地柳絮飘飘。艳阳天下，烟絮缭绕透过低垂的珠帘，庭前闲闲地立着一架彩色的秋千。

赞成功（海棠未坼）

海棠未坼①，万点深红，香包缄结②一重重。似含羞态，邀勒③春风。蜂来蝶去，任绕芳丛。

昨夜微雨，飘洒庭中。忽闻声滴井边桐，美人惊起，坐听晨钟。快教折取，戴玉珑璁④。

【注释】

①坼（chè）：分裂，裂开。

②香包：花苞。缄结：封闭。

③邀勒（lè）：邀引，邀请。

④玉珑璁：指首饰。珑璁（cōng）：原指像玉的石头；也形容金属或玉石等碰击的声音。

【译文】

海棠含苞待放，绿叶中藏着万点深红，花苞紧裹着花瓣重重。就好像含着羞态，邀引春风快快吹来。蜂来蝶去，自由自在地绕着花丛飞舞。

昨夜下了一场小雨，在院中飘飘洒洒。忽然听到雨声滴打在井边桐树上的声音，美人惊起，坐听晨钟敲响。赶快去折一支海棠花吧，把它插在头上。

西溪子（昨日西溪游赏）

昨日西溪游赏，芳树奇花千样，锁①春光。

金樽满，听弦管，娇妓舞衫香暖。不觉到斜晖②，马驮归。

【注释】

①锁：包围，留住。

②晖（huī）：阳光。

【译文】

昨天在西溪游春日游赏花，各种各样的奇花绿树沐浴在春光中。

倒满酒杯，倾听管弦，娇柔的歌妓的舞衣上满是暖暖的香气。不知不觉中夕阳西下，沉醉，沉沉醉意中任由马驮而归。

中兴乐（豆蔻花繁烟艳深）

豆蔻花繁烟艳深，丁香软结同心。翠鬟女，相与共淘金①。

红蕉叶里猩猩语，鸳鸯浦②，镜中鸾舞。丝雨隔，荔枝阴。

【注释】

①淘金：用水冲刷含金的沙子，选出沙金。

②浦：小洲。

【译文】

豆蔻花盛开，浓浓的红雾中，丁香花温柔地结成同心。少女们相约着一起去淘金。

芭蕉红叶下，猩猩正在嬉闹。小洲上，鸳鸯正在歇息。溪水如镜，淘金少女身影映入水中，如鸾凤起舞。突如其来的一阵大雨，将少女们赶向荔枝树下。

接贤宾（香鞯镂襜五花骢）

香鞯镂襜五色骢①，值春景初融。流珠喷沫蹩躞②，汗血流红③。

少年公子能乘驭，金镳④玉辔珑璁。为惜珊瑚鞭不下⑤，骄生百步千踪⑥。信⑦穿花，从拂柳，向九陌追风⑧。

【注释】

①香鞯镂襜：指华贵的马鞍具。鞯（jiān）：衬托马鞍的垫子。襜（chān）：原指古时的短便衣和车的帷幕。这里与"鞯"相通，即"鞍鞯"，与"鞯"同义，都是鞍垫一类的东西。骢（cōng）：青白色的花马，又称"菊花青马"。

②流珠喷沫：指马喷涌唾沫。

蹀躞（xiè dié）：来回走动的样子。

③汗血流红：马汗颜色如血。指汗血宝马。

④金镳（biāo）：饰金的马嚼子。

⑤珊瑚鞭：比喻华贵的马鞭。不下：不打下来。

⑥百步千踪：写马高扬行走之貌。踪：脚印。

⑦信：任意，随意。

⑧九陌：都城中的大道。追风：形容马奔跑迅疾。

【译文】

正值春景初融时分，五色青花马佩戴着华贵的鞍具，喷涌着唾沫来回走动，马汗颜色如血。

宝马配着金嚼玉辔，一位少年公子骑在马身上。因为爱惜宝马，少年挥着珊瑚马鞭却不舍得打下来。宝马更生骄意，昂首奔驰。它从花丛中信步穿过，紧接着掠过柳林，向着都城中的大道飞奔。

酒泉子（绿树春深）

绿树春深，燕语莺啼声断续。蕙风①飘荡入芳丛，惹残红②。

柳丝无力袅烟空③，金盏不辞须满酌。海棠花下思朦胧，醉香风。

【注释】

①蕙风：夹带花草芳香的风。蕙（huì）：香草名，又称"蕙草"、"薰草"，俗名"佩兰"，有香气。

②惹：招惹，逗弄。此处有吹动之意。残红：指落花。

③烟空：指柳色如烟，布于晴空。

【译文】

绿树如荫，春色正浓，燕语伴着莺歌时续时断。香风暖暖的飘荡入花丛里，吹起地上的片片落花。

春柳在晴空里舞着袅袅绿烟，大好春光里莫要拒绝将美酒斟满杯。陶醉在海棠花下的香风里，勾起朦胧的思念。

喜迁莺（芳春景）

芳春景，暖①晴烟，乔木见莺迁②。传枝偎叶语关关③，飞过绮丛④间。
锦翼鲜，金毳⑤软，百啭千娇相唤。碧纱窗晓怕闻声，惊破鸳鸯暖。

【注释】

①暖（ài）：暗淡，晦暗。

②莺迁：比喻登第。

③传枝：在树枝中穿过。偎叶：依偎着树叶栖息。关关：鸟的鸣叫声。

④绮丛：百花丛中。这里指树丛。

⑤金毳（cuì）：鸟的金色腹毛。毳：鸟兽的细毛。

【译文】

花繁草绿的春天里，晴空里飘着淡淡的云烟，高高的乔木上飞来一对
黄莺。它们在树枝中穿过，依偎着树叶栖息，声声和鸣，飞过密密的树
丛间。

五彩的羽翼光泽鲜艳，金黄的羽绒又细又软，歌喉百转千回，娇声相
唤。绿纱窗里的人却怕听这莺歌晓唱，生怕将鸳鸯暖被里的好梦惊断。

更漏子（春夜阑）

春夜阑①，春恨切，花外子规啼月。人不见，梦难凭，红纱一点②灯。
偏怨别，是芳节，庭下丁香千结。宵雾散，晓霞晖，梁间双燕飞。

【注释】

①夜阑：夜深。

②一点：即一盏。

【译文】

春夜深深，春的思愁绵绵不绝，花丛外杜鹃鸟对月啼叫。相思的人不
见踪影，即使在梦里也难相见，只有红纱罩里的一点残灯幽幽独明。

最恨的是在春暖花开的季节分别，院中的丁香花千心同结。夜雾渐渐
地飘散，朝霞满天，画梁间一双春燕飞舞嬉戏。

赞浦子（锦帐添香睡）

锦帐添香睡，金炉换夕熏①。懒结芙蓉带，慵拖翡翠裙。

正是桃夭柳媚②，那堪暮雨朝云？宋玉高唐意，裁琼③欲赠君。

【注释】

①夕熏：一种熏香的燃料。

②桃夭柳媚：桃花艳丽，杨柳妩媚。比喻妙龄女子。

③裁：裁下，取下来。琼：琼瑶，美玉。此处代指情书。

【译文】

添过了燃香才进入锦帐入睡，入夜又将金炉换上夜用的燃香。懒懒的连芙蓉绣带也懒得束结，任翡翠裙摆拖曳在地上。

正是桃花艳丽、杨柳妩媚的季节，怎能虚度这朝云暮雨的好时光？恰如宋玉抒发《高唐赋》的情意，我也写了一封情书送给他。

甘州遍（二首）

其一（春光好）

春光好，公子爱闲游，足风流。金鞍白马，雕弓宝剑，红缨锦襜出长楸①。

花蔽膝②，玉衔头③。寻芳逐胜欢宴，丝竹不曾休。美人唱，揭调是甘州④，醉红楼。尧年舜日⑤，乐圣⑥永无忧。

【注释】

①红缨：红色的冠带。泛指冠帽华美。长楸：或作"长秋"，汉代有长秋官与长秋门，故泛指游乐之地。楸（qiū）：别名金丝楸、金楸檀、梓桐，是一种落叶乔木。

②花蔽膝：指游玩时花草掩膝。

③玉衔头：指树花落于冠上如戴珠玉。衔：佩戴。

④揭调：开腔；高调。甘州：原为地名，今甘肃省张掖市甘州区。此指唐教坊曲名《甘州谣》。

⑤尧年舜日：比喻太平盛世。

⑥乐圣：享乐于圣朝。

【译文】

春光如此美好，王孙公子都喜欢出游踏青，一个个打扮得风流倜傥。骑着金鞍白马，挎着雕弓宝剑，盛装华服出了城门。

花儿开得都没过了膝盖，落于冠上如戴珠玉。大家寻芳逐胜，欢歌宴舞，音乐此起彼伏，一刻不停。美人在宴会上歌唱，开腔便是《甘州谣》，满楼的人都陶醉其中。这样的太平盛世景象，人们享乐于圣朝，仿佛永远没有忧愁。

其二（秋风紧）

秋风紧，平碛①雁行低，阵云②齐。萧萧飒飒③，边声④四起，愁闻戍角与征鼙⑤。

青冢⑥北，黑山⑦西。沙飞聚散无定，往往路人迷。铁衣冷，战马血沾蹄，破番奚⑧。凤凰诏⑨下，步步蹑丹梯⑩。

【注释】

①平碛：一望无际的沙漠。碛（qì）：原指浅水中的沙石。引申为沙漠。

②阵云：浓重厚积形似战阵的云。古人认为这是战争之兆。

③萧萧：摇动的样子。飒飒：风声。

④边声：边防线上的声响，即指角、鼓、马嘶、风吼之类的声音。

⑤角：画角，军号之类的乐器。征鼙（pí）：战鼓。

⑥青冢（zhǒng）：王昭君墓。相传冢上草色常青，故名。在今内蒙古呼和浩特市南。

⑦黑山：又名杀虎山，在今内蒙古包头市西北。

⑧番奚：匈奴的别种，分布在西拉木伦河流域，从事游牧。也多指西北方少数民族

⑨凤凰诏：皇帝诏书。古代皇帝的诏书要由中书省发，中书省在禁苑中凤凰池处，故称"凤凰诏"，又称"凤诏"。

⑩蹑（niè）：踩，踏。丹梯：又称"丹墀"，宫殿前的台阶，以红色涂饰。

【译文】

秋风正紧，大雁排着队在大漠的空中低飞，天边笼罩着层层密密形似战阵的黑云。在萧萧飒飒的秋风中，征战的厮杀声、号角声四面响起，战鼓咚咚擂响，号角呜呜齐鸣，令人愁云顿起。

在昭君墓北、黑山以西，弥漫的飞沙聚散不定，常常让行人迷路。铠甲结着寒冰，鲜血染红马蹄，经过浴血奋战，终于击退敌人。皇帝颁下诏书，让前敌将士准备进宫受赏。

纱窗恨（二首）

其一（新春燕子还来至）

新春燕子还来至，一双飞。垒巢泥湿时时坠，涴①人衣。

后园里看百花发，香风拂，绣户金扉②。月照纱窗，恨依依。

【注释】

①涴（wò）：弄脏，沾污。

②绣户：华丽的居室。多指女子的住所。金扉：金色的门扇。泛指华贵的门户。

【译文】

新春时节，燕子又飞回来了，一对对在梁间飞绕。燕子筑巢时运来的湿泥不时掉落，把人的衣裳都弄脏了。

在后园中看百花齐放，香风吹拂，吹入绣户金扉。月光照着纱窗，似依依含恨。

其二（双双蝶翅涂铅粉）

双双蝶翅涂铅粉①，哑②花心。绮窗绣户飞来稳，画堂阴。

二三月爱随飘絮，伴落花，来拂衣襟。更剪轻罗片③，傅④黄金。

【注释】

①铅粉：又称"铅华"，涂面的化妆品。

②哑：吸吮。

③轻罗片：蝴蝶翅膀如剪下的绸片形容蝶翅轻薄。轻罗：一种质地轻盈质量上乘的柔软丝织品。

④傅：敷，涂。

【译文】

蝴蝶的翅膀好似涂着脂粉，双双在花丛之中吸吮花蕊。越过绮窗绣户款款地飞来，落在画堂的阴凉处。

在二、三月里它常追随飘飞的柳絮，与落花为伴，不时地去拂弄人的衣襟。薄薄的双翼如剪裁的绸片，像敷着黄金金光闪闪。

柳含烟（四首）

其一（隋堤柳）

隋堤柳，汴河①旁。夹岸绿阴千里，龙舟凤舸木兰香②，锦帆张。

因梦③江南春景好，一路流苏羽葆④。笙歌未尽起横流⑤，锁春愁。

【注释】

①汴河：即汴水，又名通济渠、汴渠。始于河南商丘市南，向东南流，

入安徽省境，经宿县、灵璧、泗县入淮河。今已废。

②凤舸（gě）：饰为凤凰形的大船。木兰：树名，一种落叶乔木。

③因梦：传说隋炀帝梦游江南，于是决定泛舟去江都看琼花。

④流苏羽葆：皇帝仪仗中车马的装饰。羽葆：仪仗中的华盖，用鸟羽连缀制成。

⑤起：发生。横流：水不顺道而流。这里暗喻天下大乱，导致隋亡。

【译文】

在汴河旁的隋堤上，两岸绿柳荫蔽，绵延千里成行。龙舟凤舸散发着木兰的芳香，锦帆高扬乘风前进。

只因为梦见了江南春天的美景，便大张旗鼓、流苏羽盖下江南游赏。一路笙歌晏舞，可惜行程未尽，大乱就降临了。如今，只剩下如烟的春柳笼罩着千古愁思。

其二（河桥柳）

河桥柳，占芳春。映水含烟拂路，几回攀折赠行人，暗伤神。

乐府吹为横笛曲①，能使离肠断续。不如移植在金门②，近天恩③。

【注释】

①横笛曲：笛子横吹。此处指乐府横吹曲辞中的《折杨柳》曲。

②移植在金门：指唐宣宗取永丰坊垂柳植于禁中之事。金门：指

金马门，代指皇宫。

③天恩：皇恩。

【译文】

小河桥边的柳树，占尽了春天的颜色。柳条倒影水中，带着云烟，低拂着路面。已经好几次攀折柳枝赠给远行之人，不由得让人暗自伤神。

乐府中，将《折杨柳》这类的诗作为乐曲歌唱，人们听了，又会使别情离绪时时泛起。还不如将它们移植到皇宫中，更能沐浴皇恩。

其三（章台柳）

章台①柳，近垂旒②。低拂往来冠盖③，朦胧春色满皇州④，瑞烟⑤浮。
直⑥与路边江畔别，免被离人攀折。最怜京兆画蛾眉⑦，叶纤⑧时。

【注释】

①章台：汉代长安的街名，歌台舞榭所在地，多柳。

②近：好像。垂旒（liú）：此处指帝王冠冕上的装饰，用丝绳系玉下垂。旒：旗子上的飘带。

③冠盖：官吏的服饰和车乘，借指官吏。

④皇州：京城。

⑤瑞烟：祥云。

⑥直：即使。

⑦京兆画蛾眉：指汉京兆尹张敞为其妻画眉之事，形容柳叶纤细如眉。

⑧叶纤：指画眉细长而深，如柳叶状。

【译文】

章台路边的丝丝绿柳，好似条条垂旒，低拂着来往官吏的冠服华盖。浓浓的春色洒遍京城，祥云在天空中漂浮。

一直希望能远离大路江边，免受被离人攀折之苦。最羡慕张敞为妻画眉的情景，将纤纤的柳叶画上眉头。

其四（御沟柳）

御沟①柳，占春多。半出宫墙婀娜②，有时倒影蘸③轻罗，漾尘波。

昨日金銮巡上苑④，风亚⑤舞腰纤软。栽培得地近皇宫，瑞烟浓。

【注释】

①御沟：禁苑中的流水渠。

②婀娜（ē nuó）：形容柳枝等较为纤细的植物体态优美或女子身姿优雅，亭亭玉立。

③蘸（zhàn）：在水或其他液体里沾一下。

④金銮：即金銮殿。此处代指皇帝。上苑：供帝王玩赏、打猎的园林。

⑤亚：压，这儿是吹的意思。舞腰：形容柳条。

【译文】

御沟旁的柳树，更多地享尽春色。半伸出宫墙外，露出婀娜的身姿，有时候在水中的倒影又如轻罗一片，荡起一丝微波。

昨天皇帝到上苑巡赏，风吹柳条又细又软。将它们栽在靠近皇宫的地方，祥瑞的云烟也变得浓厚起来。

醉花间（二首）

其一（休相问）

休相问，怕相问，相问还添恨。春水满塘生，鸂鶒正相趁①。

昨夜雨霏霏，临明②寒一阵。偏忆戍楼③人，久绝边庭④信。

【注释】

①相趁：相逐。

②临明：即将天亮。

③戍楼：边防驻军的瞭望楼。

④边庭：边地，边塞。

【译文】

不要问，怕人问，相问只会增添几多怨恨。碧绿的春水涨满池塘，正适合鸂鶒嬉戏。

昨夜春雨纷飞，天将明时带来阵阵寒气。偏偏又想起远征戍边的他，已经很久未收到边关的来信了。

其二（深相忆）

深相忆，莫相忆，相忆情难极①。银汉是红墙，一带遥相隔。
金盘②珠露滴，两岸榆花白。风摇玉佩清③，今夕为何夕？

【注释】

①极：尽头。

②金盘：承露盘。传说汉武帝作柏梁台，建铜柱，高二十丈，大十围，
上有仙人掌金盘承露，和玉屑饮之以求仙。

③清：清越的响声。

【译文】

思念越来越深，但最好不要思念，因为思念之情没有尽头。银河如一
堵红墙，一带河水隔断鹊桥路。

承露盘珠露滴，两岸榆花开。风摇玉佩发出清越的响声，今晚到底是
什么样的良辰？

浣溪沙（春水轻波浸绿苔）

春水轻波浸绿苔，枇杷洲①上紫檀开。晴日眠沙鹥鶒稳，暖相偎。
罗袜生尘②游女过，有人逢着弄珠③回。兰麝飘香初解佩，忘归来。

【注释】

①枇杷洲：应为琵琶洲。旧址在今江西省余干县南边信江中。

②罗袜生尘：游女过时罗袜上带着水雾。尘：尘雾。曹植《洛神赋》：
"凌波微步，罗袜生尘。"意思是凌波仙子脚踩尘雾茫茫，如尘烟滚滚，所
以说"生尘"。

③弄珠：指佩珠的游女，这里泛指偶遇的多情少女。

【译文】

春水扬起轻波浸湿绿苔，琵琶洲上紫檀花开。春日明媚的天气里，鹥
鶒悠闲地在沙滩上栖息，在暖暖的春日下相偎相依。

游春的女子经过时罗袜上带着水雾，有人偶遇多情的少女正在徘徊。少女身上兰麝飘香，刚刚解下环佩，偶遇的人差点忘了归来。

浣溪沙（七夕年年信不违）

七夕年年信不违①，银河清浅白云微，蟾光鹊影伯劳飞②。

每恨蟪蛄怜婺女③，几回娇妒下鸳机④，今宵嘉会两依依。

【注释】

①七夕：农历七月初七夜。民间传说此夜牛郎织女在天河相会。违：违约。

②蟾光：月光。鹊影：鹊桥。伯劳：鸟名，俗称胡不拉。《玉台新咏》卷九载《东飞伯劳歌》曰："东飞伯劳西飞燕，黄姑（牵牛）织女时相见。"

③蟪蛄（huì gū）：蝉的一种，秋日悲鸣。婺（wù）女：星名，又称"女宿"，二十八宿之一，代指织女。

④鸳机：织锦机。

【译文】

每年的七夕之夜都不违约定，清浅的银河飘着依稀的白云，月光下的鹊桥上的伯劳鸟四处飞舞。

常恨蟪蛄啼鸣，仿佛是对织女倾诉着无尽情意，惹得她多少次嗔妒地停下机梭。盼着今夜的美好相会，与情郎相依相偎。

月宫春（水晶宫里桂花开）

水晶宫①里桂花开，神仙探几回。红芳金蕊绣重台②，低倾玛瑙杯。

玉兔银蟾争夺护，姮娥姹女③戏相偎。遥听钧天九奏④，玉皇⑤亲看来。

【注释】

①水晶宫：指月宫。

②重台：复瓣的花；同一枝上开出的两朵花。

③姮（héng）娥：即嫦娥。姹（chà）女：美丽的少女。

④钧天九奏：天上仙乐。钧天：中天，天帝所居。九奏：奏乐九曲，

指极隆重的仙乐。

⑤玉皇：玉皇大帝，传说中神仙之主。

【译文】

月宫里桂花开，神仙都跑到那里观赏几次了。红芳金蕊，一枝两花，如同低低倾斜的玛瑙。

玉兔明月争相看护着桂花，嫦娥与许多美女相偎着桂花嬉戏。遥听中天奏起极隆重的乐曲，在音乐声中，玉帝亲临月宫巡赏。

恋情深（二首）

其一（滴滴铜壶寒漏咽）

滴滴铜壶寒漏咽①，醉红楼月②。宴余香殿会鸳衾，荡春心。

真珠③帘下晓光侵，莺语隔琼林④。宝帐欲开慵起，恋情深。

【注释】

①咽（yè）：呜咽，哽咽。

②醉红楼月：醉于月夜之下，红楼之中。

③真珠：即珍珠。侵：透过。

④琼林：树林的美称。

【译文】

春夜清寒，滴漏之声悠长沉闷，如泣如诉，我醉于月夜之下、红楼之中。宴罢回到香阁拥着鸳鸯绣被，春心漾漾。

莹莹的晓光透进珠帘，林中传来莺啼声。欲掀帘帐却懒得起身，

只因梦中的恋情过于缠绵。

其二（玉殿春浓花烂漫）

玉殿①春浓花烂漫，簇神仙伴。罗裙窣地②缕黄金，奏清音。
酒阑歌罢两沉沉③，一笑动君心。永愿作鸳鸯伴，恋情深。

【注释】

①玉殿：华丽的厅堂。

②窣（sū）地：拂地；在地上拖曳。

③酒阑：酒将尽的意思。两沉沉：指饮宴歌舞俱停，气氛沉静下来。

【译文】

华丽的厅堂内春意浓浓，春花烂漫，身旁聚集着一群神仙般的美女为伴。罗裙在地上拖曳，金黄色的丝缕妆饰着裙带，仿佛在演奏清越动听的乐曲。

酒将尽，歌舞歇，气氛沉静下来。美女莞尔一笑，打动了他的心。愿你们永做一对鸳鸯伴侣，相亲相爱。

诉衷情（二首）

其一（桃花流水漾纵横）

桃花流水漾纵横①，春昼彩霞明。刘郎②去，阮郎③行，惆怅恨难平。
愁坐对云屏④，算归程。何时携手洞边迎？诉衷情。

【注释】

①桃花流水：指刘晨、阮肇在天台山遇仙女的桃源洞。纵横：指桃花纷繁相交；或指水流交错。

②刘郎：指刘晨。

③阮郎：指阮肇。

④云屏：以云母装饰的屏风，为富贵人家的陈设品。

【译文】

桃花洞水波荡漾，水流交错，这是个春日的白天，彩霞满天。刘郎走了，阮郎也远行了，令人惆怅万分，恨意难消。

面对着云屏而做，愁眉不展，心中计算他们的归程。不知道何时才能洞边迎接他们？手拉着手互诉离别相思之情。

其二（鸳鸯交颈绣衣轻）

鸳鸯交颈绣衣轻①，碧沼藕花馨②。偎藻荇③，映兰汀④，和雨浴浮萍。思妇对心惊，想边庭⑤。何时解佩掩云屏，诉衷情。

【注释】

①绣衣轻：形容鸳鸯羽翼轻薄。

②馨（xīn）：散布得很远的香气。

③藻荇（xìng）：泛指水草。荇：荇菜。

④兰汀（tīng）：生长有兰草的水边平地。

⑤边庭：此处指边疆征戍的丈夫。

【译文】

绣衣轻薄，衣上鸳鸯交颈。碧绿的池塘内，荷花香气四溢。鸳鸯依偎着水草，映照着生长有兰草的水边平地，细雨轻打着浮萍。

思妇看着绣衣上的这幅情景，不由得心惊，思念起边疆征戍的丈夫。不知他何时归来，解衣相拥，互诉衷肠。

应天长（平江波暖鸳鸯语）

平江波暖鸳鸯语，两两钓船归极浦①。芦洲②一夜风和雨，飞起浅沙翘雪鹭③。

渔灯明远渚，兰棹今宵何处？罗袂从风轻举，愁杀采莲女。

【注释】

①极浦：极目望不到边的水面。

②芦洲：芦苇荡。

③翘雪鹭：形容白鹭的长颈高翘。

【译文】

平静的江面上，暖暖的水波中鸳鸯戏语，三三两两的钓鱼船向远处的江岸归去。芦苇荡经历了一夜风雨吹打，长颈的白鹭从浅浅的沙滩中飞起。

渔火照亮远处江中的小洲，不知你的船今夜将在何处歇息？江风吹动罗裙轻轻地飘舞，离别的愁愁杀采莲女。

何满子（红粉楼前月照）

红粉楼①前月照，碧纱窗外莺啼。梦断辽阳②音信，那堪独守空闺？恨对百花时节，王孙绿草萋萋。

【注释】

①红粉楼：指女子居住的处所。

②梦断：梦醒。辽阳：代指征人所在地。

【译文】

女子居住的小楼沐浴在月光下，绿纱窗外黄莺声声叫人心烦。刚梦到边关有音信传来就被惊醒，怎能忍这独守空闺的愁怨？面对百花盛开的时节又添怨恨，萋萋芳草更牵动了对亲人的思念。

巫山一段云（雨霁巫山上）

雨霁①巫山上，云轻映碧天。远风吹散又相连，十二晚峰②前。
暗湿啼猿树，高笼③过客船。朝朝暮暮楚江边，几度降神仙？

【注释】

①雨霁（jì）：雨停。

②十二晚峰：指巫山十二峰。

③笼：笼罩。

【译文】

雨后的巫山上，淡淡的白云映着蓝蓝的天。远来的晚风吹得云雾时散时聚，依旧漂浮在十二晚峰前。

幽幽地润湿啼猿栖息的树，高高地笼罩江中过往的客船。朝为轻云，暮为细雨，一天又一天地在楚江边盼望，何时神仙能降临人间？

临江仙（暮蝉声尽落斜阳）

暮蝉声尽落斜阳，银蟾影挂潇湘①。黄陵庙②侧水茫茫。楚山红树，烟雨隔高唐③。

岸泊渔灯风飐碎，白蘋远散浓香。灵娥鼓瑟韵清商④。朱弦⑤凄切，云散碧天长。

【注释】

①潇湘：潇水和湘水合称，均在湖南境内。

②黄陵庙：即湘妃祠，祠舜之二妃娥皇、女英，在今湖南湘阴县北湘水入洞庭湖处。

③高唐：楚国台观名。

④灵娥：即湘灵、湘水女神。清商：即商声，古五音之一。

⑤朱弦：瑟弦的美称。

【译文】

斜阳落日送走傍晚的最后一声蝉鸣，潇湘江面高悬起银色的明月。黄陵庙边的江水茫茫一片。楚山的红树笼罩在茫茫烟雨里，隔断了高唐台。

风儿吹乱了岸边渔船上的灯影，白蘋远远地飘散着浓浓的香气。涛声仿佛湘妃鼓瑟，发出清商之音。那朱红的瑟弦凄切的悲鸣，久久地回荡在蓝天白云中。

牛希济（十一首）

【词人简介】

　　牛希济，生卒年不详，约公元913年前后在世。牛峤之侄。五代词人。陇西（今甘肃）人。前蜀王衍时，曾任翰林学士，史称"牛学士"。

　　牛希济以词著名。其词多写相思离别之情，风格清新流畅，亲切自然，无雕琢之迹。今存其词14首，收于《花间集》及《唐五代词》。今有王国维辑《牛中丞词》一卷。《花间集》收录其词11首。

临江仙（七首）

其一（峭碧参差十二峰）

　　峭碧参差①十二峰，冷烟寒树重重。瑶姬②宫殿是仙踪。金炉珠帐，香霭③昼偏浓。

　　一自④楚王惊梦断，人间无路相逢。至今云雨带愁容。月斜江上，征棹动晨钟。

【注释】

①参差（cēn cī）：长短、高低不齐的样子。

②瑶姬：神女。

③香霭：香炉的熏烟。霭：云气，烟雾。

④一自：自从。

【译文】

　　巫山十二峰山峰陡峭不平，绿意浓浓，寒雾笼罩着重重古树。神女的宫殿还留有仙人的印迹。金炉珠帐，烟雾使得白昼变得阴暗起来。

自从楚王被惊断了高唐情梦，人间就再无路与神女来相会。直到如今，朝云暮雨都为之悲切。弯月斜斜地照着江面，远行的桨声惊动了晨钟。

其二（谢家仙观寄云岑）

谢家仙观寄云岑①，岩萝②拂地成阴。洞房③不闭白云深。当时丹灶④，一粒化黄金。

石壁霞衣犹半挂，松风长似鸣琴。时闻唳⑤鹤起前林。十洲高会⑥，何处许相寻？

【注释】

①谢家仙观：即谢女峡，相传为谢女得道之地。在今广东省中山市境海域中。谢家：指谢真人。观（guàn）：祠宇，道观。云岑（cén）：云巅。岑：小而高的山岭。

②萝：藤萝。

③洞房：仙家以洞为居地，此处指神仙居住的地方。

④丹灶：炼丹的炉灶。

⑤唳（lì）：鹤鸣。

⑥十洲高会：指仙人在十洲会聚。十洲：海中仙境，仙人所居的地方。据《十洲记》载："汉武帝闻西王母说巨海之中有祖洲、瀛洲、玄洲、炎洲、长洲、元洲、流洲、生洲、凤麟洲、聚窟洲。此十洲乃人迹稀绝处。"

【译文】

谢女成仙的道观坐落在云巅，拂地的藤萝将岩壁遮盖。深深的白云中，修行的仙洞洞门大开。据说当年炼丹炉中的仙丹，每一粒都是黄金炼成。

纷飞的流霞如仙衣半挂在石壁上，松涛阵阵似鸣琴。庙宇前的松林深处，不时传来仙鹤的啼鸣。谢女已去十洲与神仙聚会，哪里才能找到她呢？

其三（渭阙宫城秦树凋）

渭阙①宫城秦树凋，玉楼独上无聊。含情不语自吹箫。调清和恨②，天路逐凤飘。

何事乘龙人忽降③，似知深意相招。三清④携手路非遥。世间屏障⑤，彩笔画娇娆⑥。

【注释】

①渭阙：渭水边的宫阙。此处指秦都咸阳，因地近渭水，故称。阙（què）：宫阙，城阙。

②调：曲调。清：清凄，清越。和：含着。

③乘龙人忽降：据《列仙传》载：周宣王的史官萧史，善吹箫作凤鸣。秦穆公以女弄玉妻之，日教弄玉吹箫，数年而似凤鸣。有凤来止，公为筑凤台。后萧史乘龙，弄玉乘凤，俱飞升而去。

④三清：道家所谓玉清、上清、太清。此指仙人所居地。

⑤屏障：屏风和帷帐。

⑥娇娆：代指美人，即弄玉。

【译文】

渭水边的都城咸阳，秦时的树木早已凋零，无聊的弄玉独自登上玉楼。她含情不语，独自吹起凤箫。箫声里深含离情别恨，清凄的曲调随风回荡在天空。

为什么萧史忽然乘龙飞降？因为他听到箫曲深情的召唤。夫妻携手乘龙凤仙游，三清仙境不过咫尺行程。人间传诵着美丽动人的故事，将他们的仙姿画上锦幛玉屏。

其四（江绕黄陵春庙闲）

江绕黄陵春庙①闲，娇莺独语关关②。满庭重叠绿苔斑。阴云无事，四散自归山。

箫鼓声稀香烬冷，月娥敛尽弯环③。风流皆道胜人间。须知狂客，判死
为红颜。

【注释】

①黄陵春庙：即黄陵庙。

②关关：鸟鸣声。

③弯环：月弯如环。

【译文】

江水绕过黄陵庙流去，春天的庙宇闲静空寂，只有黄莺在独自娇鸣。
满院的青苔重叠茵绿。阴云轻轻地悠悠飘扬，四处飘散着涌入山间。

箫鼓声稀，香烬灰冷，月神将最后的弧线也收进天幕里。都说是神仙
风流胜过尘世。须知之意狂荡的人，才会为红颜知己将生命捐弃。

其五（素洛春光潋滟平）

素洛春光潋滟平①，千重媚脸初生。凌波罗袜势轻轻。烟笼日照，珠翠
半分明。

风引宝衣疑欲舞，鸾回凤翥②堪惊。也知心许③恐无成。陈王辞赋④，千
载有声名。

【注释】

①素洛：清澄的洛水。潋滟（liàn yàn）：水波荡漾的样子。

②鸾回凤翥：鸾鸟回旋，凤凰飞翔。翥（zhù）：振翼而上，高飞。

③心许：心愿。

④陈王辞赋：陈思王曹植所作的《洛神赋》。

【译文】

春光笼罩着明净清澈的洛水，水波轻轻荡漾，洛神的仙容幻化出千种
娇媚的脸。罗袜轻盈地踏上清波。烟笼日照下，洛神头上珠华玉翠忽隐
忽明。

风吹仙裙仿佛翩翩起舞，翩翩舞姿如鸾鸟回旋、凤凰飞翔，令人心惊。
自己也知道心愿恐难达成。陈王感此咏作《洛神赋》，美名千古流传。

其六（柳带摇风汉水滨）

柳带摇风汉水滨，平芜①两岸争匀。鸳鸯对浴浪痕新。弄珠游女②，微笑自含春。

轻步暗移蝉鬓动，罗裙风惹轻尘。水晶宫殿③岂无因？空劳纤手，解佩赠情人④。

【注释】

①平芜：草木丛生的平旷原野。

②弄珠游女：佩珠的女子。据《韩诗外传》："郑交甫将南适楚，遵彼汉皋台下，遇二女，佩两珠。交甫目而挑之，二女解佩赠之。"

③水晶宫殿：神女所居处。

④情人：指郑交甫。

【译文】

汉水之滨，柳叶如带，风吹树摇。两岸草木丛生的平旷原野，都争抢着要占有这份春色。水中一对鸳鸯正在沐浴，激起一道道浪痕。佩珠游玩的女子，面带微笑，自含春意。

她轻步暗移，蝉鬓微微颤动，罗裙飘动，扇起了细尘。神女居此水晶宫殿岂能没有原因？徒劳纤柔之手，解下玉佩，赠与情人。

其七（洞庭波浪飐晴天）

洞庭①波浪飐晴天，君山②一点凝烟。此中真境③属神仙。玉楼珠殿④，相映月轮边。

万里平湖秋色冷，星辰垂影参然⑤。橘林霜重更红鲜。罗浮山⑥下，有路⑦暗相连。

【注释】

①洞庭：湖南洞庭湖。

②君山：洞庭山，又名湘山，在洞庭湖中。

③真境：神仙境界。

④玉楼珠殿：指君山上的湘妃祠。

⑤参（cēn）然：参差不齐。形容星光闪烁、时隐时现的样子。

⑥罗浮山：传说中的仙山。在广东省增城、博罗、河源等县间。

⑦有路：传说洞庭口君山下有石穴，潜通吴之包山，俗称"巴陵地道"。

【译文】

洞庭碧波荡涤着万里晴空，君山仿佛远处的一点凝结的烟波。山中的美景真是神居仙境。楼阁如玉砌，殿堂连珠影，相映在月轮边上。

万里平湖凝着秋色的清冷，天边星光闪烁，时隐时现。经霜的橘林色泽更加红鲜。传说罗浮山下，有暗道与仙境连通。

中兴乐（池塘暖碧浸晴晖）

池塘暖碧浸晴晖，濛濛柳絮轻飞。红蕊凋来①，醉梦还稀②。
春云空有雁归，珠帘垂。东风寂寞，恨郎抛掷，泪湿罗衣。

【注释】

①凋来：凋谢。

②稀：少。

【译文】

池塘中温暖的碧波沉浸在晴日的光辉之中，柳絮蒙蒙，轻轻飞舞。红花凋谢，连酒醉后的梦也少了。

春天云际中群雁归来，空无一书，只好默默地放下珠帘。春风吹来的只是寂寞，怨恨郎君把我抛弃，不由得泪湿罗衣。

酒泉子（枕转簟凉）

枕转簟凉，清晓远钟残梦。月光斜，帘影动，旧炉香①。
梦中说尽相思事，纤手匀②双泪。去年书，今日意，断离肠。

【注释】

①旧炉香：香炉尚存宿香。

②匀：拭去，抹擦。

【译文】

枕上辗转反侧，竹席变得冰凉，听远处传来黎明的钟声，惊断了相思的残梦。月儿斜斜地照着，帘影轻轻飘动，隔夜的香炉尚有余香。

相思的话儿已在梦中说尽，纤手抹去两眼的泪。重读去年的书信，更增添今日思情，直教人离肠寸断。

生查子（春山烟欲收）

春山烟欲收，天淡稀星小。残月脸边明，别泪临①清晓。

语已多，情未了，回首犹重道②：记得绿罗裙，处处怜芳草。

【注释】

①临：接近。

②重（chóng）道：再次说。

【译文】

春山上的烟雾即将散去，淡淡的天幕只剩下几颗小星。残月照亮脸庞，流着离别的泪水，天已经接近黎明。

话已经说得够多了，情意却没有尽头，已经走了回头又再次说道：我永远都记得你穿的绿罗裙，无论走到何处都要怜惜芳草。

谒金门（秋已暮）

秋已暮，重叠关山歧路。嘶马摇鞭何处去？晓禽霜满树。

梦断禁城钟鼓，泪滴枕檀①无数。一点凝红②和薄雾，翠蛾愁不语。

【注释】

①枕檀：檀木枕。

②一点凝红：此处指朝阳。

【译文】

分别时正是晚秋时分，关山重重连着条条远路。征马嘶鸣，你挥着鞭儿将驰向何处？凄清的早上，鸟儿栖息在挂满寒霜的树上。

从紫禁城中的声声钟鼓声中惊醒，发现檀枕上泪滴无数。红血的朝阳冲破薄薄的晨雾，愁眉紧锁却无人相诉。

花间集　卷第六

欧阳炯（十七首）

【词人简介】

欧阳炯（896 – 971 年），益州华阳（今四川成都市）人。生于唐末，一生经历了整个五代时期。工诗文，特别长于词，又善长笛，是花间派重要作家。其词多写艳情，有的流于淫靡，亦有感慨古今、清新明丽之作。

欧阳炯还曾为《花间集》作序，阐述花间词的宗旨、渊源，反映了花间派词人的创作态度与艺术趣味。其词现存 40 余首，见于《花间集》、《尊前集》、《唐五代词》。《花间集》收录其词 17 首。

浣溪沙（三首）

其一（落絮残莺半日天）

落絮残莺半日天①，玉柔花醉②只思眠，惹窗映竹满炉烟。

独掩画屏愁不语，斜欹瑶枕髻鬟偏，此时心在阿谁③边？

【注释】

①半日天：即中午时分。

②玉柔花醉：形容美人倦怠的形象。玉柔：指女人洁白柔软的身体或手。花：指女子之面。醉：陶醉、慵懒的样子。

③阿谁：谁，哪个。阿：名词的词头，无实意。

【译文】

中午时分，柳絮无声飘飘，连黄莺也倦怠了。四肢发软，面容慵懒，一心只想睡眠。日光透进小窗，映照竹林，熏炉内香烟缭绕。

独自展开画屏，愁眉不语。斜靠着玉枕，鬓鬟都压扁了，也不知此时他的心在谁那里呢？

其二（天碧罗衣拂地垂）

天碧罗衣①拂地垂，美人初着更相宜，宛风②如舞透香肌。
独坐含颦吹凤竹③，园中缓步折花枝，有情无力泥人④时。

【注释】

①天碧罗衣：天蓝色的罗绸衣裙。

②宛风：柔风。

③凤竹：指凤箫。

④泥人：指人醉如泥。形容人软弱、痴迷的样子。

【译文】

天蓝的罗裙飘飘曳地，美女初穿时更衬出艳丽，柔风吹动罗裙如同轻舞，透出雪白馨香的肌肤。

凝眉独自吹着凤箫，漫步在园中攀折花枝，情思悠远，身娇无力，人醉如泥。

其三（相见休言有泪珠）

相见休言有泪珠，酒阑重得叙欢娱，凤屏鸳枕宿金铺①。
兰麝细香闻喘息，绮罗纤缕见肌肤，此时还恨薄情无②？

【注释】

①金铺：门上铺首，用以衔环。此处代指闺房。

②无：否，表示疑问。

【译文】

再次相见就不要再流泪了，饮完酒后再把欢情来叙，双双宿于屋里的凤屏之内、鸳枕之上。

周身兰麝细香，喘息可闻；褪去绮罗纤缕，肌肤可见，这个时候你还恼恨我薄情吗？

三字令（春欲尽）

春欲尽，日迟迟①，牡丹时。罗幌②卷，翠帘垂。彩笺书，红粉③泪，两心知。

人不在，燕空归，负佳期。香烬落，枕函欹。月分明，花淡薄④，惹相思。

【注释】

①迟迟：日长而天暖。

②罗幌：罗绸制的帷幕。幌：帷幔。

③红粉：这里指粉红的脸颊。

④淡薄：稀疏，稀少。

【译文】

春天就要结束了，日长天暖，又到了牡丹花开的时节。罗帐高卷，翠帘低垂。我重读了旧时的书信，红粉脸上泪痕斑斑，你我二人相知相爱。

你不在我的眼前，春燕空空地归来，你又违背了我们的约定。我斜靠着枕头，看着香灰一点点落尽。夜的月光分外的亮，花儿却稀落淡薄，更勾起了我对你的思念。

南乡子（八首）

其一（嫩草如烟）

嫩草如烟，石榴花发海南天①。日暮江亭春影绿②，鸳鸯浴，水远山长看不足。

花间集　卷第六

【注释】

①海南天：泛指我国南方。

②春影绿：指春景映于水中而成碧色。

【译文】

无边碧草像轻烟一样，火红的石榴花开遍江南。落日斜斜地照着江亭，给春水投下清晰的倒影，水中鸳鸯戏水。江流远方，青山延绵，这样的南国春景真是看不够啊！

其二（画舸停桡）

画舸停桡①，槿花②篱外竹横桥。水上游人沙上女，回顾，笑指芭蕉林里住。

【注释】

①画舸：彩饰的小船。桡：船桨。

②槿花：木槿花，落叶灌木，有红、白、紫等色花。

【译文】

彩饰的小船停下船桨，槿花篱笆外面横着一座竹桥。水上的游人问沙滩上的姑娘家住何处，姑娘回过头来，笑着指向芭蕉林深处。

其三（岸远沙平）

岸远沙平，日斜归路晚霞明。孔雀自怜①金翠尾，临水②，认得行人惊不起。

【注释】

①自怜：自爱。

②临水：指孔雀临水照影。

【译文】

江岸远处，平平的沙滩上，夕阳照着归路，晚霞分外灿烂。一只孔雀临水开屏自赏，翠尾色彩斑斓。路上的行人惊动了它，谁知它似乎认得行人而开屏依然。

其四（洞口谁家）

洞口谁家？木兰①船系木兰花。红袖女郎相引②去，游南浦，笑倚春风相对语。

【注释】

①相引：相约。

②木兰：乔木，又名杜兰、林兰，状如捕树，木质似柏树而较疏，可造船，晚春开花。

【译文】

洞口边是谁的家？有只木兰船系在木兰花下。红袖女郎相约去南浦游玩，她们在春风里娇笑私语。

其五（二八花钿）

二八花钿①，胸前如雪脸如莲。耳坠金环穿瑟瑟②，霞衣窄③，笑倚江头招远客。

【注释】

①二八花钿：戴着花钿的少女。二八：十六岁。

②瑟瑟：绿宝石。

③霞衣窄：形容身材苗条。

【译文】

戴着花钿的少女，胸前白如雪，面似粉荷花。耳朵上戴的金环串着绿宝石，苗条的彩衣灿如云霞。她笑着斜倚在江边，招手迎接远方的客人。

其六（路入南中）

路入南中①，桄榔叶暗蓼花红②。两岸人家微雨后，收红豆③，树底纤纤抬素手。

【注释】

①南中：南国。

②桄榔（guāng láng）：树名，南方一种常绿乔木。蓼（liǎo）：一种水草。

③红豆：一种红色的豆类。古代以此象征相思之物。

【译文】

顺着路进入岭南腹地，暗绿的桄榔叶映着紫红的蓼花。一场微雨之后，两岸人家纷纷采集红豆，只见树下一双双纤纤细手快速抬起。

其七（袖敛鲛绡）

袖敛鲛绡①，采香②深洞笑相邀。藤杖枝头芦酒③滴，铺葵席④，豆蔻花间趖晚日⑤。

【注释】

①鲛绡（jiāo xiāo）：相传为鲛人所织的绡。泛指薄纱，也指宫中美人跳舞时所穿的衣服。

②采香：采花。

③芦酒：以芦管插酒桶中吸而饮之。此处指美酒。

④葵席：用葵草编织的席子。

⑤趖晚日：指太阳西沉。趖（suō）：走，移动。

【译文】

绸衫的袖子高高挽起，一群姑娘笑着相约去深洞采花。藤杖上挂着的酒葫芦漏出一滴滴的芦酒，铺上葵席坐下来，畅饮于豆蔻花丛间，直到夕阳西下竟然忘了归去。

其八（翡翠鵁鶄）

翡翠鵁鶄①，白蘋香里小沙汀。岛上阴阴秋雨色，芦花扑②，数只渔船何处宿？

【注释】

①翡翠鵁鶄：碧蓝色的鵁鶄鸟。

②芦花扑：形容芦苇花被风吹四散的样子。

【译文】

碧蓝色的鵁鶄鸟，栖息在白蘋丛生小沙洲中。岛上阴云迷漫，一片秋雨景色，芦花飞扑，那几只渔船要到何处歇息呢？

贺明朝（二首）

其一（忆昔花间初识面）

忆昔花间初识面，红袖半遮妆脸。轻转石榴裙带，故将纤纤玉指，偷捻①双凤金线。

碧梧桐锁深深院，谁料得，两情何日教缱绻②？羡春来双燕，飞到玉楼，朝暮相见。

【注释】

①捻（niǎn）：搓，揉。

②缱绻（qiǎn quǎn）：牢结，不离散。形容感情深厚，难舍难分。

【译文】

想当初我们花下初次见面，你举起红袖半遮住粉面。轻轻转动石榴裙带，故意抬起纤纤玉指，假装偷偷揉搓双凤金线。

碧绿的梧桐树覆盖了深深的小院，谁能想到，哪一天才能两情相悦缠绵不离散？真是羡慕那春天飞来的双燕，它们飞到玉楼，朝暮都能相见。

其二（忆昔花间相见后）

忆昔花间相见后，只凭纤手，暗抛红豆①。人前不解，巧传心事。别来依旧，辜负春昼。

碧罗衣上蹙^②金绣，睹对对鸳鸯，空裛^③泪痕透。想韶颜^④非久，终是为伊，只恁^⑤偷瘦。

【注释】

①暗抛红豆：表示暗中相思之情。

②蹙（cù）：收缩，这里指折叠后出现了皱纹。

③裛（yì）：沾湿，浸染。

④韶颜：美好的容颜。

⑤只恁（nèn）：竟然如此。

【译文】

想当初花间相见后，你抬起纤纤玉手，暗中传情。又担心我在众人面前没有看懂，又想方设法巧传心事。可惜分别后又像从前一样，不能共处一处而辜负了春光。

碧罗衣上金绣的褶皱处，可见对对鸳鸯，都被泪水湿了个透。想那美好的容颜不能久驻，但终究还是为了你，竟然如此不知不觉地消瘦先去。

凤楼春（凤髻绿云丛）

凤髻绿云丛^①，深掩房栊。锦书通，梦中相见觉来慵，匀面泪，脸珠融。因想玉郎何处去，对淑景^②谁同？

小楼中，春思无穷。倚栏颙望③，暗牵愁绪，柳花飞起东风。斜日照帘，罗幌香冷粉屏空。海棠零落，莺语残红。

【注释】

①绿云丛：发丛，形容头发蓬松细滑。

②淑景：美景。

③颙（yóng）望：仰望。

【译文】

梳着凤髻的头发蓬松细滑，房门紧闭。虽然书信想通，但梦中相见醒来后仍觉得浑身无力，擦面时脸上泪珠消融。就此想到不知情郎去了哪里，面对如此美景，谁人能和我一起欣赏呢？

独立小楼中，春思无穷。倚栏远望，暗中牵动愁绪，只见东风里柳花飞起。夕阳斜照帘栊，罗帐内熏香已冷，粉色的画屏内空无一人。只剩下海棠零落，黄莺对着残红哀啼。

献衷心（见好花颜色）

见好花颜色，争笑东风。双脸上，晚妆同。闭小楼深阁，春景重重。三五夜①，偏有恨，月明中。

情未已，信曾通，满衣犹自染檀红。恨不如双燕，飞舞帘栊。春欲暮②，残絮尽，柳条空。

【注释】

①三五夜：农历十五日夜。

②欲暮：即将逝去。

【译文】

看那春花鲜艳，竞开着笑迎春风。晚妆后的双脸，像花儿一样的粉红。紧闭了小楼深阁，躲开那春景重重。十五的夜晚，明月挂在中天，偏偏恨意丛生。

情思总是难断，也曾写信诉过衷情，如今衣上还印满着泪迹斑斑的檀红。恨自己那不如双飞的春燕，能自由在窗前飞舞。春天就要过去了，春柳的残絮已经飘尽，无法再飞花传情。

江城子（晚日金陵岸草平）

晚日金陵①岸草平，落霞明，水无情。六代繁华②，暗逐逝波声。空有姑苏台③上月，如西子④镜照江城⑤。

【注释】

①金陵：今南京。

②六代繁华：指东吴、东晋、宋、齐、梁、陈六朝，都定都在金陵。

③姑苏台：在今江苏苏州市西南姑苏山上，为春秋时吴国修筑。相传春秋时吴王夫差将越王勾践所献西施藏在台上的馆娃宫内。

④西子：西施。

⑤江城：指金陵。

【译文】

夕阳斜照着故都金陵，嫩绿的春草与江岸相平，晚霞烧红了江天，大江东去滔滔无情。当年六朝的繁华，已经默默地随江水东流的声音消逝了。只有明月空挂姑苏台上，如西子姑娘的妆镜，普照着千古江城。

和凝（二十首）

【词人简介】

和凝（898-955年），字成绩。五代时文学家、法医学家。郓州须昌（今山东东平）人。和凝著作甚多，有《演纶》《游艺》《孝悌》《疑狱》《香奁》《籯金》等集，今多不传。著有《疑狱集》两卷，其中包括许多法医知识，在平反冤狱中有一定作用，为宋慈著《洗冤集录》创造了条件。

和凝才思敏捷，少年时期便好曲子词，在民间流传颇广，时称"曲子相公"。现存词20余首，大都以艳丽辞藻描写男女情事，或歌颂太平。近人刘毓盘辑得29首，编为《红叶稿》1卷。《花间集》收录其词20首。

小重山（二首）

其一（春入神京万木芳）

春入神京①万木芳，禁林莺语滑②，蝶飞狂。晓花擎露妒啼妆③，红日水，风和百花香。

烟锁柳丝长，御沟澄碧水，转池塘。时时微雨洗风光，天衢④远，到处引笙簧⑤。

【注释】

①神京：帝都。

②禁林：禁苑的园林。滑：流利清脆。

③啼妆：妇女以粉薄拭目下，好像啼痕。比喻娇美含泪的姿态。

④天衢：通往京师的路。

⑤笙簧：竹制乐器，此为泛指。

【译文】

春风吹入京城，万木抽枝发芽。禁苑林中的莺鸟唱起流利清脆的歌，彩蝶翩翩狂舞。清晨的鲜花捧着晶莹的露珠，仿佛少女带泪的妆容。火红的太阳映照着河水，百花的香气随风飘散。

烟雾笼罩着细长的柳丝，护城河里水波清澄，缓缓地流入池塘中。一阵阵温柔的春雨把春日的烟尘洗净，又长又宽的御道上，处处笙歌曼舞。

其二（正是神京烂熳时）

正是神京烂熳时，群仙①初折得，郊诜枝②。乌犀白纻③最相宜，精神出④，御陌⑤袖鞭垂。

柳色展愁眉，管弦分响亮，探花期⑥。光阴⑦占断曲江池，新榜上，名姓彻丹墀⑧。

【注释】

①群仙：指新及第的进士。

②郄诜枝：指科举及第，即折桂。郄诜（qiè shēn）：字广基，晋代济阴单父（今山东菏泽市单县）人。郄诜曾对晋武帝说："臣举贤良对策，为天下第一，犹桂林之一枝，昆山之片玉。"

③乌犀白纻：乌黑色的带钩，洁白的夏布衫。形容新进士的穿着华贵。乌犀：乌黑色的带钩。白纻：洁白的夏布衫。纻：苎麻丝。

④精神出：意气风发的样子。

⑤御陌：京城中的道路。

⑥探花期：指进士初宴的时间。唐时进士在曲江、杏园初宴，称探花宴，以进士少俊者二人为探花使，遍游名园。

⑦光阴：光景，指新进士游宴之情景。

⑧彻：通，这里有传遍的意思。丹墀（chí）：漆成红色的宫殿石阶，代指皇宫。

【译文】

此时正是京都春哥灿烂之时，一批新及第的进士，即将去参加宴会。乌黑色的带钩与洁白的夏布衫最是相衬，个个意气风发，在京城中的大道上垂鞭策马。

柳色一展愁眉，管弦分外响亮，正是杏园探花时期。宴饮的热闹场面占尽曲江池畔，在朝廷发布的新榜上，他们的名姓赫然在列。

临江仙（二首）

其一（海棠香老春江晚）

海棠香老①春江晚，小楼雾縠涳濛②。翠鬟初出绣帘中，麝烟鸾佩惹蘋风③。

碾玉钗摇鸂鶒战④，雪肌云鬓将融。含情遥指碧波东，越王台殿蓼花红。

【注释】

①老：残。

②雾縠（hú）：原指如薄雾的轻纱，此处指轻纱般的薄雾。涳濛（kōng méng）：缥缈迷茫。

③蘋风：掠过蘋花的风。这里比喻女子如初开蘋花惹人注意。

④碾玉钗：研磨制成的玉钗。战：通"颤"。

【译文】

海棠花的馨香已经散尽，日暮时分的春江边上，一座小楼笼罩在轻纱一般的薄雾里，显得缥缈迷茫。一位美丽的女子刚从绣帘中出来，发髻上鸾凤的玉佩和着麝烟的香气，如同春风吹拂蘋花。

头上的玉钗一步一摇，钗上的鸂鶒随之颤动，雪白的肌肤和如云的发髻就像要融化一般。她满怀深情地遥指绿水的东面，那里是越王的亭台宫殿，蓼红花正开得如火如荼。

其二（披袍窣地红宫锦）

披袍窣地红宫锦，莺语时啭轻音。碧罗冠子稳犀簪①，凤凰双飐步摇金。

肌骨细匀红玉软②，脸波微送春心。娇羞不肯入鸳衾，兰膏③光里两情深。

【注释】

①碧罗冠子：凤冠名。犀簪：犀角制的发簪。

②红玉软：形容肌肤细腻柔软。

③兰膏：指兰灯。

【译文】

披袍长曳于地，身着宫锦红装，娇滴滴的话音如黄莺娇啼。碧罗凤冠上插着犀角制的发簪，凤凰钗、金步摇随步颤动。

身材纤细匀称，肌肤细腻柔滑，秋波含情送春心。羞答答地不肯进入鸳鸯锦被中，兰灯光里两人情意绵绵。

菩萨蛮（越梅半坼轻寒里）

越梅①半坼轻寒里，冰清淡薄笼蓝水②。暖觉杏梢红，游丝狂惹风③。
闲阶莎径碧④，远梦犹堪惜。离恨又迎春，相思难重陈⑤。

【注释】

①越梅：岭南梅花。此处为泛指。

②蓝水：碧蓝的春水。

③游丝：指蜘蛛等虫类吐的丝缕，随风在空中飘游。狂：轻狂。惹：逗引。

④莎（suō）径碧：长着绿色莎草的小径。

⑤陈：叙说。

【译文】

岭南的梅花尚在轻寒之中含苞待放，冰清淡薄，笼罩着一片碧蓝的春水。天气渐渐变暖，已经发觉杏梢红悄悄变红，游丝轻狂地逗引春风。

空荡荡的台阶前，小径上已长满绿色莎草，可惜离梦境越来越远。带着离愁别绪，又逢早春寒梅。相思之情已陈述过多次，但这又有什么用呢？

山花子（二首）

其一（莺锦蝉縠馥麝脐）

莺锦蝉縠馥麝脐①，轻裾②花草晓烟迷。鸂鶒战金红掌坠③，翠云低。

星靥④笑偎霞脸畔，蹙金开襜衬银泥⑤。春思半和芳草嫩，碧萋萋。

【注释】

①馥（fù）：香气浓郁。麝脐：麝香。

②轻裾：轻袖。裾（jū）：衣服的前襟，也称大襟。

③战金：金光闪烁。红掌：钗的垂须。

④星靥：即黄星靥，酒窝处的妆饰。

⑤蹙金开襜：用金丝线刺绣成绉纹状的一种短裙。襜（chān）：短衣。银泥：涂染着银色。

【译文】

身着如莺羽般的锦绸，披着如蝉翼般的薄纱，浑身麝香气浓郁，轻薄的衣服上鲜花和烟云迷漫开来。钗头上的鸂鶒闪着金光，红穗须下垂，满头秀发如低云。

星靥妆饰着她容光如霞的笑脸，蹙金外衣衬着银光闪闪的内衣。春思之情与鲜嫩的芳草同生，萋萋如碧。

其二（银字笙寒调正长）

银字笙①寒调正长，水纹簟②冷画屏凉。玉腕重因金扼臂③，淡梳妆。
几度试香④纤手暖，一回尝酒绛唇光。伴弄红丝蝇拂子⑤，打檀郎⑥。

【注释】

①银字笙：一种乐器，用银作字，在笙管上标明音阶高低。

②水纹簟：水纹竹席。

③金扼（è）臂：手臂上所带的金圈、金镯之类的饰物。

④试香：以手试探香炉。

⑤蝇拂子：拂蝇用具。

⑥檀郎：美男子的代称。

【译文】

月夜里银字笙的曲调清寒悠扬，连水纹竹席和画屏都感到一丝清凉。雪白的手腕上戴着沉甸甸的金镯子，长发随意地梳拢，脸上只是淡淡的粉妆。

好几次用手去试摸香炉，纤纤的玉手变得暖和起来。只品尝了一口酒，脸便如朱唇又红又亮。假装舞弄着红丝蝇拂，作势要打心爱的情郎。

河满子（二首）

其一（正是破瓜年纪）

正是破瓜①年纪，含情惯得人饶②。桃李精神鹦鹉舌③，可堪虚度良宵。却爱蓝罗裙子，羡他长束纤腰。

【注释】

①破瓜：旧时文人拆"瓜"字为二八字以纪年，指女子十六岁。

②惯：纵容。饶：饶恕。这里有怜爱之意。

③桃李精神鹦鹉舌：形容美丽多姿，伶牙俐齿。

【译文】

那少女正是十六妙龄，含情脉脉让人怜爱。她美丽多姿，伶牙俐齿，只可惜她尚在虚度青春时光。真羡慕那浅蓝的罗裙，把她的纤腰拥在怀中。

其二（写得鱼笺无限）

写得鱼笺①无限，其如花锁春晖。目断巫山云雨，空教残梦依依。却爱熏香小鸭②，羡他长在屏帏。

【注释】

①鱼笺：鱼子笺的简称，古时四川所造的一种纸。这里代指情书。

②熏香小鸭：鸭形小香炉。

【译文】

情书写了一封又一封，心爱的姑娘就像春花锁在深院中，毫无回音。望断了巫山的朝云暮雨，却让我白白地做了许多缠绵的美梦。最羡慕那座金鸭香炉，时时都在她的绣帐中。

薄命女（天欲晓）

天欲晓，宫漏穿花声缭绕。窗里星光少，冷霞寒侵帐额①，残月光沉树杪②。梦断锦帷空悄悄，强起愁眉小③。

【注释】

①帐额：帐门上面的横条形装饰。

②树杪（miǎo）：树梢。

③眉小：因皱眉而显得短小。

【译文】

天色将明，宫漏声穿过花丛，绵绵不绝。透过窗户，只能看见几颗稀落的星星在闪烁。寒冷的霞光映着绣帐上的帘额。西边的树梢上，挂着残月西沉的影子。相思梦断的时候，锦帐里依旧空空。勉强起得身来，愁眉皱做一团。

天仙子（二首）

其一（柳色披衫金缕凤）

柳色①披衫金缕凤，纤手轻拈②红豆弄，翠蛾双敛正含情。桃花洞③，瑶台梦④，一片春愁谁与共？

【注释】

①柳色：深绿色。

②拈（niān）：用拇指、食指和中指夹。

③桃花洞：刘晨、阮肇在天台山采药遇仙女的地方。

④瑶台梦：指仙女思凡之梦。

【译文】

女子身着翠柳一样嫩绿的披衫，上面用金色的丝线绣着凤凰。纤纤玉手轻捻着红豆把玩，黛眉微皱正含情脉脉。身在空寂的桃花洞，做着思春的美梦，这一片春愁又能与谁共享？

其二（洞口春红飞蔌蔌）

洞口春红飞蔌蔌①，仙子含愁眉黛绿。阮郎何事不归来，懒烧金②，慵篆玉③。流水桃花空断续。

【注释】

①洞：指桃花洞。蔌（sù）蔌：同簌簌，纷纷下落的样子。此处指风吹落花声。

②烧金：指焚香于金炉。

③篆玉：盘香。此处代指焚香。

【译文】

桃花洞口春花簌簌飘落，仙子紧皱愁眉。阮郎不知因为何事至今没有归来，因而无心燃炉焚香。只看见流水带着桃花远去，时断时续。

春光好（二首）

其一（纱窗暖）

纱窗暖，画屏间，舜①云鬟。睡起四肢无力，半春闲。

玉指剪裁罗胜②，金盘点缀酥山③。窥宋④深心

无限事，小眉⑤弯。

【注释】

①軃（duǒ）：下垂。

②罗胜：花胜，绮罗所做的饰物。

③酥山：指酥酪堆积如山形。

④窥宋：窥视宋玉，指爱慕之情。此处指窥视情郎。

⑤小眉：细眉。

【译文】

暖暖的纱窗内，她默默地立于画屏间，云鬟散垂。睡醒起来感觉四肢无力，不知不觉虚度了一半的美好春光。

纤纤玉指剪裁着花胜，金盘中酥酪堆成小山。窥探宋玉的一片深情，不由得眉头紧锁。

其二（蘋叶软）

蘋叶软，杏花明①，画船轻。双浴鸳鸯出绿汀，棹歌②声。

春水无风无浪，春天半雨半晴。红粉③相随南浦晚，几含情④。

【注释】

①明：鲜艳。

②棹歌：船歌。

③红粉：借代为女子。

④几含情：屡次含着深情。

【译文】

蘋叶柔嫩，杏花粉红，画船轻轻漂荡。一对对浴水的鸳鸯浮出绿水，远处传来阵阵船歌声。

春天的水面无风无浪，春日的天气半雨半晴。在美女的伴随中赏游南浦，直到傍晚，真是春情荡漾啊！

采桑子（蝤蛴领上诃梨子）

蝤蛴领上诃梨子①，绣带双垂，椒户②闲时，竞学樗蒲③赌荔枝。

丛头鞋子红编细④，裙宰⑤金丝。无事颦眉，春思翻教⑥阿母疑。

【注释】

①蝤蛴（qiú qí）：天牛、桑牛的幼虫，因色白而长，古时用以比喻妇女的颈。此处指妇女衣领。诃（hē）梨子：本名诃梨勒，天竺果名。古代妇女依其形而绣作衣领上的花饰。

②椒户：香房，以椒泥涂饰的屋子。

③樗（chū）蒲：古代的一种游戏，如同现代的掷骰子。

④丛头鞋子：鞋头如花丛状。红编：红色鞋带。

⑤宰：拖曳。

⑥翻教：反使。

【译文】

洁白的衣领上绣着诃梨子，绣带双垂，她在香房内闲得无聊，竟学起赌博来，并以荔枝作赌注。

花丛状的鞋头，系着红色的鞋带，罗裙上金丝摇曳。本是无事皱眉，可是反让多心的母亲怀疑她是不是情窦初开，动了春心。

柳枝（三首）

其一（软碧瑶烟似送人）

软碧①摇烟似送人，映花时把翠蛾颦。

青青自是风流主②，慢飔金丝待洛神。

【注释】

①软碧：柔软碧绿。

②风流主：指张绪。张绪（422-489年）：字思曼，吴郡吴县（今苏州）人。南朝齐官吏。《南史·张绪传》载：南朝齐武帝曾称赞太昌灵和殿的柳说："此杨柳风流可爱，似张绪当年时"。

【译文】

柔软碧色的枝条，摇荡着绿色烟雾，好像在送别行人。柳树映照着花丛，不时地摆动枝条，好像皱眉一般。

杨柳风流可爱，就像当年的张绪，扭动着妖娆的金丝细腰，等待着洛神的到来。

其二（瑟瑟罗裙金缕腰）

瑟瑟①罗裙金缕腰，黛眉偎破②未重描。

醉来咬损新花子③，拽住仙郎尽放娇④。

【注释】

①瑟瑟：碧绿闪光的样子。

②偎破：由于紧贴、拥抱而将所画黛眉擦损。

③花子：古时妇女面部的一种妆饰物。

④仙郎：唐代称尚书省各部郎中、员外郎为"仙郎"。此处是爱称。放娇：撒娇。

【译文】

罗裙碧绿闪闪，金丝的绣带束着纤纤细腰。缠绵的偎依弄残了眉上黛色，还未来得及重描。

喝醉了的情郎又吻破了脸上贴花，撒娇的她拽住情郎不依不饶。

其三（雀桥初就咽银河）

雀桥初就咽银河①，今夜仙郎自姓和②。

不是昔年攀桂树③，岂能月里索嫦娥?

【注释】

①雀桥：即"鹊桥"。初就：刚刚搭成。咽：哭泣，哽咽。

②自姓和：和凝自称。

③攀桂树：即折桂，比喻科举中第。

【译文】

鹊桥刚刚搭成，二人就在银河上抱头痛哭。但今夜相会的不是牛郎，而是我这个姓和的仙郎。

若不是昔日登科及第，哪有今日月下寻艳之乐?

渔父（白芷汀寒立鹭鸶）

白芷①汀寒立鹭鸶，蘋风②轻剪浪花时。

烟幂幂③，日迟迟。香引芙蓉惹钓丝。

【注释】

①白芷（zhǐ）：多年生草本植物，叶有细毛，羽状复叶，夏日簇生小白花。

②蘋风：微风。

③幂幂（mì）：烟雾笼罩、迷迷茫茫的样子。

【译文】

长满白芷的水中尚有一丝寒气，边上立着一群白鹭，微风在水面吹起朵朵浪花。

水面上轻烟袅袅，阳光和煦。荷花飘香，无意之中把渔父的钓丝缠住。

花间集　卷第七

顾夐（五十五首）

【词人简介】

顾夐（xiòng），生卒年不详，约公元928年前后在世。五代十国后蜀词人，累官至太尉，《花间集》称顾太尉。工诗词，其词多写艳情，真挚热烈，浓丽动人。后人评价他为"五代艳词之上驷矣"。在花间词人创作中，顾夐词的女性化特征十分明显，语言绮丽，具有女性精巧、柔美的特点。今存词55首，收录于《花间集》中。另有王国维辑《顾太尉词》1卷。

虞美人（六首）

其一（晓莺啼破相思梦）

晓莺啼破相思梦，帘卷金泥凤①。宿妆犹在酒初醒，翠翘②慵整倚云屏，转娉婷③。

香檀④细画侵桃脸，罗袂轻轻敛。佳期⑤堪恨再难寻，绿芜⑥满院柳成阴，负春心。

【注释】

①金泥凤：指帘上用金粉涂绘的凤凰花饰。

②翠翘：头饰、金钗之类。

③转：变得。娉婷（pīng tíng）：娇美可爱的样子。

④香檀：浅红色化妆品。

⑤佳期：指男女幽会。

⑥绿芜：绿色杂草。

【译文】

清晨，黄莺的鸣叫声惊破了她的相思梦，卷起的帘上用金粉涂绘凤凰花饰。昨夜的残妆未卸，酒醉初醒，懒懒地整理了一下妆饰，斜倚着云屏，反而显得娇美可爱。

用香檀仔细描画桃花般红艳的双脸，轻轻地束紧罗裙。可恨幽会的佳期再难寻找，芳草满院，绿柳成荫，这一切都辜负了春日的良辰美景。

其二（触帘风送景阳钟）

触帘风送景阳钟①，鸳被绣花重②。晓帷初卷冷烟③浓，翠匀粉黛好仪容，思娇慵。

起来无语理朝妆，宝匣④镜凝光。绿荷相倚满池塘，露清枕簟藕花香，恨悠扬。

【注释】

①景阳钟：据《南齐书·武穆裴皇后传》载："上数游幸诸苑囿，载宫人从后车，宫内深隐，不闻端门鼓漏声，置钟于景阳楼上，宫人闻钟声，早起妆饰。"此处泛指钟声。

②重：繁复。

③冷烟：晓雾。

④宝匣：指梳妆盒。

【译文】

微风透过帘栊，传来了远处的钟声，鸳鸯锦被上繁花似锦。清晨，刚刚卷起帘栊，帘外晨雾迷漫。宿妆未卸然而容颜依旧娇媚，只是因思念而显得娇弱慵懒。

起床后默默地整理晨妆，梳妆镜凝聚着晨光。池塘上绿荷相倚相偎，露水浸湿枕席，带着一股荷花的幽香，心际不禁浮起了一股绵绵的恨意。

其三（翠屏闲掩垂珠箔）

翠屏闲掩垂珠箔①，丝雨笼池阁。露沾红藕咽②清香，谢娘娇极不成狂，罢朝妆。

小金鸂鶒沉烟细③，腻枕堆云髻。浅眉微敛注檀④轻，旧欢时有梦魂惊，悔多情。

①珠箔：珠帘。

②咽：含着。

③小金：指小金香炉。沉烟：沉香木所薰的烟。

④注檀：涂口红。

【译文】

翠色云屏轻轻折起，放下珠帘，只见窗外丝丝小雨笼罩着池塘与楼阁。荷荷花上沾着露珠，含着清香。竟有如此撒娇女子，几乎发狂，连早晨的梳妆打扮也废弃了。

小金香炉上鸂鶒犹在，沉香木所薰的烟袅袅升腾，光滑的枕上云髻堆叠。淡淡的黛眉微皱，唇上一抹淡淡的檀红。昔日欢乐常常闯入梦境，却又突然惊醒，悔恨自己太多情了。

其四（碧梧桐映纱窗晚）

碧梧桐映纱窗晚，花谢莺声懒。小屏屈曲掩青山，翠帷香粉玉炉寒，两蛾攒①。

颠狂②少年轻离别，辜负春时节。画罗红袂有啼痕，魂消③无语倚闺门，欲黄昏。

【注释】

①攒（cuán）：聚集在一起。

②颠狂：轻浮。

③魂消：神情恍惚，心事重重。

【译文】

暮春的夜晚，碧色梧桐映照纱窗，百花凋零，莺声慵懒。小屏风曲折而未展开，屏上的青葱山色被遮掩。翠帷旁玉炉中熏香燃尽，令人感到无限凄凉，不由得她双眉紧皱。

轻浮少年轻易地离去了，辜负了这美好的春日。罗裙红袖上到处是泪痕，忍受着相思的煎熬。她神情恍惚，心事重重，默默地独倚闺门，怅惘无极，直到黄昏。

其五（深闺春色劳思想）

深闺春色劳思想①，恨共春芜长。黄鹂娇啭泥芳妍②，杏枝如画倚轻烟，琐窗③前。

凭栏愁立双蛾细，柳影斜摇砌④。玉郎还是不还家，教人魂梦逐杨花，绕天涯。

【注释】

①劳：费。思想：思念。

②泥：留滞，此有萦回之意。芳妍：指花丛。

③琐窗：雕刻或绘有连环形花饰的窗子。

④砌：台阶。

【译文】

春色入闺房，勾起闺中人的愁思，可恨这愁思还伴随着芳草一天天滋长。黄鹂在花丛里娇婉地啼鸣，琐窗前的红杏枝美丽如画，笼罩在薄薄的春雾中。

在思愁中紧皱眉头凭栏远望，只见柳影斜斜在台阶上摆动。我的郎君还是没有回家，让我的思念化作魂梦，四处追逐纷飞的杨花。

其六（少年艳质胜琼英）

少年艳质胜琼英①，早晚别三清②？

莲冠稳簪钿篦横③，飘飘罗袖碧云轻，画难成。

迟迟少转腰身袅，翠靥④眉心小。醮坛风急杏花香，此时恨不驾鸾凤，访刘郎。

【注释】

①艳质：艳美的资质。琼英：似玉的美石；玉色的花朵。

②早晚：何日。三清：仙境。

③莲冠：道家所戴的莲花帽。簪（zān）：古通"簪"，缀、插。钿篦（bì）：镀金的篦子，梳发工具。

④翠靥：古代贵族妇女的面饰。用绿色"花子"粘在眉心，或制成小圆形贴在嘴边酒窝地方。

【译文】

少女天生丽质，胜过美玉，不知道何日离开三清仙境？莲冠上稳稳地横插着镀金的篦子，罗袖轻薄，飘飘如碧云。女道的丰姿比画还美，谁想画也画不好。

轻轻地转一下身，腰身袅娜。绿色的花子粘在眉心，显得眉目清秀。仙坛处仙风劲吹，杏花飘香。此时她恨不得驾鸾乘凤，去寻访她的心上人儿。

河传（三首）

其一（燕飏）

燕飏①，晴景。小窗屏暖，鸳鸯交颈。菱花②掩却翠鬟欹，慵整。海棠帘外影。

绣帷香断③金鸂鶒，无消息，心事空相忆。倚东风，春正浓。愁红④，泪痕衣上重。

【注释】

①飏：同"扬"，高飞。

②菱花：指镜子。

③香断：停止薰香。

④愁红：见红花而引起愁绪。

【译文】

燕子飞舞，春光明媚。小窗内云屏暖暖，其上鸳鸯交颈而眠。掩却菱镜，懒整云妆，虽是翠鬟歪斜，仍是美如帘外海棠倩影。

绣帷内鸂鶒金炉内薰香已尽，情人还是杳无消息，心中空余相思。背对东风，春色正浓。看见红花而引起愁绪，不禁泪湿春衫。

其二（曲槛）

曲槛①，春晚。碧流纹细，绿杨丝软。露花③鲜，杏枝繁。莺啭，野芜平似剪。

直是②人间到天上，堪游赏，醉眼疑屏障。对池塘，惜韶光④，断肠，为花须尽狂。

【注释】

①槛（jiàn）：栏杆。

②直是：正是，果然是。

③露花：带露珠的花朵。

④韶光：美好的春光，也寓意美好的青春年华。

【译文】

曲曲折折的雕栏外，春色已晚。碧色的流水，只有细细的波纹。绿杨如丝般又细又软。带着露珠的花朵分外鲜艳，开满杏树枝头。黄莺婉转歌唱，野草平铺，好似剪过一般。

真好像从人家来到仙界，值得游览赏玩。为春光所醉的目光，变得朦胧，周遭展现着宛如万紫千红的屏障，面对着池塘。可惜韶光易逝，令人断肠。为了这些美丽的花儿，必须尽情狂欢。

其三（棹举）

棹举，舟去。波光渺渺①，不知何处。岸花汀草共依依，雨微，鸂鶒相逐飞。

天涯离恨江声咽，啼猿切，此意向谁说？倚兰桡，独无憀②，魂销，小炉香欲焦。

【译文】

片帆孤舟，举棹远去。茫茫水国，渺无涯际，不知到了何处。河岸边的花儿与水边平地上的小草相依而生。微微细雨中，唯有鸥鸽相逐而飞。

恨别天涯，仿佛江水也在呜咽，猿声更加悲切。这番情意，又能向谁诉说呢？在百无聊赖时，只好倚栏消遣，失魂落魄，竟不知炉中香已成灰。

甘州子（五首）

其一（一炉龙麝锦帷傍）

一炉龙麝锦帷傍①，屏掩映，烛荧煌②。禁楼刁斗③喜初长，罗荐④绣鸳鸯。山枕⑤上，私语口脂香。

【注释】

①龙麝：龙涎香和麝香。傍：同"旁"。

②荧煌：闪烁，忽明忽暗。

③刁斗：一指军中做饭、打更用具；一指宫中传夜铃。

④荐：垫席。

⑤山枕：两端突起而中凹的枕头。

【译文】

一炉熏香缭绕在绣帐旁，屏风掩映着红烛忽明忽暗。可喜的是宫楼上的刁斗才刚刚响起，依稀可见华美垫席上的绣鸳鸯。山枕上，他们窃窃私语，甜言蜜语溶化了口脂的芳香。

其二（每逢清夜与良晨）

　　每逢清夜与良晨，多怅望①，足伤神。云迷水隔意中人，寂寞绣罗茵②。山枕上，几点泪痕新。

【注释】

①怅望：失意，惆怅。

②茵：褥子。

【译文】

　　每逢清夜和良晨，她总是怅然而望，黯然神伤。那茫茫云雾，迢迢碧水，将她的心上人阻隔。绣罗茵席上，她饱尝了孤眠的滋味。山枕上，伤情如故，泪痕日新。

其三（曾如刘阮访仙踪）

　　曾如刘阮①访仙踪，深洞客，此时逢。绮筵散后绣衾同，款曲②见韶容。山枕上，长是怯晨钟。

【注释】

①刘阮：刘晨、阮肇。

②款曲：诉说衷情；殷勤，缠绵。

【译文】

　　我曾像刘晨、阮肇一样寻访仙人的踪迹，那深洞中的仙客今夜终于与我相逢。盛宴后我们携手进入绣帐，款款倾诉我对仙容的仰慕。山枕上我们恩爱缠绵，只是担心清晨的钟声会惊醒我的美梦。

其四（露桃花里小楼深）

　　露桃①花里小楼深，持玉盏，听瑶琴。醉归青琐②入鸳衾，月色照衣襟。山枕上，翠钿镇③眉心。

【注释】

①露桃：露井上的桃树。此处泛指庭院中桃树。

②青琐：雕花的窗。此处代指闺房。

③镇：紧贴着，压着。

【译文】

庭院中桃花丛中小楼幽深，她手端玉杯，听那瑶琴轻弹。醉醺醺地回到闺房睡入锦被中，月色入窗照着衣襟。躺在山枕上，翠钿紧贴着眉心。

其五（红炉深夜醉调笙）

红炉深夜醉调笙①，敲拍处，玉纤轻。小屏古画岸低平，烟月满闲庭。山枕上，灯背脸波横②。

【注释】

①红炉：火红的香炉。调：吹奏。

②横：宽。

【译文】

深夜，闺房内染着火红的香炉，她带着醉意吹奏起笙来，纤纤玉手轻轻拍按节奏。小屏风上的旧山水画，其岸辽远低平，朦胧的月色洒满庭院。山枕上，她背灯而眠，眼波迷离。

玉楼春（四首）

其一（月照玉楼春漏促）

月照玉楼春漏促，飒飒风摇庭砌①竹。梦惊鸳被觉来时，何处管弦声断续。

惆怅少年游冶②去，枕上两蛾攒细绿。晓莺帘外语花枝，背帐犹残红蜡烛。

【注释】

①庭砌：庭前的台阶。

②游冶：冶游，野游。此处指声色娱乐。

【译文】

春夜，月照玉楼，更漏声声，一阵飒飒的夜风吹过，簌簌地摇响庭前阶边的翠竹。当鸳鸯绣被下的梦被惊醒时，不知何处传来断断续续的弦管声。

令人惆怅的是不知道她的小情郎不知又到哪里逍遥去了，让她夜夜孤枕难眠，黛眉紧锁。清晨黄莺在帘外花枝上又唱了起来，只见帐后还亮着流泪的残烛。

其二（柳映玉楼春日晚）

柳映玉楼春日晚，雨细风轻烟草软。画堂鹦鹉语雕笼①，金粉小屏犹半掩。

香灭绣帷人寂寂，倚槛无言愁思远。恨郎何处纵疏狂②，长使含啼眉不展。

【注释】

①雕笼：雕有花纹的鸟笼。

②纵疏狂：放纵狂荡，纵情地游乐。

【译文】

这是一个春天的傍晚，绿柳映衬着小楼，微风细雨如云烟，轻摇着柔软的嫩草。漂亮的鸟笼里鹦鹉在自言自语，涂过金粉的小屏风，弯弯曲曲地半开半掩。

香烛已经燃尽，绣帏内静悄悄地无一丝声响，原来她正默默地倚着窗栏，哀愁的思绪已经飘得很远很远。恼恨郎君不知又去何处放纵狂荡，使她天天在孤独里含泪饮泣，愁眉不展。

其三（月皎露华窗影细）

月皎露华窗影细，风送菊香粘绣袂。博山炉冷水沉微①，惆怅金闺终日闭。

懒展罗衾垂玉箸②，羞对菱花簪宝髻。良宵好事枉教休，无计那他狂耍婿③。

【注释】

①水沉：沉香。微：少。

②玉箸：比喻眼泪。箸（zhù）：筷子。

③那：奈何。狂耍婿：狂放无羁的丈夫。

【译文】

皎洁的月光照亮带露的秋菊，在窗纱上摇动着细长的影子。晚风吹来菊花的芳馨，彩绣的衣襟也染上了一缕香气。沉香燃尽，博山炉已冷，她却终日紧闭闺门，沉溺在惆怅中。

无心去铺展罗衾绣枕，双颊的泪珠似玉箸滴垂，更怕对镜重簪发髻。这样的良宵美景白白错过，却是对她那狂放无羁的丈夫毫无办法。

其四（拂水双飞来去燕）

拂水双飞来去燕，曲槛小屏山六扇。春愁凝思结眉心，绿绮①懒调红锦荐。

话别情多声欲战，玉箸痕留红粉面。镇长②独立到黄昏，却怕良宵频梦见。

【注释】

①绿绮：琴名。

②镇长：久长。镇：总是、经常。

【译文】

燕子拂着水面，双双飞来飞去。曲折的栏杆旁，立着六扇山景小屏。春日愁思凝聚，在眉心处打成一个结。坐在红锦席上，慵懒得连琴也无心去弹。

分别的话情意绵绵，声音发颤，两条泪痕还留在粉红的脸庞上。久久地独自站立，直到黄昏，却害怕良宵梦里频频相见。

浣溪沙（八首）

其一（春色迷人恨正赊）

春色迷人恨正赊①，可堪荡子②不还家，细风轻露着梨花。

帘外有情双燕飏，槛前无力绿杨斜，小屏狂梦极③天涯。

【注释】

①赊（shē）：多，长。

②荡子：指辞家远出、羁旅忘返的男子。

③狂梦：荒诞之梦；痴梦。极：到。

【译文】

春色迷人而愁怨悠长，无法忍受丈夫远游不归。和暖的春风，轻柔的雨露，滋润着梨花盛开。

帘外的一对春燕似情侣般相伴同飞，栏杆前的绿杨树无力地斜向一边，小屏风后她只能空做着到天涯相随的痴梦。

其二（红藕香寒翠渚平）

红藕香寒翠渚平，月笼虚阁夜蛩清①，塞②鸿惊梦两牵情。

宝帐玉炉残麝冷，罗衣金缕暗尘生，小窗孤烛泪纵横。

①虚阁：空阁。蛩（qióng）：蟋蟀。

②塞：塞外。

③残麝冷：指麝香烧烬。

【译文】

红莲的香气带着一丝寒意，绿色的小洲边水面平静。月光笼罩空阁，清冷的夜里传来蟋蟀的叫声。塞外飞鸿惊断了你我相思的梦。

宝帐内的玉香炉里，兰麝熏香早已燃尽变冷。金丝绣成的罗衣上，已经暗暗蒙上轻尘。小窗前那只孤零零的蜡烛滴着蜡泪，我也早已是泪流满面。

其三（荷芰风轻帘幕香）

荷芰①风轻帘幕香，绣衣鸂鶒泳回塘，小屏闲掩旧潇湘②。

恨入空帷鸾影③独，泪凝双脸渚莲光④，薄情年少悔思量。

【注释】

①芰（jì）：菱角。

②潇湘：指屏风所画《潇湘图》。

③鸾影：鸾镜中的人影。

④渚莲：水边荷花。

【译文】

微风吹入帘幕，带来荷花和菱角的清香，绣衣上的鸂鶒正游回池塘。小屏风遮掩着空室，屏上绘着潇湘山水，已显得陈旧。

空帷含恨，鸾镜中形单影只。粉脸如莲，泪凝如水珠发光，后悔自己多情而少年薄情。

其四（惆怅经年别谢娘）

惆怅经年别谢娘，月窗花院好风光，此时相望最情伤。

青鸟①不来传锦字，瑶姬何处锁兰房②，忍③教魂梦两茫茫？

190

【注释】

①青鸟：古代传说中的传信之鸟。此处代指信使。

②锁：幽闭。

③忍：怎能，岂可；不忍。

【译文】

与美丽的姑娘相别已经一年了，今夜月照玉窗，花开满院，一派好风光。而今面对此景此情，更觉情伤。

青鸟为什么不传来她的书信呢？如今她又在什么地方？天哪！怎么能使我俩这么长久地在茫茫的梦境中相寻呢？

其五（庭菊飘黄玉露浓）

庭菊飘黄①玉露浓，冷莎②偎砌隐鸣蛩，何期良夜得相逢？

背帐风摇红蜡滴，惹香暖梦绣衾重，觉来枕上怯晨钟。

【注释】

①飘黄：泛起金黄色的光彩。

②莎：莎草。

【译文】

院中菊花泛起金黄色的光彩，白露如玉，浓浓而下。清冷的莎草依偎着台阶，台阶下藏着的蟋蟀正在鸣叫。不知道何时我们才能在如此良夜得以相逢？

落下帷帐，风摇红烛蜡泪滴。熏香暖梦，绣衾重重。一觉醒来，斜倚枕上，害怕晨钟忽响。

其六（云淡风高叶乱飞）

云淡风高叶乱飞，小庭寒雨绿苔微①，深闺人静掩屏帷。
粉黛暗愁金带枕②，鸳鸯空绕画罗衣，那堪辜负不思归。

【注释】

①微：稀微。

②金带枕：精美的枕头。

【译文】

云淡风高，落叶纷飞，小院经过一夜寒雨，绿苔初生。深闺内人声寂寂，屏风帷帐虚掩。

闺中的人斜倚在金带枕上，心中的愁绪紧锁着她的愁眉。罗衣上织锦的鸳鸯兀自缠绵，如何忍受他辜负了我的深情，竟至于夜不思归。

其七（雁响遥天玉漏清）

雁响遥天玉漏清，小纱窗外月胧明，翠帷金鸭炷香平①。
何处不归音信断，良宵空使梦魂惊，簟凉枕冷不胜情②。

【注释】

①金鸭：指鸭形的金香炉。炷香：焚香。平：平缓。

②不胜情：情思不尽。

【译文】

遥远的天边一阵雁鸣，伴着玉漏清越的声音。小纱窗外月光朦胧，时明时暗。绿帷帐旁的金鸭炉内，香雾缓缓上升。

不知他在哪里至今未归，连个消息也不捎回家中。在这美景良宵里，我却只能一次次从思梦中惊醒。孤寂的清冷浸透席枕，更难忍相思断肠的愁情。

其八（露白蟾明又到秋）

露白蟾①明又到秋，佳期幽会两悠悠②，梦牵情役几时休。

记得泥③人微敛黛，无言斜倚小书楼，暗思前事不胜愁。

【注释】

①蟾：指月亮。

②悠悠：漫长。这里指欲相见而遥遥无期。

③泥：留恋，缠绵。

【译文】

明月照着晶莹的夜露，不知不觉又到了秋天。往昔的幽会已经是遥远的过去，再会的佳期还要好久好久。梦魂时时牵挂，饱受相思的奴役几时才能到头？

还记得你留恋不去微皱着眉头的样子，默默地斜倚着小楼。回想往事更，更难忍这无尽的愁思。

酒泉子（七首）

其一（杨柳舞风）

杨柳舞风，轻惹春烟残雨。杏花愁①，莺正语，画楼东。

锦屏寂寞思无穷，还是不知消息。镜尘生，珠泪滴，损②仪容。

【注释】

①愁：伤愁。

②损：摧残，损毁。

【译文】

春风吹动杨柳，杨柳轻舞着春烟残雨。画楼的东边，杏花愁泣，莺鸟婉转鸣啼。

锦屏空掩着寂寞，缠绕着无穷的思绪，只因为还是得不到他的消息。看妆镜蒙上了轻尘，难忍伤心泪滴，弄花了妆容。

其二（罗带缕金）

罗带缕金，兰麝烟凝魂断。画屏欹，云鬓乱，恨难任①。

几回垂泪滴鸳衾，薄情②何处去？月临窗，花满树，信沉沉③。

【注释】

①任：忍受，承受。

②薄情：指薄情人。

③沉沉：不知所踪的样子。

【译文】

轻抚着罗带上的金丝线，看香炷燃尽的缕缕残烟，如凝固的思绪时续时断。画屏斜掩着，她发髻蓬松云鬟散乱，难以忍受这离别的恨怨。

多少次泪珠一滴滴坠落，在鸳鸯绣被上留下斑斑泪痕。薄情的郎君到哪儿去了？明月照临窗前，窗外花开满树，心上人却仍旧是音信全无。

其三（小槛日斜）

小槛日斜，风度①绿窗人悄悄。翠帷闲掩舞双鸾，旧香寒。

别来情绪转难判②，韶颜看却③老。依稀粉上有啼痕，暗销魂。

【注释】

①度：吹过。

②难判：难舍，难以忘却。

③却：又。

【译文】

夕阳斜斜地坠过小窗的栏杆，微风吹拂着绿色的窗帘，窗内的人寂然无声。翠绿的帏帐半遮半掩，帏帐上的绣鸳鸯双双起舞，昨夜香炉里的熏香已经变冷。

自与郎君分别，相思总是难舍，眼看着芳颜慢慢在相思中憔悴。妆粉上依稀可见点点的泪痕，暗地里魂销肠断。

其四（黛薄红深）

黛薄红深，约掠①绿鬟云腻。小鸳鸯，金翡翠，称人心。

锦鳞无处传幽意，海燕②兰堂春又去。隔年书，千点泪，恨难任。

【注释】

①约掠：粗略地梳理。

②海燕：即燕子。古人认为燕子产于南方，渡海而至，故称"海燕"。

【译文】

淡淡的细眉，深深的红唇，随手一拢长发，好似掠过浓浓的绿云。鸳鸯形的金钗，翡翠形的花钿，金玉成双称心如意。

书信无处寄，无处传递我悠悠的爱意。燕归兰堂，春天又过去了。去年的书信上泪痕斑斑，难忍心中的离愁别恨。

其五（掩却菱花）

掩却菱花①，收拾翠钿休上面②。金虫玉燕③锁香奁，恨厌厌④。

云鬟半坠懒重簪，泪侵山枕湿。银灯背⑤帐梦方酣，雁飞南。

【注释】

①菱花：指镜子。

②休：停止；无心。上面：进行面妆。

③金虫玉燕：指精美的头饰。

④厌厌：精神不振的样子。

⑤背：遮掩。

【译文】

掩上菱花镜，收拾起翠玉金钿，不再化妆打扮。将金虫钗坠儿玉燕簪全都锁进妆奁，心中的离恨让人打不起半点精神。

鬓发半垂散乱，也无心再去梳敛，泪水湿透了绣枕。帐里背灯而眠，相思梦正浓，梦见鸿雁南飞带去我的相思。

其六（水碧风清）

水碧风清，入槛细香红藕腻①。谢娘敛翠②恨无涯，小屏斜。

堪憎荡子不还家，谩留③罗带结。帐深枕腻炷沉烟，负当年。

【注释】

①红藕：红莲的别称，也叫做红菡苕，一种开花的睡莲科植物。腻：

滑泽。

②敛翠：皱眉。

③谩留：空留。虚有。谩（màn）：同"漫"，徒然。

【译文】

水碧风清，莲花飘香，微微透入栏杆里来。女子紧皱眉头，恨思无边，空有小屏风斜立一旁。

罗带虽结同心，可恶的是那人却浪荡不归。帷帐深深，山枕湿透，熏烟袅袅，真是辜负了他们当年的那番深情厚谊。

其七（黛怨红羞）

黛怨红羞①，掩映画堂春欲暮。残花微雨隔青楼，思悠悠。

芳菲时节看将度，寂寞无人还独语。画罗襦②，香粉污，不胜愁。

【注释】

①黛怨红羞：眉带怨，面含羞。

②襦（rú）：短衣。

【译文】

眉带怨，面含羞，画堂掩映着欲逝的春色。华美的楼阁外，春花在微微细雨中凋残，相思的愁绪绵绵不断。

鸟语花香的春季即将过去，寂寞的深闺仍旧无人相伴，只能自言自语。丝绸短袄已经被泪滴的香粉浸染，实在是难忍这相思的愁怨。

杨柳枝（秋夜香闺思寂寥）

秋夜香闺思寂寥①，漏迢迢②。鸳帷罗幌③麝烟销，烛光摇。
正忆玉郎游荡去，无寻处。更闻帘外雨潇潇，滴芭蕉。

【注释】

①寂寥：寂寞空虚。
②迢迢：漫长。
③罗幌：丝罗床帐。

【译文】

秋夜，深闺内弥漫着相思和空寂，屋外更漏声声漫长。鸳鸯帷幔，丝罗床帐，熏炉的香烟正悄悄地散去，只有烛光轻摇着它孤独的影子。

正想起心上的人，他漫游天涯浪荡无迹，无处去把他寻觅。只听得帘外雨声潇潇，滴滴落在芭蕉叶上。

遐方怨（帘影细）

帘影细，簟纹平。象纱①笼玉指，缕金罗扇轻。嫩红双脸似花明，两条眉黛远山横。
凤箫歇，镜尘生。辽塞②音书绝，梦魂长暗惊。玉郎经岁负娉婷，教人怎不恨无情？

【注释】

①象纱：纱名，薄而略透明。
②辽塞：泛指边塞。

【译文】

日光洒下细细的帘影，映衬着竹席的平平细纹。象牙色的薄纱笼着纤纤玉指，轻轻摇动着金缕的罗扇。嫩红的双脸像花一样光彩照人，两条长眉细细的如远山横亘。

凤箫已好久不再吹奏，镜上也蒙上了一层灰尘。辽阳边关的音信已经断绝，梦里的相思常被噩梦惊醒。郎君辜负她的期待已经一年了，怎能不叫人恨他如此无情？

献衷心（绣鸳鸯帐暖）

绣鸳鸯帐暖，画孔雀屏欹。人悄悄，月明时，想昔年欢笑，恨今日分离。银釭背①，铜漏永，阻佳期。

小炉烟细，虚阁帘垂。几多心事，暗地思惟。被娇娥牵役②，魂梦如痴。金闺里，山枕上，始应知。

【注释】

①背：背光，熄灭。

②牵役：牵制，役使。

【译文】

温暖的鸳鸯绣帐旁，斜立着孔雀画屏。屋内寂静无声，窗外月光分外明。想起往年相聚时的欢笑，更加重了对今日分离后的怨恨。银灯的光渐渐地熄灭了，铜漏仍旧一声接着一声，阻隔着相会的佳期。

小小的香炉轻烟缥缈，空空的阁楼上帘幕低垂。多少心事缠绵，相思在暗暗地滋长。心思全被心上人占据，她常牵引着我的思魂在梦里游荡。在她的深闺里，在她的山枕上，我的相思只有她才知道。

应天长（瑟瑟罗裙金线缕）

瑟瑟罗裙金线缕，轻透鹅黄香画袴①。垂交带②，盘鹦鹉，袅袅翠翘移玉步。

背人匀檀注③，慢转横波偷觑。敛黛春情④暗许，倚屏慵不语。

【注释】

①画袴（kù）：彩色的套裤。

②交带：交结的裙带。

③匀：涂。檀注：口红。

④春情：男女爱恋之情。

【译文】

绿色的罗裙金线镶，鹅黄色的薄薄的套裤透出阵阵体香，交结的裙带垂落，鹦鹉盘绣在裙带上。她袅袅地移动玉步，头上的翠翘轻轻晃动。

她背着人偷偷地涂点红唇，秋波慢转，偷看一旁的少年郎。翠眉轻蹙已经将春情暗许，却装作漫不经心倚着屏风不说话，作出一副娇慵无心的模样。

诉衷情（二首）

其一（香灭帘垂春漏永）

香灭帘垂春漏永①，整鸳衾。罗带重，双凤，缕黄金。

窗外月光临，沉沉。断肠②无处寻，负春心。

【注释】

①春漏：即春夜的漏滴声。永：长。

②断肠：指断肠人，即情人。

【译文】

熏炉已烟灭香冷，静静的垂帘外，传来悠长的更漏声，她整理好鸳鸯绣被。裙上罗带相重，相重处正是金绣的双凤。

窗外的明月照亮窗纱，照着沉沉的夜。令人相思断肠的人，无法找到你的踪影，你辜负了相思的人一片春情。

其二（永夜抛人何处去）

永夜抛人何处去，绝来音。香阁掩，眉敛，月将沉。

争忍①不相寻？怨孤衾②。换我心，为你心，始知相忆深。

【注释】

①争忍：怎忍。

②孤衾：比喻独眠。

【译文】

漫漫的长夜你抛下了我，不知到什么地方去了，竟然没有一点音信。空掩的闺阁里，我紧锁着愁眉，看着明月一点点地西沉。

怎能忍得住不去把你追寻？怨恨这孤眠独寝。把你的心换成我的心，你就会知道我对你的思念有多么深。

荷叶杯（九首）

其一（春尽小庭花落）

春尽小庭花落，寂寞。凭槛敛双眉，忍教①成病忆佳期。知么知②？知么知？

【注释】

①忍使：岂忍使。

②知么知：知不知？

【译文】

春天就要过去了，小院中繁花尽落，徒留一片寂寞。倚着栏杆，紧皱双眉，你怎忍心使我因忆佳期而成病呢？你知道不知道？你知道不知道？

其二（歌发谁家筵上）

歌发谁家筵上，寥亮①。别恨正悠悠，兰釭背帐月当②楼。愁么愁？愁么愁？

①寥亮：声音清越高远。

②当：照，临。

【译文】

不知是谁家宴会上传来的歌声，是那么的嘹亮。离愁别恨正悠悠，兰灯掩帐，月照小楼。你愁什么愁？你愁什么愁？

其三（弱柳好花尽坼）

弱柳好花尽坼①，晴陌②。陌上少年郎，满身兰麝扑人香。狂么狂？狂么狂？

【注释】

①坼：裂开。

②晴陌：阳光普照的道路。

【译文】

弱柳背着沉重的绿叶，花儿绽开了蓓蕾，阳光普照着大地。路上的少年满身兰麝飘香，香气袭人。你怎么这么狂？怎么这么狂？

其四（记得那时相见）

记得那时相见，胆战①。鬓乱四肢柔，泥②人无语不抬头。羞么羞？羞么羞？

【注释】

①胆战：恐惧；心惊。

②泥：紧贴，纠缠。

【译文】

还记得当初相见时，我那胆战心惊的样子。鬓发散乱，四肢发软，紧紧拉住旁边的人，不敢说话，也不敢抬头。你害什么羞？你害什么羞？

其五（夜久歌声怨咽）

夜久歌声怨咽①，残月。菊冷露微微，看看湿透缕金衣②。归么归？归么归?

【注释】

①怨咽：形容歌声含怨而时高时低，断断续续，如泣如诉。

②缕金衣：即金缕衣，泛指华丽的衣裳。

【译文】

夜已深了，月儿也将西沉，远处歌唱已近尾声，断断续续，如泣如诉。菊花变冷，白露微微，眼看着露水已湿透绣衣。回去不回去呢？回去不回去呢？

其六（我忆君诗最苦）

我忆君诗最苦，知否？字字尽关心，红笺①写寄②表情深。吟么吟？吟么吟？

【注释】

①红笺：古时一种精美的小幅红纸，多作名片、请柬和题诗词用。

②寄：寄托。

【译文】

我因思念你而作的诗最为悲苦，你知道吗？诗中字字都是相思之情，关切之意，用红笺写就，寄给你以表情深。你作什么诗？你作什么诗？

其七（金鸭香浓鸳被）

金鸭①香浓鸳被，枕腻②。小髻簇花钿，腰如细柳脸如莲。怜么怜？怜么怜？

【注释】

①金鸭：指金鸭香炉。

②枕腻：指枕头被泪水沾污。

【译文】

金鸭香炉熏香浓郁，直透鸳鸯绣被，枕头已被泪水沾污。小小的发髻上花钿簇拥，纤腰如细柳，粉脸如红莲。爱什么爱？爱什么爱？

其八（曲砌蝶飞烟暖）

曲砌蝶飞烟暖，春半。花发柳垂条，花如双脸柳如腰。娇么娇？娇么娇？

【注释】

①曲砌：曲折的台阶。

②春半：指仲春二月。

【译文】

曲折的石阶上，蝴蝶飞舞在暖暖的春烟中，春天已经过去了一半。鲜花盛开，柳条低垂，红花如我的双脸，垂柳似我的细腰。不知为谁娇娆？为谁娇娆？

其九（一去又乖期信）

一去又乖期信①，春尽。满院长莓苔②，手挼裙带独徘徊。来么来？来么来？

【注释】

①乖：违背。期信：约会的日期。

②莓苔：青苔；泛指野草。

【译文】

情人一去不归，久违约期，眼前春天已过。院中长满青苔野草，双手搓弄着带独自徘徊。你到底来不来？你到底来不来？

渔歌子（晓风清）

晓风清，幽沼绿，倚栏凝望珍禽

浴。画帘垂，翠屏曲，满袖荷香馥郁。

好摅怀①，堪寓目②，身闲心静平生足。酒杯深，光影促③，名利无心较逐④。

【注释】

①好：便于。摅（shū）：表达，抒发。

②寓目：观看，过目。

③光影促：比喻人生短促。光影：光阴。

④较逐：角逐。

【译文】

在清爽的晨风里，面对池塘的幽绿，他倚靠在栏杆上，看水中禽鸟嬉戏。身后画帘低垂，屏风曲折，两袖间充盈荷花浓浓的香气。

真是令人心旷神怡、赏心悦目啊！在清闲里静享自然的美，此生也该满足了。斟上满满的美酒，看日光飞掠，让人无心再去追逐名利。

临江仙（三首）

其一（碧染长空池似镜）

碧染长空池似镜，倚楼闲望凝情。满衣红藕细香清。象床①珍簟，山障②掩，玉琴横。

暗想昔时欢笑事，如今赢得愁生。博山炉暖淡烟轻。蝉吟人静，残日傍，小窗明。

【注释】

①象床：以象牙为饰的床。

②山障：画有山景的屏风。

【译文】

晴朗的天空碧蓝如染，清清的池水平滑如镜，她倚着小楼悠悠地远眺，目光里凝着悠悠的思情。她的衣服上沾满了的红莲幽幽的香气。身后的象牙床上，铺着珍贵的凉席，掩着山景屏风，玉琴横放一旁。

心底在暗暗地回忆着往日相厮守时的欢情，如今只换来思愁丛生。博山炉暖暖地烧着，淡淡的暖烟轻轻地缭绕。鸣蝉聒噪人静无声，西斜的落日把小窗映得通红。

其二（幽闺小槛春光晚）

幽闺①小槛春光晚，柳浓花淡莺稀。旧欢思想尚依依。翠鬟红敛，终日损芳菲。

何事②狂夫③音信断，不如梁燕犹归。画堂深处麝烟微。屏虚枕冷，风细雨霏霏。

【注释】

①幽闺：深闺。

②芳菲：指芳颜。

③何事：为什么。狂夫：对自己丈夫带怨意的称呼。

【译文】

幽幽的深闺，细小的栏杆，春色正一天一天地凋残，柳荫浓绿，朵朵春花只残留着几片花瓣，莺啼声渐渐稀落。回忆着往日相聚时的欢笑，依旧依依难舍。愁眉终日紧锁，脸色逐日黯淡，终日的相思正在消损如花的容颜。

不知因为什么，狂浪的夫君竟没有一点消息，还不如那梁间的燕子知道按季节飞归故里。画堂深处，麝烟轻浮。屏风虚掩，枕席浸透冰冷，窗外微风夹着细雨，绵绵不绝。

其三（月色穿帘风入竹）

月色穿帘风入竹，倚屏双黛愁时。砌花①含露两三枝，如啼恨脸，魂断损容仪。

香烬暗消金鸭冷，可堪辜负前期。绣襦不整鬓鬟欹，几多惆怅，情绪②在天涯。

【注释】

①砌花：种植在台阶前的花。

②情绪：思绪。

【译文】

月光透过竹帘，风儿吹动竹林，她斜倚着云屏，皱紧双眉，兀自愁思。石阶上的花儿含着露珠点点，三三两两地显得孤孤零零，如姑娘刚刚啼哭后的泪脸，魂飞肠断的相思在消损着她的芳容。

熏香燃尽，烟雾暗暗消散，金鸭香炉透出丝丝冰冷，怎能忍受他违背相约的佳期。无心整理绣花的短袄，鬓发散乱在耳边。有多少相思的惆怅，思念的心早已随他飘到天涯。

醉公子（二首）

其一（漠漠秋云淡）

漠漠秋云淡，红藕香侵槛。枕欹小山屏，金铺向晚扃①。
睡起横波慢②，独望情何限。衰柳数声蝉，魂消似去年。

【注释】

①金铺：此处指门。扃（jiōng）：上闩（shuān），关闭。

②横波：眼睛。慢：慵懒。

【译文】

寥廓的天上漂浮着几朵淡淡的秋云，红莲的香味透过门槛。小山屏边的床上，斜放着一只绣枕。天色已晚，到了关门的时刻。

她从睡榻上刚刚起身，惺忪的睡眼漫漫无神，痴痴地怅望着空中的浮云，不知有多少心事藏在心中。衰残的柳树上传来几声蝉鸣，令人魂销肠断，如同去年此时一样。

其二（岸柳垂金线）

岸柳垂金线，雨晴莺百啭①。家在绿杨边，往来多少年。
马嘶芳草远，高楼帘半卷。敛袖翠蛾攒，相逢尔许②难。

【注释】

①百啭：形容叫声非常动听。

②尔许：如许，这样。

【译文】

江岸上的丝丝垂柳，如条条轻拂的金线。正是雨后初晴时刻，黄莺百啭千啼。她的家就住在江岸杨柳边，来来往往的过客，不知有多少风流少年。

骏马嘶叫着，踏着芳草渐渐走远，高楼上珠帘半卷。楼上的姑娘举袖遮脸把眉皱，感叹知音相逢竟这么难。

更漏子（旧欢娱）

旧欢娱，新怅望，拥鼻含颦①楼上。浓柳翠，晚霞微，江鸥接翼飞。

帘半卷，屏斜掩，远岫②参差迷眼。歌满耳，酒盈樽，前非③不要论。

【注释】

①拥鼻：掩鼻。含颦：皱眉。

②远岫：远山。岫（xiù）：山谷。这里指山峰。

③前非：以前的是非。

【译文】

忆起旧时的欢娱，只是平添了

几许新愁。掩鼻忍住心中的酸楚，愁眉紧锁着伫立小楼。浓密的柳条满树翠绿，晚霞渐退，江上的沙鸥一只接一只飞去。

珠帘半卷，屏风斜掩，远处峰峦起伏，在暮霭里迷茫朦胧。眼前歌声不绝于耳，美酒已经斟满杯中，从前的是非对错还是不要再说了吧。

花间集　卷第八

孙光宪（六十一首）

【词人简介】

孙光宪（901—968 年），字孟文，号葆光子。陵州贵平（今四川仁寿东北）人。五代十国荆南文学家。出身农家，少好学。孙光宪性嗜经籍，聚书数千卷，勤于校勘抄写。著有笔记《北梦琐言》《荆台集》《橘斋集》等。是花间派中较有个性和成就的词人，其词题材较广泛，以情景交融、婉约缠绵见长。除写艳情外，亦有对水乡风光、边塞生活的描绘。词风清丽疏淡，脱尽脂粉气，更有豪健之作。今存词 84 首。王国维辑有《孙中丞词》1 卷。《花间集》收录其词 61 首。

浣溪沙（九首）

其一（蓼岸风多橘柚香）

蓼岸风多橘柚香①，江边一望楚天②长，片帆烟际闪孤光。
目送征鸿飞杳杳③，思随流水去茫茫，兰红波碧忆潇湘④。

【注释】

①蓼岸：开满蓼花的江岸。橘柚：橘树和柚树。

②楚天：泛指南方的天空。

③征鸿：远飞的大雁。比喻离别而去的亲人。杳杳：幽远，深远。

④兰红：即红兰，植物名，秋开红花。忆潇湘：比喻分别两地的亲人互相思念。

【译文】

开满蓼花的江岸，风中飘来橘柚浓浓的香气。我伫立在江边远望，只见楚天寥廓。那一片远去的孤帆，在水天交汇处泛起一点白光。

目光随着远去的鸿雁，直到它的身影消失在远方。思绪犹如无尽的江水随着茫茫的江涛漂荡。秋的红兰与江的碧波，定会让他怀念起深情的潇湘。

其二（桃杏风香帘幕闲）

桃杏风香帘幕闲，谢家门户约花关①，画梁幽语燕初还。

绣阁数行题了②壁，晓屏一枕酒醒山③，却疑身是梦魂间。

【注释】

①约花关：将花关闭于门内。约：收束。

②了：完成，结束。

③山：山枕。

【译文】

春风吹来桃杏的花香，女子紧闭帘幕，将花儿关闭于门内。画梁上传来低语声，那是春燕刚刚归来。

昨晚在绣阁的壁上即兴题词数行。清晨，屏风掩遮，躺在山枕上，醉后醒来。但她醉意朦胧，怀疑自己尚在梦境中。

其三（花渐凋疏不耐风）

花渐凋疏不耐①风，画帘垂地晚堂空，堕阶萦藓舞愁红②。

腻粉半沾金靥子③，残香犹暖绣熏笼，蕙心④无处与人同。

【注释】

①不耐：不能经受。

②萦：飞舞。愁红：指落花。

③金靥子：黄星靥，古时妇女面部妆饰。

④蕙心：比喻女子纯美之心。这里指落花之心。

【译文】

　　凋零的花儿渐渐地疏落了，已无法再承受这多情的春风。帘幕静静地垂落在地上，映衬着傍晚空空的客厅。落花片片，似含愁飘舞，落于阶前的苔藓之上。

　　泪水冲淡了脂粉，脸上还沾着黄星靥。绣套里的熏炉还有一丝余温，一缕残香在袅袅地飘动。没有人在意花儿的残落，我的心却与这落花相似。

其四（揽镜无言泪欲流）

　　揽镜无言泪欲流，凝情半日懒梳头，一庭疏雨湿春愁①。

　　杨柳只知伤怨别，杏花应信损娇羞，泪沾魂断轸②离忧。

【注释】

①湿春愁：雨使春愁更浓。

②轸（zhěn）：悲痛，伤痛。

【译文】

　　捧着镜子，默默无语泪欲流。悲怨如痴半天，懒得去梳妆。院中细雨蒙蒙，春愁如春花片片经雨而湿。

　　杨柳尚知道为别离伤感，杏花也可以证实她的娇颜因相思而渐损。泪沾衣襟，思肠寸断，离别的忧伤让人悲痛欲绝。

其五（半踏长裾宛约行）

　　半踏①长裾宛约行，晚帘疏处见分明，此时堪恨昧平生②。

　　早是消魂残烛影，更愁闻着品弦③声，杳无消息若为④情？

【注释】

①半踏：小步。

②昧平生：即素昧平生，彼此一向不了解。昧（mèi）：隐藏，隐瞒；不了解。

③品：弹奏，品尝。弦：弦乐。此处代指乐器。

④若为：何以，怎样。

【译文】

她轻轻地提起长裙，踏着轻柔的细步前行。傍晚时分，我从帘栊缝中看到的形象是那样地鲜明。这时的我只恨自己竟与她素不相识，无法传情。

那窗前残烛边的倩影早已牵动了我的魂魄，听到她幽婉的琴声后，让我的相思变得更加浓烈。可惜不能得到她的一点消息，这让我如何表白自己爱慕的深情呢？

其六（兰沐初休曲槛前）

兰沐①初休曲槛前，暖风迟日②洗头天，湿云新敛未梳蝉③。
翠袂半将遮粉臆④，宝钗长欲坠香肩，此时模样不禁⑤怜。

【注释】

①兰沐：用兰香融水洗发。

②迟日：缓缓移动的太阳。

③湿云：湿发。蝉：指蝉鬓。

④臆：胸部。

⑤不禁：禁不住。

【译文】

她才用兰汤洗过长发，在弯弯曲曲的栏杆前小憩。和风吹着暖暖的阳光，正是沐浴梳妆的好天气。湿淋淋的长发似带雨的云，随意挽拢着还未梳理蝉鬓。

绿色的衣襟半遮半掩，半露出她那粉白的胸部，头上的玉钗坠落在香肩上，那一副娇柔妩媚的模样不禁让人生出爱怜之意。

其七（风递残香出绣帘）

风递残香出绣帘，团窠①金凤舞襜襜②，落花微雨恨相兼。
何处去来狂太甚，空推③宿酒睡无厌④，怎教人不别猜嫌？

【注释】

①团窠（kē）：团花；或指锦的一种。

②襜（chān）襜：摇动的样子。

③空推：用假言相推脱。

④睡无厌：睡不够。

【译文】

风儿裹挟着残香出绣帘飘出绣帘，绣帘上团花金凤翩翩起舞。细雨夹着落花，无不惹人愁恨。

不知他在何处游冶，真是太张狂了。回来后，又假说因喝醉酒，贪睡不止。如此种种，怎么不引起她的怀疑呢？

其八（轻打银筝坠燕泥）

轻打①银筝坠燕泥，断丝高罥②画楼西，花冠闲上午墙啼③。
粉箨④半开新竹径，红苞尽落旧桃蹊，不堪终日闭深闺。

【注释】

①打：敲击，弹拨。

②断丝：蛛丝之类。罥（juàn）：挂。

③花冠：指公鸡。午墙：中墙、正面的墙。

④粉箨（tuò）：竹笋壳。

【译文】

她轻轻拨动着银筝，梁上的燕泥闻声坠落。断了的游丝高挂在画楼的西面。公鸡闲来无事，跳上中墙啼鸣。

在新栽竹丛的小道上，笋子一只只皮壳半开。在早已栽植的桃树下的小路上，桃花开始凋谢。真是

难以忍受终日空闺幽禁的寂寞生活了。

其九（乌帽斜欹倒佩鱼）

乌帽斜欹倒佩鱼①，静街偷步访仙居②，隔墙应认打门③初。

将见客时微掩敛④，得人怜处且生疏，低头羞问壁边书。

【注释】

①乌帽：乌纱帽。初为官员所戴，后闲居之士亦可戴。佩鱼：唐代五品以上的服饰，按品级不同，分别佩带金、银、铜所制成的鱼。

②仙居：神仙住所。此指所思女子居处。

③打门：叩门。

④掩敛：掩面敛容。

【译文】

他斜戴着乌纱帽，佩带的鱼饰倒立着，轻轻地走在寂静的街上，去寻找心上人的居处。隔着墙刚刚敲门，她也能识别是谁到来了。

她刚看见客人时掩面敛容，得到了人的怜爱时，还是那副怯声怯气的样子，低着头，含着羞，假装询问壁上的题字。

河传（四首）

其一（太平天子）

太平天子①，等闲②游戏，疏③河千里。柳如丝，偎倚绿波春水，长淮④风不起。

如花殿脚⑤三千女，争云雨，何处留人住？锦帆风，烟际红，烧空，魂迷大业⑥中。

【注释】

①太平天子：此处指隋炀帝。

②等闲：随便，寻常。

③疏：疏通，开凿。

④长淮：指淮河。

⑤如花殿脚：为隋炀帝牵羊挽舟的美女。

⑥大业：隋炀帝年号。

【译文】

号称太平天子的隋炀帝只为了他的消闲游戏，就征用千万民夫开凿了运河千里。河岸上杨柳如丝，偎依着碧绿的春水，风如何也刮不起淮河的水。

挽棹的少女们个个争先恐后，都想博得君王的垂意，却哪里能留得住君王啊？风吹锦帆，云烟映红，如火燃空。将大业皇帝的迷梦付之一炬。

其二（柳拖金缕）

柳拖金缕，着烟笼雾，濛濛落絮。凤皇①舟上楚女，妙舞，雷喧波上鼓。

龙争虎战分中土②，人无主，桃叶江南渡③。襞④花笺，艳思牵，成篇，宫娥相与传。

【注释】

①凤皇：即凤凰。

②龙争虎战：指隋末群雄争斗。中土：泛指中原。

③桃叶江南渡：即江南桃叶渡，故址在今江苏南京秦淮河畔。此处指士大夫们纷纷南渡避难。

④襞（bì）：原指衣服上褶（zhě）子。这里作动词用，折叠之意。

【译文】

杨柳拖曳着金缕似的柳枝，笼罩在烟雾中，落下白茫茫的柳絮。舟上楚女像凤凰一样翩翩起舞，波上鼓声如雷轰鸣。

隋末群雄争斗，瓜分国土，天下无人主宰，士大夫们纷纷南渡避难。折叠花笺，艳思如涌，牵连成篇，引得宫女们争相传唱。

其三（花落烟薄）

花落烟薄，谢家①池阁，寂寞春深。翠蛾轻敛意沉吟，沾襟，无人知此心。

玉炉香断霜灰冷②，帘铺影，梁燕归红杏。晚来天，空悄然③，孤眠，枕檀云髻偏。

花间集　卷第八

【注释】

①谢家：泛指美妇人家。

②霜灰冷：香灰冷如霜。

③悄然：寂寞的样子。

【译文】

春花凋零，云烟淡薄。女子家的池塘与闺阁内，春心寂寞难耐。轻轻地皱着眉头，情思绵绵，滴泪沾襟，可惜没有人了解她的心思。

玉炉香断，香灰冷如霜。帘栊的影子平铺于地，梁上双燕已归来，红杏花已开。夜幕降临，空虚寂寞，孤枕难眠，檀上枕云髻散乱。

其四（风飐波敛）

风飐波敛，团荷闪闪，珠倾露点。木兰舟上，何处吴娃越艳①，藕花红照脸。

大堤②狂杀襄阳客，烟波隔，渺渺湖光白。身已归，心不归，斜晖，远汀鹚鹕飞。

【注释】

①吴娃越艳：指吴越一带的美女。

②大堤：原指襄阳沿江大堤，后为乐府名，即《大堤曲》。

【译文】

风微微地吹，波轻轻地荡，圆荷上的露点如珍珠闪闪。不知哪里来的漂亮娇媚的南国少女，荷花映红了双脸。

少女的美貌让襄阳来的客人如痴如狂，姑娘们渐渐远去，他还恋恋不舍，目送身行，直至再也看不见人影儿，只剩下湖光渺渺。人已经回家了，心还留在那里。夕阳下，远处小洲上鹚鹕飞舞。

菩萨蛮（五首）

其一（月华如水笼香砌）

月华①如水笼香砌，金环碎撼②门初闭。寒影堕高檐，钩垂一面帘。
碧烟轻袅袅，红战灯花笑③。即此是高唐④，掩屏秋梦长。

【注释】

①月华：月光。

②碎撼：无节奏地摇动，指闭门时门环的震动声。

③红战：红火闪动。灯花：灯心的余烬，爆成花形。古人以灯花为吉兆，故称"灯花笑"。

④高唐：男女欢合的意思。用宋玉《高唐赋》楚王游高唐梦神女事，表达男女眷恋的美好境界。

【译文】

如水的月光在花坛上遍洒银光，在一串零乱的门环声中，这才关上闺门。寒月把高楼的飞檐投影到了大地，玉钩无声地坠落下来，床前垂下半卷帘幕。

青烟袅袅，红烛闪动的光焰中，灯芯呈出花形，仿佛发出一声微笑。这正是楚王神女相会的良辰，关掩上屏风，拥抱着长长的秋梦。

其二（花冠频鼓墙头翼）

花冠频鼓①墙头翼，东方淡白连窗色。门外早莺声，背楼②残月明。
薄寒笼醉态，依旧铅华③在。握手送人归，半拖金缕衣。

【注释】

①花冠：公鸡。鼓：扇动。

②背楼：楼的背面。

③铅华：指脂粉之类。

【译文】

雄鸡在墙头频繁地扇动着翅膀，唱出这声声破晓的晨歌。东方淡淡的朝晖将窗纱染成了鱼肚白。门外的晓莺婉转地啼鸣着，楼身后的飞檐挑起了一弯残月。

薄薄的寒雾遮掩了我的醉态，还似昨夜脂粉涂过的妆红，我握着你的手，把你送到了归来的路上，身后半拖着金缕长裙在晨风中轻柔地飘动。

其三（小庭花落无人扫）

小庭花落无人扫，疏香①满地东风老。春晚信沉沉，天涯何处寻。

晓堂屏六扇，眉共湘山远②。怎奈别离心，近来尤不禁③。

【注释】

①疏香：残花。

②眉共湘山远：眉色如画屏上之湘山，即远山眉。湘山：即君山，在洞庭湖中，上有湘妃庙。

③不禁：受不住。

【译文】

小庭的花儿都落了，无人清扫，遍地的残红，稀疏的香气中，飘来了几丝无力的东风。晚春之时他还是没有一点消息，不知去哪里才能寻到他。

晓光映亮堂前的六扇画屏，那是我们共赏的湘山美景，眉色如画屏上之湘山，怎忍这长久离别的寂寥，近来更难抑制相思之情。

其四（青岩碧洞经朝雨）

青岩碧洞经朝雨，隔花相唤南溪去。一只木兰船，波平远浸天①。
扣舷惊翡翠②，嫩玉抬香臂。红日欲沉西，烟中遥解觿③。

【注释】

①浸天：与天相接。

②翡翠：鸟名，指翠雀，雄赤曰翡，雌青曰翠。

③解觿（xī）：解下佩角以赠。觿：古时用骨头制的解绳结的角锥。

【译文】

青岩碧洞，历经一晨微雨。隔着花丛，姑娘们相互呼唤着要到南溪去。乘着一只木兰船，水波平静，远远地与天相接。

她拍打船舷，唱起渔歌，惊起了翡翠鸟。拍打船舷时，露出嫩玉般的玉臂。当红日西下时，她与相爱的人解佩相赠，以表深情。

其五（木绵花映丛祠小）

木绵花映丛祠小①，越禽②声里春光晓。铜鼓与蛮歌③，南人祈赛④多。
客帆风正急，茜袖偎樯立⑤。极浦几回头，烟波无限愁。

【注释】

①木绵花：即木棉花，一种热带乔木，初春时开花，深红色。丛祠：乡野林间的神祠。

②越禽：指孔雀。

③铜鼓：求神所击的乐器。蛮歌：巴楚一带民歌。

④祈赛：谢神佑助的祭典。

⑤茜（qiàn）袖：红色衣袖。此处指代女子。茜，茜草，可做红色染料。樯：桅杆。

【译文】

木棉花映衬着丛林深处的小祠庙，孔雀声声啼鸣报着梅岭春晓时节的到来。在铜鼓声中又响起了动听的山歌，南方百姓又开始了频繁的敬神祭典。

正在这时客船离去，船帆鼓满了风，她倚着桅杆伫立在江风中。在远处的水边她曾多次回头，回眸好似闪动着泪影，波光中荡漾起无尽的愁绪。

河渎神（二首）

其一（汾水碧依依）

汾水①碧依依，黄云落叶初飞。翠华②一去不言归，庙门空掩斜晖。
四壁阴森排古画，依旧琼轮羽驾③。小殿沉沉清夜，银灯飘落香炮④。

【注释】

①汾水：汾河，在今山西省境内。

②翠华：古代仪仗旗帜上的翠羽装饰；有时也特指君王。这里指执此仪仗的神仙们。

③琼轮羽驾：河神所御的车驾。

④炮（xiè）：熄灭；灯心燃烧后的灰。

【译文】

汾河碧水无边，落叶像黄云一样飘飞。上片头二句写出庙词的环境，境界深邃。神仙们一去不回，空留庙门空掩映在斜阳下。

庙内阴森凄凉，古画排壁而立，旧日仙人们的车驾犹存。小殿内清夜沉沉，银灯隐约，灯花兀自飘落。

其二（江上草芊芊）

江上草芊芊①，春晚湘妃庙前。一方柳色楚南天，数行征雁联翩②。
独倚朱栏情不极，魂断终朝相忆。两桨③不知消息，远汀时起鸂鶒。

【注释】

①芊（qiān）芊：草木茂盛的样子。

②联翩（piān）：鸟飞的样子；形容连续不断。

③两桨：代指乘舟之人。

江边野草繁茂，湘妃庙前一副晚春景象。柳色青青，如同江南那碧蓝的天空。几行征雁，联翩飞去。

她倚栏怅望，情绪不尽，整天魂不守舍地思念着她心上的人。乘舟远行之人没有音讯，极目天涯，不见帆影，只有时而飞起的双双鹨鶒。

虞美人（二首）

其一（红窗寂寂无人语）

红窗寂寂无人语，暗淡梨花雨。绣罗纹地①粉新描，博山香炷旋抽条②，暗魂消。

天涯一去无消息，终日长相忆。教人相忆几时休？不堪枨触③别离愁，泪还流。

【注释】

①地：通"底"。

②炷：灯心。旋抽条：形容香烟袅袅升起的样子。抽条：香穗，即灯花。

③枨（chéng）触：感触。

【译文】

红窗隔断了悄无人声的寂寥，雨中的梨花没有了往日娇艳。花底的绣罗帐呈现出彩粉新描的图案，博山香炉内正燃着香炷，缕缕细烟

在室内环绕，心怀沮丧，失魂落魄。

　　他远游天涯之后便杳无音讯，我终日浮沉在相思之中。这相思什么时候才能停下来啊？我已不忍回想离别时的情景，伤心的泪水却还在不停地流。

其二（好风微揭帘旌起）

　　好风微揭帘旌①起，金翼鸾相倚。翠檐愁听乳禽②声，此时春态暗关情，独难平。

　　画堂流水空相翳③，一穗香摇曳。教人无处寄相思，落花芳草过前期④，没人知。

【注释】

①帘旌：帘幕。

②乳禽：雏燕。

③相翳（yì）：遮蔽。

④前期：原先所约定会面的期限。

【译文】

　　清风轻轻地揭开帘幕，吹飞帘上相依的金丝绣鸾。绿瓦檐上雏燕轻啼，声声啼叫让我生下愁绪，不能平复春思的闲愁。

　　画堂中绘的流水图景渐渐变得模糊不清。一缕香烟摇曳着我的思恋，让人没有地方托寄相思，花落草青时已过了相约的期限，没有人知道我心里的愁怨。

后庭花（二首）

其一（景阳钟动宫莺啭）

　　景阳钟①动宫莺啭，露凉金殿。轻飙②吹起琼花旋，玉叶如剪。

　　晚来高阁上，珠帘卷，见坠香③千片。修蛾慢脸陪雕辇④，后庭⑤新宴。

①景阳钟：皇宫内报时之钟。

②轻飙（biāo）：轻风。

③坠香：指落花。

④慢脸：细嫩美丽的脸。雕辇：皇帝的车辇。

⑤后庭：后宫。

【译文】

皇宫内响起了报时的钟声，黄莺也开始鸣叫，在金殿中感受到了夜露的清凉。轻风吹着琼花翩翩起舞，翠玉似的绿叶如天工裁剪一般。

夜里登上高阁，高卷起珠帘绣帐，只见起风之时落花千片。长眉娇脸的贵妃陪伴着皇帝的车辇，乘御车在后宫游宴。

其二（石城依旧空江国）

石城①依旧空江国，故宫②春色。七尺青丝③芳草碧，绝世难得。

玉英④凋落尽，更何人识，野棠如织。只是教人添怨忆，怅望无极。

【注释】

①石城：石头城。故址在今江苏南京市石头山后。

②故宫：指陈后主的宫殿。

③七尺青丝：据说南朝陈后主的贵妃张丽华发长七尺。

④玉英：玉之精华。这里指张贵妃如玉英般的美色。

【译文】

石头城依旧屹立在空阔的江边，陈后主的宫殿春色依然。张丽华那七尺长发已化作绿草，从此在

世上再难遇见。

美丽的容颜已在战乱中凋零，还有能识得她往日的容颜？如今只见遍地的野海棠。让人平添了许多思愁，在无尽的怅望中抒发兴亡之感。

生查子（三首）

其一（寂寞掩朱门）

寂寞掩朱门，正是天将暮。暗淡小庭中，滴滴梧桐雨。

绣工夫①，牵心绪，配尽鸳鸯缕②。待得没人时，偎倚论私语③。

【注释】

①绣工夫：指刺绣。

②鸳鸯缕：绣鸳鸯的彩线。

③私语：悄悄话。

【译文】

临近黄昏之时，朱门掩住空寂。幽暗的小庭院中，只听那梧桐叶上，滴滴答答的声响，一阵阵绵绵的春雨。

她在选配最好的丝线，在绣案上绣着鸳鸯，每条彩色的丝线都牵动着无限的思绪。等到无人之时，她和鸳鸯相偎在一起，悄悄地说出了心里的话。

其二（暖日策花骢）

暖日策①花骢，弹鞚②垂杨陌。芳草惹烟青，落絮随风白。

谁家绣毂③动香尘？隐映神仙客④。狂杀玉鞭郎，咫尺⑤音容隔。

【注释】

①策：驱，骑。

②弹鞚（duǒ kòng）：松弛马勒。

③绣毂：华丽的车子。

④隐映：隐约显现。神仙客：这里指车中美女。

⑤咫尺：比喻相距很近。咫（zhǐ）：八寸。

【译文】

一个暖暖的春日，少年公子骑着青花马去踏春。马勒松弛，垂于长满柳树的道路上。青青芳草戏青烟，洁白落絮随风飘。

这是谁家的华丽香车，扬起一道尘烟？隐约可见车上女子如神仙一般美丽，手执玉鞭的少年为之痴狂。可惜的是，虽近在咫尺，却是音容想隔，无从吐露衷肠。

其三（金井堕高梧）

金井堕高梧，玉殿笼斜月。永巷①寂无人，敛态愁堪绝。

玉炉寒，香烬灭，还似君恩歇。翠辇②不归来，幽恨将③谁说。

【注释】

①永巷：皇宫中妃嫔住处，即后宫。

②翠辇：皇帝所乘的车。

③将：与。

【译文】

高大的梧桐树在金井边撒下黄叶片片，寂寞的宫殿笼罩着一弯斜月。长长的小巷中空寂无人，收敛笑容，心中愁悲欲绝。

冰冷的玉炉中，燃香已灰冷烟灭，好像失去的恩宠，又像君王的冷落。皇帝的御辇远远地离开了，也许他再也不会回来，那满心的幽怨去向谁去倾吐诉说呢？

临江仙（二首）

其一（霜拍井梧干叶堕）

霜拍井梧干叶①堕，翠帷雕槛初寒。薄铅残黛称②花冠，含情无语，延伫③倚栏干。

杳杳征轮何处去，离愁别恨千般。不堪心绪正多端，镜奁长掩，无意对孤鸾④。

【注释】

①干叶：枯叶。

②称（chèn）：相称。

③延伫：久立。

④孤鸾：比喻镜中孤影。鸾：镜子。

【译文】

秋霜拍打着梧桐的枯叶，在井边坠落，秋风吹过雕栏翠帐，袭来一阵阵秋寒。脸上的脂粉淡薄眉色尽管很浅，但美丽的面容可与花冠争艳。默默无语中含情脉脉，久久地倚着栏杆。

自从他走后便没有了音讯，不知他的战车会去向哪里？我每天都在相思中痛苦地煎熬，咀嚼尽千种别愁、万般离怨。最难忍受那心绪的繁杂，理不清有多少怨恨有多少思恋。梳妆的小匣子已被我久久地锁住，孤独的我无心再去梳妆。

其二（暮雨凄凄深院闭）

暮雨凄凄深院闭，灯前凝坐初更①。玉钗低压鬓云横，半垂罗幕，相映烛光明。

终是有心投汉佩②，低头但理秦筝。燕双鸾耦③不胜情，只愁明发④，将逐楚云⑤行。

【注释】

①初更：初夜之时。古时将一夜分为五更，每更约二小时，初更相当于晚上八、九点钟。

②投汉佩：相传周郑文甫于汉

皋台下遇二女，解佩相赠。后因以汉皋佩作男女爱慕赠答的典故。此处指女子有心赠物于情人。

③耦：通"偶"。

④明发：黎明，天明。

⑤楚云：楚天行云。暗指情人的新欢。

【译文】

　　暮雨凄凄的深院里，初夜时分，女子对灯凝情而坐。玉钗低垂，压得鬓云横斜。罗幕半垂，与明亮的烛光相映明。

　　也许是有心赠物于情人，却又娇羞得不敢抬头，只顾着拨动秦筝。燕子成双，鸾鸟佳偶，令人情不自禁。只是发愁天明时，她的情人又不知要行往何处。

酒泉子（三首）

其一（空碛无边）

　　空碛①无边，万里阳关道路。马萧萧，人去去②，陇③云愁。
　　香貂④旧制戎衣窄，胡霜⑤千里白。绮罗⑥心，魂梦隔，上高楼。

【注释】

①空碛：辽阔空旷的沙漠。

②去去：一程又一程向远处走去。

③陇：地名。泛指今甘肃一带，是古代西北边防要地。

④香貂：华丽的服饰。此处指战袍。

⑤胡霜：指边地的霜。胡：泛指西、北方的少数民族区域。

⑥绮罗：有文彩的丝织品。这里指征人的妻子。

【译文】

　　荒凉空阔的戈壁无边无际，西出阳关的路途万里迢迢，在战马悲鸣的嘶吼中，他在风沙中渐渐远行，唯有陇上的愁云与他相伴。

　　战袍旧了，只有戎衣裹体。恐怕难抵御西北那千里的霜寒。梦魂被万水千山阻隔，高楼上的每一次眺望都寄托着我的浓浓的思念。

其二（曲槛小楼）

曲槛小楼，正是莺花二月。思无聊，愁欲绝，郁离襟①。
展屏空对潇湘水②，眼前千万里。泪掩红，眉敛翠，恨沉沉。

【注释】

①郁：郁结。离襟：离人的思绪或离别的情怀。襟：借代为胸怀。

②潇湘水：指屏上的画。

【译文】

　　曲折的栏杆绕着小楼，适逢二月莺语花开之时。寂寥的相思无处托寄，愁伤欲绝却又难以止住，多少离恨都郁结在心头。

　　展开屏风凝视着屏上的风景，千万里的潇湘水在眼前空自流淌。泪水遮住了脸上的胭脂，浓浓的翠色凝在紧锁的眉头，深深的怨愁如同江水一样沉沉。

其三（敛态窗前）

敛态①窗前，袅袅雀钗抛颈②。燕成双，鸾对影，耦③新知。
玉纤淡拂眉山小，镜中嗔共照④。翠连娟，红缥缈⑤，早妆时。

【注释】

①敛态：整理面容。

②抛颈：垂在颈边。

③耦：通"偶"，遇见。

④嗔：佯装嗔怪。共照：相照，对照。

⑤缥缈（piāo miǎo）：隐隐约约、若有若无的样子。

【译文】

　　她坐在窗前梳理晨妆，崔钗袅袅垂于颈边，发上还戴着燕双飞的花饰，镜中的人儿也凤凰成双，遇见新的伴侣。

　　她用玉指在眉心处轻轻地描画，对着镜子自照自觉娇羞。画成连娟细眉像一弯新月，脸上泛着红光，早妆的时候新人显得更加娇娆了。

清平乐（二首）

其一（愁肠欲断）

愁肠欲断，正是青春半①。连理分枝鸾失伴，又是一场离散。

掩镜无语眉低，思随芳草萋萋。凭仗②东风吹梦，与郎终日东西。

【注释】

①青春半：仲春二月。

②凭仗：凭借，倚仗。

【译文】

正值仲春二月，我在相思中愁肠欲断，如同连理枝分开，相依的鸾凤失去侣伴，我与他的分别又将是一场离散！

愁眉紧锁的相思里，我默默地将镜奁关掩，思绪如萋萋的芳草绵绵不断。借着那狂劲的东风吹走我的梦魂，让我的梦魂漫游在天边，终日陪伴在郎君的身边。

其二（等闲无语）

等闲无语，春恨如何去？终是疏狂①留不住，花暗柳浓②何处。

尽日目断③魂飞，晚窗斜界④残晖。长恨朱门薄暮，绣鞍骢马空归。

【注释】

①疏狂：放荡任性。

②花暗柳浓：指游冶的地方。

③目断：望断，眼睛所能看到的最远处。

④斜界：斜射。界：画线。

【译文】

他又像往常默默地离开了，没有留下任何话语，让我的春恨怎么消除啊！最终我还是留不住薄情轻狂的你，我忍不住要问，你将会去哪里浪迹。

让我整日望穿，双眼神乱魂迷，每日等到夕阳在窗口前西去。无尽的怨恨笼罩在夜雾朱门之时，你骑着雕鞍骏马归来了。

更漏子（二首）

其一（听寒更）

听寒更，闻远雁，半夜萧娘①深院。扃绣户②，下珠帘，满庭喷玉蟾③。
人语静，香闺冷，红幕半垂清影。云雨态，蕙兰心④，此情江海深。

【注释】

①萧娘：女子的泛称。

②扃绣户：关上窗户。

③喷玉蟾：月光洒射。

④蕙兰心：比喻女子贤淑之心。

【译文】

寒夜里的更漏声，远处悠悠的雁鸣，在夜半时连续传来，打破了女子深闺中的寂静。她关上窗户，垂下帘幕，皎洁的月光洒满了整个院庭。

静夜里人声寂寂，香闺中浸透了夜的清冷，半垂的红色帘幕垂着半边的清影。她在等待着将临的欢聚，蕙质兰心的心啊，心底正蕴涌着如江海一样的深情。

其二（今夜期）

今夜期①，来日别，相对只堪愁绝。偎粉面，捻瑶簪，无言泪满襟。
银箭②落，霜华薄，墙外晓鸡咿喔③。听咐嘱④，恶情惊⑤，断肠西复东。

【注释】

①期：约会。

②银箭：银制漏箭。古代计时器。

③咿喔（yī wō）：鸡叫声。

④咐嘱：即嘱咐。

⑤恶（wù）：厌烦。这里有悔恨之意。情惊：欢情。惊（cóng）：欢乐的心情。

【译文】

今夜约会，明日分别，相亲相拥，愁上心头。粉面相偎，手捻瑶簪，相对无言，泪流满襟。

银制漏箭声声落，霜花满地淡薄，墙外雄鸡开始报晓。临别时千叮万嘱，只恨双方情意太深，离人肠断，难舍难分，恨不得随他而去。

女冠子（二首）

其一（蕙风芝露）

蕙风芝露①，坛际②残香轻度。蕊珠宫③，苔点分圆碧，桃花践破红。品流④巫峡外，名籍紫微中⑤。真侣墉城会⑥，梦魂通。

【注释】

①蕙风：夹带花草芳香的风。芝露：香草上的露。

②坛际：祭坛边。

③蕊珠宫：神仙所居之处。

④品流：等级辈分。

⑤名籍：名册。紫微：仙府，天帝所居。

⑥真侣：得道成仙的同伴。墉城：指神仙所居地。

【译文】

清爽的风夹杂着花露的香气，祭坛周围的残香烟絮袅袅。一丛丛青苔分布为碧色的圆影，一片片坠落的桃花被踏成碎片。

听说她的道行品流高，名声享誉巫峡内外，已列入紫微仙府的真人名籍。经常去墉城拜会真神，梦中可与神仙互通信息。

其二（淡花瘦玉）

淡花瘦玉①，依约②神仙妆束。佩琼文③，瑞露④通宵贮，幽香尽日焚。碧纱笼绛节⑤，黄藕冠浓云⑥。勿以吹箫伴⑦，不同群。

【注释】

①淡花瘦玉：淡色的花饰，素净的穿戴。

②依约：好像，仿佛。

③琼文：有文采的玉石，指女子的玉饰。

④瑞露：指道家收存的露水。

⑤绛节：红色符节，道士作法时的用具。

⑥黄藕：黄藕色。浓云：指头发。

⑦吹箫伴：此处化用弄玉与萧史的典故。

【译文】

淡雅的花饰、消瘦的身躯，好像神仙的装束。佩着玉饰，通宵收存露水，整日焚烧香料。

黄藕色的帽子戴在她如云的浓发上。香烟缭绕着她手中的尘拂。不要认为她是吹箫可求的伴侣，她早已经将身心寄与仙道，决不会与俗人为伍。

风流子（三首）

其一（茅舍槿篱溪曲）

茅舍槿①篱溪曲，鸡犬自南自北。菰②叶长，水葓③开，门外春波涨绿。听织④，声促，轧轧⑤鸣梭穿屋。

【注释】

①槿（jǐn）：一种落叶灌木。

②菰（gū）：多年生草本植物，多生于中国南方浅水中。春天生新芽，嫩茎名茭白，可作蔬菜。

③水葓（hóng）：即蕹（wèng）菜，俗称空心菜，生于路旁和水边湿地，茎中空。

233

④听织：听织布声。

⑤轧（yà）轧：象声词。

【译文】

茅草的房，槿木的篱，一条弯弯的小溪，鸡犬各踞南北自由嬉戏。茭白摇着长长的绿叶，蘘菜开满了花儿，门外的溪水涨满了春的浓绿。听到的织机声，声声急促。欢快的梭鸣穿透了屋墙。

其二（楼倚长衢欲暮）

楼倚长衢欲暮，瞥见神仙伴侣。微傅粉①，拢②梳头，隐映画帘开处。无语，无绪③，慢曳罗裙归去。

【注释】

①傅粉：涂粉，搽粉。

②拢：收束。

③无绪：情绪低落。

【译文】

当暮色即将降临之时，在长街边的楼阁上，我看见了一位神仙般的美女。脸上淡淡的妆粉，长发随意拢起，隐隐约约如画中之人，站在掀开的画帘里。含情脉脉地沉默着，没有了心绪，慢拖着长长的罗裙，转眼间飘然归去。

其三（金络玉衔嘶马）

金络玉衔嘶马，系向绿杨阴下。朱户掩，绣帘垂，曲院水流花谢。欢①罢，归也，犹在九衢②深夜。

【注释】

①欢：欢会，幽会。

②九衢：四通八达的大街。

【译文】

被拴在绿杨树下的笼金衔玉的骏马嘶叫着，关上红漆的院门，他走过幽深的小院，走过流水花榭，走进绣帘低垂的香阁。幽会结束了，他又独自归去。马蹄踏破了大街的寂静，周围是漆黑的深夜。

定西番（二首）

其一（鸡禄山前游骑）

鸡禄山前游骑^①，边^②草白，朔^③天明，马蹄轻。

鹊面弓离短韔^④，弯来月欲成。一只鸣髇^⑤云外，晓鸿惊。

【注释】

①鸡禄山：山名，又称稽落山，在今内蒙古自治区杭锦后旗西北部。东汉时，窦宪出鸡鹿塞，与北匈奴战于此，得胜后登燕然山刻石记功而还。游骑（jì）：流动突袭的骑兵。

②边：边塞。

③朔天：北方的天。

④鹊面弓：弓名，弓背上饰有鹊形。韔（chàng）：装弓的袋子。

⑤鸣髇（xiāo）：响箭。

【译文】

鸡禄山前，一位流动突袭的骑兵骑着战马，在一望无际的霜雪草原上行进。北方的天就要亮了，他轻轻地勒马缓行。

他从弓袋中取出鹊面弓，拉弓如满月。一只响箭声彻云外，惊起了一群早起的大雁。

其二（帝子枕前秋夜）

帝子①枕前秋夜，霜幄②冷，月华明，正三更。

何处戍楼寒笛，梦残闻一声。遥想汉关③万里，泪纵横。

【注释】

①帝子：帝王之女。此处应指汉代去西番和亲的公主。

②霜幄：沾满霜露的帐篷。一说指雪白的帐子。

③汉关：汉代的边关，亦泛指边关。一说指汉人在边境设的关塞，代指中原。

【译文】

凄清的秋夜，和亲的公主躺在枕头上，帐幕上凝结着寒霜，三更时的明月洒下皎洁的月光。

不知是何处戍楼，谁在寒夜中吹起横笛？她在梦里听到了笛声悠扬。遥想边关远在万里之外，伤心的泪不停地在流淌。

玉蝴蝶（春欲尽）

春欲尽，景仍长①，满园花正黄。粉翅两悠飏②，翩翩过短墙。

鲜飙③暖，牵游伴，飞去立残芳。无语对萧娘，舞衫沉麝香。

【注释】

①长：善，引申为美好。

②粉翅：代指飞蝶类。两：两翅。悠飏：飞扬，飞舞。

③鲜飙：春风。

【译文】

春将过时，美景尚在，满园花正黄。翩翩起舞的双蝶，时而戏花，时而相逐过矮墙。

春风和煦，蝴蝶带着同伴，飞落在残花上。少女们无声地对着蝴蝶，身上的舞衣散发出淡淡的熏香。

何满子（冠剑不随君去）

冠剑①不随君去，江河还共恩深。歌袖半遮眉黛惨，泪珠旋②滴衣襟。惆怅云愁雨怨，断魂何处相寻。

【注释】

①冠剑：指服饰和佩物。

②旋：马上，随即。

【译文】

他远游去了，留下衣服和剑。往日恩情同江河一样深。用歌唱来消解孤愁，衣袖半遮着凄惨的愁眉，马上就泪珠滴滴落在了衣襟之上。惆怅之时，云也能引起愁绪，雨也能引起心中的怨恨，不知思魂要飘向何方才能找寻到他。

八拍蛮（孔雀尾拖金线长）

孔雀尾拖金线长①，怕人飞起入丁香。
越女沙头争拾翠②，相呼归去背斜阳。

【注释】

①金线长：指孔雀尾长如条条金线。

②拾翠：原指拾取翠鸟羽毛作为装饰，后指妇女春日嬉游。

【译文】

孔雀尾巴拖着金灿灿的翎羽，在人来之时惊起躲进丁香丛中。

在沙滩上的南国少女争相拾起翠羽，互唤回家之时，背对着斜阳向东归去。

竹枝（二首）

其一（门前春水白苹花）

门前春水（竹枝）白蘋花（女儿）①，岸上无人（竹枝）小艇斜（女儿）。

商女②经过（竹枝）江欲暮（女儿），散抛残食（竹枝）饲神鸦③（女儿）。

【注释】

①竹枝、女儿：唱歌时众人的和声。

②商女：歌女。

③神鸦：栖息于神祠的乌鸦。

【译文】

祠堂前，春水上漂浮着绿萍的白花。无人的岸上，一只小艇被斜拴在树下。

江边暮色快要临近的时候，歌女的船从这儿经过，她将残食抛给了祠边的乌鸦。

其二（乱绳千结绊人深）

乱绳千结（竹枝）绊①人深（女儿），越罗万丈（竹枝）表长寻②（女儿）。杨柳在身（竹枝）垂意绪③（女儿），藕花落尽（竹枝）见莲心④（女儿）。

【注释】

①绊：纠缠。

②表：外衣。寻：古代的长度单位，八尺为一寻。

③在身：自身，本身。意绪：心意、情绪。

④莲心：莲子。此处也指女子的芳心。

【译文】

感情好像是千结的乱绳，越理它就陷得越深。越罗虽长万丈，但缝制衣物也只不过八尺。

春天的杨柳尽管不能言语，但轻舞的垂丝却含着无限的情韵。盛开的荷花也只是当下的容颜，花瓣落后才会见到里面红莲的心。

思帝乡（如何）

如何①？遣②情情更多。永日③水晶帘下，敛羞蛾。

六幅④罗裙窣地，微行⑤曳碧波。看尽满池疏雨⑥，打团荷。

【注释】

①如何：为何，为什么。

②遣情：排遣情怀。遣：排遣。

③永日：整天。

④六幅：六褶。

⑤微行：小路，小道。一说指轻缓的脚步。

⑥疏雨：稀疏的小雨。

【译文】

为什么？越是消愁愁却越多。终日徘徊在水堂的帘幕之下，紧锁一双愁眉。

六褶的长裙拖曳在池边，缓缓的脚步荡起水上的碧波。看着那满池稀疏的小雨，正无情地拍打着团团的嫩荷。

上行杯（二首）

其一（草草离亭鞍马）

草草①离亭鞍马，从②远道，此地分襟③，燕宋秦吴千万里④。

无辞一醉。野棠开，江草湿。伫立⑤，沾泣，征骑骎骎⑥。

【注释】

①草草：匆匆。

②从：行，走。

③分襟：分别。

④燕宋秦吴：春秋时国名，这里表示北东西南各方。江淹《别赋》中云："况秦吴兮绝国，复燕宋兮千里"。意思是：秦、吴、燕、赵四国相隔极远，别恨必深。

⑤沾泣：泣泪沾衣。

⑥骎（qīn）骎：马疾行貌。

【译文】

匆匆骑着马在离亭分别，这些朋友都是从很远的地方而来，现在又要在这里分别，而且这次分手，你东我西，有千里万里之遥。

他殷勤劝酒，让大家开怀畅饮，一醉方休。亭前野棠花开，江草雨湿。我在离亭旁伫立凝望，泣下沾巾。友人策马急去，头也不回。

其二（离棹逡巡欲动）

离棹逡巡①欲动，临极浦，故人相送，去住②心情知不共。

金船③满捧。绮罗④愁，丝管咽。回别⑤，帆影灭，江浪如雪。

【注释】

①逡（qūn）巡：迟疑徘徊的样子。

②去住：离去与留下。

③金船：酒器，形似船。

④绮罗：穿绮罗之人，此指侍女、歌女。

⑤回别：回首告别。

【译文】

客船即将开动了，故友又赶到水边相送，离去与留下的心情各不相同。

满饮大斗金杯，用酒来表达惜别之情。歌女在唱着忧伤的送别之曲，伴奏的弦管好似呜咽着的别情。向远处回首告别之时，一轮明月已高挂于帆顶之上，只见如雪的浪花涌动在浩浩的江上。

谒金门（留不得）

留不得！留得也应无益。白纻春衫①如雪色，扬州初去日。

轻别离，甘抛掷，江上满帆风疾。却羡彩鸳三十六②，孤鸾③还一只。

【注释】

①白纻（zhù）春衫：古代士人未得功名时所穿的衣服。白纻：白色的苎麻。

②三十六：约数，极言其多。

③孤鸾：自喻之词。

【译文】

不能留下，留下也没有什么好处。身着一身如雪色的白衣，这是最初离开扬州踏上功名之路时。

为了前程，轻看了离别，甘愿抛弃这份情感，江上乘船鼓满风帆疾驶远去。临了还是得美慕人家彩鸳成双成对，我却依旧孤苦一生。

思越人（二首）

其一（古台平）

古台①平，芳草远，馆娃宫外春深。翠黛空留千载恨，教人何处相寻？
绮罗无复当时事，露花②点滴香泪。惆怅遥天横绿水，鸳鸯对对飞起。

【注释】

①古台：指姑苏台，吴王夫差为西施而建。故址在今江苏省吴中区西南。

②露花：花瓣上的露珠。

【译文】

古时的姑苏台如今已成为了平地，绵绵的芳草连接着天际。馆娃宫外的荒草也染上了深春的浓绿。人们还记得，西施的翠眉空载着千古的幽恨，如今哪里还能找到美人当年的遗迹？

当年西施的故事如今已无处寻觅，那花瓣上的滴滴露珠，却仍似美人的香泪。我惆怅地遥望着天边的横云，无际的江水向东而流。在波涛声中，只见对对鸳鸯时时飞起。

其二（渚莲枯）

渚莲枯，宫树老，长洲废苑①萧条。想象玉人②空处所，月明独上溪桥。经春初败秋风起，红兰绿蕙愁死。一片风流伤心地，魂销目断西子。

【注释】

①长洲废苑：即长洲苑。在今江苏吴中区太湖北。

②玉人：指西施。

【译文】

渚洲上的荷叶早已凋敝，故宫的树也成了一堆枯槁。长洲上的废苑满目萧条。我想象着西施的住所也应是空空的长满了荒草吧。明月似乎还依恋着过去独自徘徊在弯弯的溪桥之上。

刚经过吴国初春的败迹，又遭遇越国秋后的消亡，花草也为往事而含愁枯死。回想这片土地上往日的风流，现今只剩下伤心，那怅惘的目光还在找寻着西施。

杨柳枝（四首）

其一（阊门风暖落花干）

阊门风暖落花干①，飞遍江城雪不寒②。
独有晚来临水驿③，闲人多凭赤栏干。

【注释】

①阊门：吴王阖闾所建的城门名，为苏州城西门。干：干枯。

②雪不寒：花絮如雪，然而不寒，指杨花柳絮。

③水驿：以船为主要交通工具的驿站。

【译文】

城门外吹来阵阵暖风，吹散了遍地的柳絮，随之飘飘洒洒地飞遍了江城。它白如漫天纷飞的雪花，但却没有雪花的冰冷。

傍晚时分我来到水驿亭边，只见人们悠闲地倚着桥上的栏杆，欣赏着它那舞姿的轻盈。

其二（有池有榭即濛濛）

有池有榭即濛濛①，浸润翻成长养功②。

恰似有人长点检③，着行④排立向春风。

【注释】

①榭（xiè）：建筑在台上的房屋。濛濛：指柳絮纷飞如细雨飘洒的样子。

②浸润：指杨柳受池水渗透。翻：同"反"，反而。长养：养育。

③点检：清理。

④着行：成行。

【译文】

有池塘有楼榭的地方，常常就有柳絮纷飞。池水浸润柳树，反而成就了长期养育柳树的功德。

好像有人经常修剪，柳树排立成行，迎风而立。

其三（根柢虽然傍浊河）

根柢①虽然傍浊河，无妨终日近笙歌。

骉骉金带②谁堪比？还共黄

莺不较多③。

【注释】

①根柢（dǐ）：树根。

②骖骖金带：形容随风飞舞的柳条。骖（cān）：长貌。

③不较多：差不多。

【译文】

柳树虽然扎根于污浊的泥河旁，却并不妨碍它终日在笙歌里起舞婀娜。

细细垂丝如金缕婆娑，有谁能与它的风姿媲美？只有黄莺的翠羽，同它差不多的颜色。

其四（万株枯槁怨亡隋）

万株枯槁怨亡隋，似吊吴台①各自垂。

好是淮阴②明月里，酒楼横笛不胜吹。

【注释】

①吊：祭奠。吴台：姑苏台。

②淮阴：地名，今江苏省淮阴区西南，隋唐时设郡。

【译文】

万株柳枝枯槁，仿佛是在责怨已经灭亡了的隋朝。柳枝纷纷下垂，又仿佛是在凭吊吴王古台。

人们喜爱杨柳，常在淮阴的明月夜里，在酒楼上吹奏起《杨柳枝》曲调，情意绵绵不绝。

望梅花（数枝开与短墙平）

数枝①开与短墙平，见雪萼红跗②相映，引起谁人边塞情？

帘外欲三更，吹断离愁月正明，空听隔江声。

【注释】

①数枝：指梅花。

②红跗（fū）：红色的花房，代指红梅。跗：通"柎"，花的萼房。

【译文】

几枝盛开的梅花开与短墙一样高，红白相映，分外妖娆。它又引起了谁的边塞情思呢？

帘外已近三更时，那忧伤的箫曲惊断了我的离愁梦，皓月高悬。我在月下听着隔江的梅花曲调，相思的心已飞向了遥远的边城。

渔歌子（二首）

其一（草芊芊）

草芊芊，波漾漾，湖边草色连波涨。沿蓼岸，泊枫汀①，天际玉轮初上。

扣舷歌，联极望②，桨声伊轧③知何向。黄鹄④叫，白鸥眠，谁似侬家疏旷⑤？

【注释】

①泊：停泊。枫汀：有枫树的水汀边。

②联极望：向四面张望。

③伊轧：象声词，摇桨之声，同"咿呀"。

④黄鹄：天鹅。

⑤侬家：我，自称。疏旷：自由自在，旷达放纵。

【译文】

岸上青草茂盛浓郁，湖面上水波荡漾，青草连着绿水，携手摇曳起绿色的波浪。小船在水边的蓼草中间穿行，在入夜之时停泊在沙洲的枫树边，明月从天边升起。

在拍打着船舷的船歌声中，我举目向四望，船桨吱吱哑哑地响起，不知他们又会驶向何方。沙洲上的天鹅叫着还在寻找栖息的芦荡，可白鸥已经睡了。这是一片自由的天地啊，有谁能像渔家这样旷达呢？

其二（泛流萤）

泛流萤^①，明又灭，夜凉水冷东湾阔。风浩浩，笛寥寥，万顷金波^②澄澈。

杜若^③洲，香郁烈，一声宿雁霜时节。经霅水^④，过松江^⑤，尽属侬家日月。

【注释】

①流萤：四处乱飞的萤火虫。

②金波：月光。

③杜若：香草。

④霅（zhà）水：水名，即霅溪，在今浙江省吴兴县。

⑤松江：即吴淞江，一名松陵江，在今江苏境内，是太湖最大的分支。

【译文】

水边飞舞着许许多多的萤火虫，时而闪亮，时而隐灭。夜凉水冷之时，东湾的水面更加空阔了。浩浩的夜风里飘来的稀疏笛声打破了夜的沉寂。月光照亮了清澈的湖水，湖面上荡漾着万顷金波。

长满杜若的小洲上，香草的香味异常浓烈，宿雁的一声啼声好像是在报告这秋霜降临的季节。经过了霅溪，沿着松江河，汇入太湖，就是渔家的世界。

花间集　卷第九

魏承班（十五首）

【词人简介】

魏承班，生卒年不详，五代十国前蜀词人。驸马都尉，官至太尉。其父魏宏夫为前蜀王建养子，赐姓名王宗弼，封齐王。承班工词，艳丽似温庭筠，元遗山（好问）曰："魏承班词，俱为言情之作。大旨明净，不更苦心刻意以竞胜者。"其词多言情之作，词风以浓艳为主，描摹细腻，间有清朗之作。《花间集》收录其词 15 首。

菩萨蛮（二首）

其一（罗裾薄薄秋波染）

罗裾薄薄秋波染，眉间画时山两点。相见绮筵时，深情暗共知。

翠翘云鬓动，敛态弹金凤①。宴罢入兰房②，邀人解佩珰。

【注释】

①金凤：饰有金凤图形的乐器。

②兰房：芳香华丽之房，指妇女所居的房间。

【译文】

薄裙深蓝，如秋水染成。眉色娟秀，如黛山两点。刚在华宴上相见时，她与情人便偷偷地眉目传情。

头插翠翘，云鬓晃动，她端正容态，抚起凤琴。歌舞宴罢进入闺房，她邀请情人进房后解佩相送。

其二（罗衣隐约金泥画）

罗衣隐约金泥画①，玳筵②一曲当秋夜。声颤觑人娇，云鬟袅翠翘。

酒醺红玉③软，眉翠秋山远。绣幌麝烟沉，谁人知两心？

【注释】

①金泥画：即泥金画，用金粉涂饰的图案。

②玳（dài）筵：豪华、珍贵的宴席；盛筵。

③红玉：指女子脸色。

【译文】

她的罗衣上隐约可见泥金的绣饰图案。秋夜之时，在富丽堂皇的筵席上，她一曲清歌，声音微颤，发鬟首饰抖动，无限娇娆可爱。

酒气醺醺，使她的面容更加妩媚，黛眉如翠似远山。绣帐内麝烟沉沉，她们二人的心意有谁能知道？

木兰花（小芙蓉）

小芙蓉，香旖旎①，碧玉堂深清似水。闭宝匣，掩金铺，倚屏拖袖愁如醉。

迟迟好景烟花②媚，曲渚鸳鸯眠锦翅。凝然愁望静相思，一双笑靥嚬香蕊③。

【注释】

①旖旎（yǐ nǐ）：柔和美丽；繁茂的样子。

②迟迟：阳光温暖、光线充足的样子。烟花：烟雾中的花朵。

③嚬（pín）：同"颦"，皱眉。香蕊：酒窝上涂点的装饰物。

【译文】

芙蓉帐内，香气袭人，碧玉堂深处清静似水。合上梳妆匣，关上房门，倚屏而立，长袖飘飘，如愁如怨，如痴如醉。

屋外阳光和煦，景色迷人，烟雾中的花朵是那般娇媚。弯弯曲曲的水中的小洲上，对对鸳鸯将脑袋缩在锦翅中安眠。凝视远望，愁上眉头，静静相思，一对饰有香蕊的酒窝满含着愁意。

满宫花（雪霏霏）

雪霏霏，风凛凛，玉郎何处狂饮？醉时想得纵①风流，罗帐香帷鸳寝。春朝秋夜思君甚，愁见绣屏孤枕。少年何事负初心，泪滴缕金双衽②。

【注释】

①纵：放纵，纵情。

②双衽：双袖。

【译文】

雪花纷纷，寒风凛凛，不知玉郎在什么地方狂饮？他在醉酒之时纵情，在香罗帐里鸳鸯同寝。

无论是秋夜还是春晨，我一直都在挂念玉郎，害怕看见绣屏孤枕。他为何要违背当初的誓言，这教我的涕泪沾满衣襟。

玉楼春（二首）

其一（寂寂画堂梁上燕）

寂寂画堂梁上燕，高卷翠帘横数扇。一庭春色恼人来，满地落花红几片。

愁倚锦屏低雪面①，泪滴绣罗金缕线。好天凉月尽伤心，为是②玉郎长不见。

【注释】

①雪面：粉面，意为面容白皙。

②为是：因是，因为。

【译文】

画堂里寂寥无声，梁间的燕子也已安眠。开着的窗子外高卷着绿色的窗帘。满庭春色却在人愁之时扑面而来，让人添了几分恨怨，落花满地，又飘几片落残红。

愁闷她正倚着绣屏，低垂着苍白的脸，泪珠滴滴落下，浸透了绣罗衣上的金线。好天凉月原是良辰美景，却为玉郎无信而伤心感怀，好久没有见到他了啊。

其二（轻敛翠蛾呈皓齿）

轻敛翠蛾呈皓齿，莺啭一枝花影里。声声清迥遏行云①，寂寂画梁尘暗起。

玉斝②满斟情未已，促坐③王孙公子醉。春风筵上贯珠匀④，艳色韶颜娇旖旎。

【注释】

①清迥：清远。遏行云：阻遏行云，比喻歌声响亮美妙。

②斝（jiǎ）：古代酒器，圆口三足。

③促坐：紧挨着坐。

④贯珠匀：珠玉成串均匀，比喻歌声圆润。

【译文】

轻轻收敛黛眉，皓齿微露。花影里传来的歌声清脆悠远，能遏云绕梁，歌声响亮震动画梁上的尘土。

玉斝中斟满美酒，满座王孙公子情不自已，如痴如醉。春日的酒宴上，歌声圆润如串珠玉，面容娇艳，美丽迷人。

诉衷情（五首）

其一（高歌宴罢月初盈）

高歌宴罢月初盈①，诗情引恨情。烟露冷，水流轻，思想梦难成。

罗帐袅香平，恨频生。思君无计睡还醒，隔层城②。

【注释】

①盈：满。

②层城：古代神话中昆仑山上的高城。一说指城楼重重。这里比喻相隔遥远。

【译文】

歌舞酒宴结束之时，满月高挂在夜空之上，席上歌咏的诗句又引起了我的离愁别绪。夜雾和露水都是冰冷的，窗外的池水轻轻地流动，沉浸在无眠的相思之中难以入梦。

　　袅袅的香烟似乎已凝固，烟絮停滞在罗帐之中，浓浓的愁绪里凝结着怨恨。禁不住不去思念他，梦里也总能看见他的身影，只是隔着重重的城楼。

其二（春深花簇小楼台）

春深花簇小楼台，风飘锦绣①开。新睡觉②，步香阶，山枕印红腮。
鬓乱坠金钗，语檀偎③。临行执手重重嘱，几千回。

【注释】

①锦绣：指帐子。

②新睡觉：刚刚睡醒。觉（jué）：醒。

③语檀偎：相拥私语。檀：即檀郎，情郎。

【译文】

　　春深之时，春花簇拥着小楼台，风儿轻轻地飘过，掀开锦绣帘帐。他们携手在石阶上漫步，从欢梦中醒来，山枕上的花纹印在了她的红腮之上。

　　蓬乱的鬓发旁垂着摇摇欲坠的金钗，她依偎在情郎肩头，低声诉着自己的情怀。临行之时紧紧拉着情郎的手，叮嘱千万次，一定要再来啊！

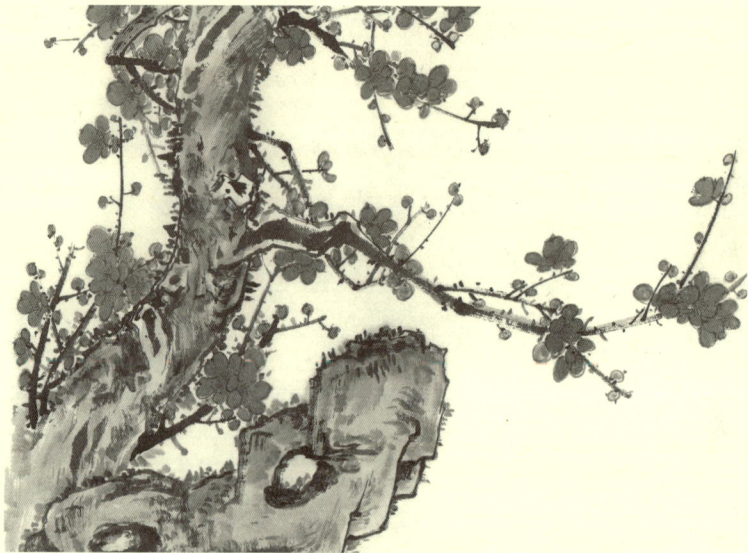

其三（银汉云晴玉漏长）

银汉云晴玉漏长，蛩声悄画堂。筠簟①冷，碧窗凉，红蜡泪飘香。

皓月泻②寒光，割人肠。那堪独自步池塘，对鸳鸯。

【注释】

①筠簟：竹席。筠（yún）：竹子的青皮。

②泻：洒下。

【译文】

　　银河中闪耀着灿烂的星光，深夜的更漏一声长过一声，画堂深处，蟋蟀的叫声分外寂清。竹席浸透着夜露的寒冷，窗纱里飘进凄凉的夜风，烟絮缠绕着那支孤寂的红烛，蜡泪正一滴一滴流淌。

　　皓月当空，清寒的月光倾泻在大地上，月色的清寒犹如一把把利刃，寒冷得能割断愁肠。在这清寒的月色中，我如何忍心独自漫步池塘，去面对那相偎的鸳鸯。

其四（金风轻透碧窗纱）

金风①轻透碧窗纱，银釭焰影斜。欹枕卧，恨何赊②，山掩小屏霞。

云雨别吴娃③，想容华④。梦成几度绕天涯，到君家。

【注释】

①金风：秋风。

②何赊：何多。赊：悠远无尽之意。

③吴娃：泛指吴地美女。

④容华：姣好的容貌。

【译文】

　　秋风轻轻吹进碧窗纱内，银灯的焰影斜向一边。欹枕而卧，恨意何多，小屏风上的霞光与山色相掩映。

　　带着云雨深情而与吴娃相别，难忘她那姣好的容颜。梦中数次寻遍天涯，终找到了你的家。

其五（春情满眼脸红绡）

春情满眼脸红绡①，娇妒索人饶②。星靥③小，玉珰摇，几共④醉春朝。
别后忆纤腰，梦魂劳。如今风叶又萧萧，恨迢迢。

【注释】

①绡（xiāo）：以生丝织成的薄绸子。

②娇妒：娇嗔貌。饶：怜爱。

③星靥：脸上的酒窝。

④几共：屡次相共。

【译文】

眼中满含春情，脸如红绸，娇嗔惹人怜爱。脸上一对可爱的小酒窝，耳边珥珰叮当作响，数次与她共度春宵。

分别后常常想起她的纤腰，数次在梦中相见。如今又到了风叶萧萧的秋天，迢迢相思，连绵不尽。

渔歌子（柳如眉）

柳如眉，云似发，鲛绡雾縠笼香雪①。梦魂惊，钟漏歇，窗外晓莺残月。

几多情，无处说，落花飞絮清明节。少年郎，容易②别，一去音书断绝。

【注释】

①鲛绡：相传为鲛人所织的绡。雾縠：半透明的绉纱。香雪：形容人的肌肤细腻白净。

②容易：轻率，草草。

【译文】

细眉如柳，黑发如云，薄薄的丝绸，半透明的绉纱，裹着细腻洁白的肌肤。从睡梦中惊醒，钟漏早已停歇，窗外晓莺飞舞，残月西斜。

　　几多春情，无从诉说。清明时节，红花落，柳絮飞。少年郎轻易就离开了，这一去就音书断绝。

生查子（二首）

其一（烟雨晚晴天）

烟雨晚晴天，零落花无语。难话此时心，梁燕双来去。
琴韵对薰风①，有恨和情抚②。肠断断弦频，泪滴黄金缕。

【注释】

①琴韵：琴声。薰风：和风，香风。

②抚：弹奏。

【译文】

　　如烟的细雨在傍晚时分终于停了，花瓣在浸透雨水之后，默默无语地零落了遍地。不知道该用什么样的语言才能表达出我此时的心绪，只期盼着梁间飞去飞来的双燕能带走我的孤寂。

　　绵绵的琴声，如同和风中缥缈的烟絮，我把恨怨与情意都抚揉在琴弦之中。琴弦已经很难承受这浓浓的忧愁，几次竟断了我断肠的思绪，绣金的衣襟上已是泪滴满满。

其二（寂寞画堂空）

寂寞画堂空，深夜垂罗幕。灯暗锦屏欹，月冷珠帘薄。
愁恨梦难成，何处贪欢乐。看看①又春来，还是长萧索②。

【注释】

①看看：转眼。

②萧索：凄凉。

【译文】

　　深夜之时，寂寞的画堂显得空空，罗幕静静地垂落。斜放的锦屏中，暗暗的灯如一点萤火，薄薄的帐帘浸透了月光的冷寂。

愁怨已太多了，想入梦时梦却难成。不知他今宵何处，又在何处寻欢作乐？屋外的光景在目光的流转中，迎来了春天，而我的周围仍是长久的萧索。

黄钟乐（池塘烟暖草萋萋）

池塘烟暖草萋萋，惆怅闲宵，含恨愁坐，思堪迷。遥想玉人情事远，音容浑似隔桃溪①。

偏记同欢秋月低，帘外论心②，花畔和醉③，暗相携。何事春来君不见，梦魂长在锦江④西。

【注释】

①浑似：全似。桃溪：此处指桃花源。

②论心：谈心。

③和醉：共醉。

④锦江：四川成都市南河，当地俗称"府河"。

【译文】

池塘上暖暖的雾气笼罩着岸边芳草萋萋。在这无聊寂寞的夜晚，有太多太多的失意。当一个人含愁独坐之时，很难理清纷乱的思绪。回想往事，那一段欢情早已远去。她的音容笑貌仿佛是在桃花源里一样，今生今世便再难寻觅。

偏偏清楚地记得那一次秋月下的欢聚，那时月儿低垂。我们在帘外互诉衷情，在花丛的旁边，一次次地举起金杯。

你和我共醉，相互搀扶，紧紧偎依。为何春天来了，却不见你来？让我久久萦绕的梦魂在锦江西畔苦苦寻觅。

鹿虔扆（六首）

【词人简介】

鹿虔扆（yǐ），五代词人，生卒年、籍贯、字号均不详。后蜀进士。累官学士，广政年间（约938—950年）曾任永泰军节度使、进检校太尉、加太保，人称鹿太保。其词前期多浮丽之作，后期多感慨之音，沉痛苍凉，含思凄惋，秀美疏朗。词作今仅存6首，收于《花间集》中。

临江仙（二首）

其一（金锁重门荒苑静）

金锁重门荒苑静，绮窗愁对秋空。翠华①一去寂无踪。玉楼歌吹②，声断已随风。

烟月③不知人事改，夜阑还照深宫。藕花相向野塘中。暗伤亡国，清露泣香红④。

【注释】

①翠华："翠羽华盖"的省语，皇帝仪仗车队，此用以代指蜀后主。

②歌吹：歌唱和演奏音乐的声音。

③烟月：烟雾中的月亮。

④香红：代指藕花。

【译文】

铜锁锁住层层宫门，荒凉的皇家园林一片寂静，我依着窗户，含着愁怨望着秋天的夜空。蜀后主的驾辇早已一去无踪迹，玉楼上的歌声也早已随风飘散。

笼着夜雾的月儿，好似并不知道人事的变更，直到夜将尽之时，还照耀着深宫。野塘里竞相开放的荷花，也在哀泣亡国之痛，颗颗的清露便是它的珠泪儿。

其二（无赖晓莺惊梦断）

无赖①晓莺惊梦断，起来残醉初醒。映窗丝柳袅烟青。翠帘慵卷，约砌②杏花零。

一自③玉郎游冶去，莲凋月惨仪形④。暮天微雨洒闲庭。手挼裙带，无语倚云屏⑤。

【注释】

①无赖：无奈。

②约砌：沿着台阶。

③一自：自从。

④仪形：仪容形体。

⑤云屏：云母装饰的屏风；或指云形彩绘的屏风。

【译文】

清晨，被黄莺的啼叫声惊醒，打断了我的美梦，带着昨夜的宿醉初醒，无奈只好起身。懒懒地卷起翠帘，沿着台阶看见满地杏花凋零。

自从情郎外出游玩寻乐，荷花凋谢，月光惨淡，形容憔悴。傍晚时分，天空下起细雨，洒落闲庭。她手搓裙带，默默无语，斜倚云屏。

女冠子（二首）

其一（凤楼琪树）

凤楼琪树①，惆怅刘郎一去，正春深。洞里愁空结，人间信莫寻。
竹疏斋殿②迥，松密醮坛阴。倚云低首望，可知心？

【注释】

①琪树：仙境中的玉树。

②斋殿：佛殿。

【译文】

正是春深之时，她站在凤楼玉树前，伤感刘郎一去无踪，留给她几多的愁怨。修行的洞崖中结满了相思之愁，望尽人世，依然寻不见他的身影。

稀稀疏疏的竹林环绕着佛殿，密密浓浓的松林遮住了拜天的祭坛。她倚着近处的流云，久久地俯望人间。人间的刘郎呀，你可知道她的心愿？

其二（步虚坛上）

步虚坛①上，绛节霓旌②相向，引真仙。玉佩摇蟾影，金炉袅麝烟。
露浓霜简③湿，风紧羽衣④偏。欲留难得住，却归天。

【注释】

①步虚坛：道士诵经坛。步虚：道士诵经之声。

②绛节霓旌：指坛上道士祭神的符节和旗帜。

③霜简：白色竹简，道士所用之手板。此处指道士招神的符。

④羽衣：道士所穿的法衣。

【译文】

朗朗的诵经声弥漫着神秘的祭坛，坛上插满了迎神的符节，彩色的旌旗迎风飘扬。她庄严地登上了祭坛，身佩的玉环摇映着月光，在香炉前虔诚地礼拜，四周环绕着袅袅轻烟。

浓浓的夜露湿透了她手中的玉板，寒冷的夜风吹着她的法衣任意摆动。我想将她留住，却难把她留在人间，她已将全部的身心奉给了上天。

思越人（翠屏欹）

翠屏欹，银烛背，漏残清夜迢迢。双带绣窠①盘锦荐，泪侵花暗香消。

珊瑚枕腻鸦鬟②乱，玉纤慵整云散③。苦是适来新梦见，离肠怎不千断？

虞美人（卷荷香淡浮烟渚）

卷荷香淡浮烟渚，绿嫩擎新雨。琐窗疏透晓风清，象床珍簟冷光轻，水纹①平。

九疑②黛色屏斜掩，枕上眉心敛。不堪相望病将成，钿昏檀粉③泪纵横，不胜情。

中一把把撑开的雨伞。从雕花的窗棂外透进一阵清凉的晨风，象牙床上闪亮的竹席上好似抹了一层冷光，平平的席纹犹如水在风中波动。

斜掩的屏风上，九嶷山的绿色郁郁葱葱。枕上相思的人儿，眉间紧锁着相思的愁容。期待使她相思成病。金钿玉钗失去了昔日的光泽，粉饰的脸上泪水纵横，情意绵长。

阎选（八首）

【词人简介】

阎选，生卒年、字号、籍贯不详。五代时期后蜀平民。酷爱小词，以词作供奉南唐后主，被世人称为"阎处士"。其词"粉而不腻，浓而不艳"，十分赏心悦目，值得仔细吟味。今存词 10 首，其中 8 首收入《花间集》，2 首收入《尊前集》。

虞美人（二首）

其一（粉融红腻莲房绽）

粉融红腻莲房①绽，脸动双波慢②。小鱼衔玉③鬓钗横，石榴裙染象纱轻，转娉婷。

偷期④锦浪荷深处，一梦云兼雨。臂留檀印齿痕香，深秋不寐漏初长，尽思量。

【注释】

①莲房：莲蓬内的一个个小格。

②双波：眼波。慢：同"曼"，美好。

③小鱼衔玉：一种小鱼型的玉制头饰。

④偷期：暗自约会。

【译文】

　　美人的脸上涂上脂粉后，光滑泛红，如同绽开的莲房一样娇艳。她对着我慢慢地转过脸来，双眼流动着无限温柔。小鱼衔玉的金钗斜插在鬓发上，象牙轻纱做成的石榴裙转起来如同石榴花开放。

　　我们偷偷相约在荷塘，在碧波荡漾的绿荷深处，一同坠入云雨情深的温柔之乡。我的手臂上留下了她的齿印和红唇的脂香……在深秋不眠的更漏声中，我常常回想起那时的温情。

其二（楚腰蛴领团香玉）

　　楚腰蛴领①团香玉，鬓叠②深深绿。月蛾星眼笑微颦，柳夭桃艳不胜春，晚妆匀。

　　水纹簟映青纱帐，雾罩秋波上。一枝娇卧醉芙蓉，良宵不得与君同，恨忡忡③。

【注释】

　　①楚腰：泛指女子细腰。蛴领：洁白颀长的颈。蛴：蟠蛴（qiú qí），木中的蝎虫，天牛的幼虫，体白而长。

　　②鬓叠：鬓发重叠。

　　③忡（chōng）忡：忧愁的样子。

【译文】

　　美人楚腰，脖颈白而长，肌肤白嫩有光泽，鬓发农密。她的眉毛像弯月，眼睛像星星，笑起来略带愁绪。晚上精心妆扮后，就连春天也比不上她那如柳般的妖娆、如桃花般的艳丽。

　　美人在竹席上躺着，水纹映在青纱帐上，她的眼神好似笼罩上了一层薄雾。她像一枝芙蓉花那样醉卧在竹席上，如此美好的夜晚却不能和心上的人儿一起度过，她的脸上充满了恨意与忧愁。

临江仙（二首）

其一（雨停荷芰逗浓香）

雨停荷芰逗①浓香，岸边蝉噪垂杨。物华②空有旧池塘，不逢仙子，何处梦襄王？

珍簟对欹鸳枕冷，此来尘暗③凄凉。欲凭危槛恨偏长，藕花珠缀，犹似汗凝妆。

【注释】

①芰（jì）：菱花。逗：招引，带来。

②物华：美好的自然景色。

③尘暗：气氛昏暗。

【译文】

雨后初停，荷花和菱花飘散出浓浓的香气，岸边的垂柳之上蝉正在鸣叫。旧日的池塘空有美好之景，没有遇到神女，楚襄王又在哪里做梦的呢？

鸳鸯枕头在竹席上紧挨着摆放，冷寂凄清；来的这里气氛暗沉，让人满心凄凉。想要靠着高楼上的栏杆放眼远望，心中的悔恨偏又很长。荷花上点缀着露珠，好似美人脸上出汗的模样。

其二（十二高峰天外寒）

十二高峰①天外寒，竹梢轻拂仙坛。宝衣②行雨在云端，画帘深殿，香雾冷风残。

欲问楚王何处去？翠屏犹掩金鸾③。猿啼明月照空滩，孤舟行客，惊梦亦艰难。

【注释】

①十二高峰：指巫山十二峰。

②宝衣：巫山神女穿着的法衣。

【译文】

十二座高峰高高地耸入被寒气笼罩的云天，山间的翠竹轻拂着神女庙的祭坛。身披着法衣的神女在云端行云布雨，深殿中的画帘静垂着，香雾早已在冷风中消散。

要问楚王去哪里了？青翠如屏的青山遮住了他离去的金鸾。猿声阵阵凄凉，月光洒满江滩，孤舟上远行人在被猿啼惊醒的梦中也很难与心爱的人儿相见。

浣溪沙（寂寞流苏冷绣茵）

寂寞流苏冷绣茵①，倚屏山枕惹香尘，小庭花露泣浓春。
刘阮信非②仙洞客，嫦娥终是月中人，此生无路访东邻③。

【注释】

①绣茵：绣花垫褥。

②信非：确实不是。

③东邻：代指美女。典出宋玉《登徒子好色赋》："臣里之美者，莫若臣东家之子。"又司马相如《美人赋》："臣之东邻，有一女子，玄发丰艳，蛾眉皓齿。"

【译文】

帐子里寂寞地放着绣花垫褥，已经冰冷，倚着屏风的枕头仍带着芳香。浓春的小庭院中，花儿上的露珠就像哭泣时的泪水。

刘晨和阮肇确实不是仙洞里住着的人，但嫦娥终究是月宫中的仙子。我这一生，恐怕无法追求到自己心爱的姑娘了。

八拍蛮（二首）

其一（云锁嫩黄烟柳细）

云锁嫩黄烟柳①细，风吹红蒂②雪梅残。

光景不胜闺阁③恨，行行坐坐④黛眉攒。

【注释】

①烟柳：烟雾笼罩的柳林。亦泛指柳林、柳树。

②红蒂：花朵的根蒂。

③闺阁：代指女子。

④行行坐坐：走走停停，形容坐立不安。

【译文】

树林被烟雾笼罩着，柳树垂着嫩黄的细枝，春风吹起花朵的根蒂，连红梅也凋零了。

风光明秀激起女子无限的闺阁怨情，她行坐不安，秀丽的眉头紧成一团。

其二（愁锁黛眉烟易惨）

愁锁黛眉烟易惨①，泪飘红脸粉难匀。

憔悴不知缘底②事，遇人推道③不宜春。

【注释】

①烟：通"胭"，即"胭脂"，也写作"烟支"。惨：惨淡。

②底：何，疑问代词。

③推道：推说，托辞。

【译文】

心中充满忧愁，锁紧眉头，脸上的胭脂也容易显出惨淡之色。泪流满面，脂粉很难涂得均匀。

不知是因何事才变得如此憔悴？遇到别人问起，却托辞是因为不适应春天的气候。

河传（秋雨）

秋雨，秋雨，无昼无夜，滴滴霏霏。暗灯凉簟怨分离，妖姬①，不胜悲。

西风稍^②急喧窗竹，停又续，腻脸悬双玉^③。几回邀约雁来时，违期，雁归人不归。

【注释】

①妖姬：美丽的女子。

②稍：逐渐，渐渐。

③双玉：两行泪。

【译文】

秋雨滴滴答答，凄凄沥沥，不分昼夜。昏暗的灯光之下，美丽的姑娘躺在冰冷的席垫上怨恨着与情人的分别，禁不住悲哀。

西风渐渐吹得急了，又在骚扰窗外的竹丛，那枝叶摇动的响声，时断时续。她的粉妆脸上还挂着两颗如玉的泪滴。本来很多次都约定好，每年秋天大雁归来之时就能相见，而对方却又一次次地违期，眼看大雁归来而人却不曾归来。

谒金门（美人浴）

美人浴，碧沼莲开芬馥^①。双鬟绾云颜似玉，素娥辉淡绿^②。

雅态芳姿闲淑^③，雪映钿装金斛^④。水溅青丝珠断续，酥^⑤融香透肉。

【注释】

①芬馥：香气浓郁。

②淡绿：指眉色浅淡。古时女子以青黛画眉，色青黑，故称"绿"。

③闲淑：文雅美好。闲：同"娴"，文雅。

④钿装金斛：以金花装饰的量水器。

⑤酥：搽脸的油脂。

【译文】

美人出浴，碧绿的池塘里莲花盛放，散发出芳香。她的双鬟被盘成云朵，容貌就如同美玉一样，脂粉被洗淡了的脸露出素净的蛾眉。

姿态文雅美丽，雪白的肌肤与嵌着金花的容器互相辉映。头发上的水珠断断续续地溅下来，脸上的油脂被融化了，浸透肌肤散发出香气。

定风波（江水沉沉帆影过）

江水沉沉帆影过，游鱼到晚透寒波。渡口双双飞白鸟，烟袅^①，芦花深处隐渔歌。

扁舟短棹归兰浦，人去，萧萧竹径透青莎^②。深夜无风新雨歇，凉月，露迎珠颗入圆荷。

【注释】

①烟袅：云烟缭绕。

②莎（suō）：莎草，多年生草本植物，地下的块根称"香附子"，可入药。

【译文】

船帆的影子在江水深沉的江面上划过，游鱼从早到晚在寒冷的江波中游动。渡口那边成双成对的白鸟纷纷飞起，云烟缭绕，渔人在芦苇丛深处唱着渔歌慢慢隐去。

用短桨划着小船回到长着兰草的水边，人就这样离去了。路上的竹林被风吹得萧萧作响，路上满是青色的莎草。深夜之时，风停了，雨也停了。冷月初上，颗颗露珠窜进荷叶之中。

尹鹗（六首）

【词人简介】

尹鹗，生卒、字号不详，成都人。曾事前蜀后主王衍，为翰林校书郎，累官至参卿。《花间集》称尹参卿。性格滑稽幽默，善写诗词，其词风多变，自成一格。存词 17 首，收于《花间集》《尊前集》中。今有王国维辑《尹参卿词》1 卷。《花间集》收录其词 6 首。

花间集　卷第九

267

临江仙（二首）

其一（一番荷芰生池沼）

一番^①荷芰生池沼，槛前风送馨香。昔年于此伴萧娘，相偎伫立，牵惹叙衷肠。

时逞^②笑容无限态，还如菡萏争芳。别来虚遣思悠飏，慵窥往事，金锁小兰房。

【注释】

①一番：一片。

②逞：展露。曹植《求自试表》："欲逞其才力，输能于明君也。"

【译文】

一片绿荷菱花生长在旧日的池塘，亭栏前的微风送来了菱荷的馨香。往年，我曾在此陪伴着美丽的姑娘。我们彼此相偎地站里着，情意绵绵，互诉衷肠。

她展露出无拘无束的笑容，含情无限的模样如荷花在争艳斗芳。离别之后我徒自相思，懒得想起往日的欢愉，只因为她的门前挂着金锁，人却已不知去向。

其二（深秋寒夜银河静）

深秋寒夜银河静，月明深院中庭。西窗幽梦等闲^①成，逡巡觉后^②，特地^③恨难平。

红烛半消残焰短，依稀暗背银屏。枕前何事最伤情，梧桐叶上，点点露珠零。

【注释】

①等闲：无端。

②逡巡：顷刻，不一会儿。觉后：醒来后。

③特地：特别。

【译文】

深秋的寒夜，银河是寂静的，皎洁的月光洒满深院中庭。西窗的乡愁同往常一样地幻入梦境，醒后片刻心中的幽怨尤难平静。

红烛快要燃尽了，闪动的烛光忽明忽暗，那一点如萤的残焰在银屏之后隐约跳动。枕前的这些景象什么最使我如此伤情？是那梧桐叶上的露珠，点点滴滴晶莹如泪花。

满宫花（月沉沉）

月沉沉，人悄悄，一炷后庭香袅。风流帝子①不归来，满地禁花②慵扫。

离恨多，相见少，何处醉迷三岛。漏清宫树子规啼，愁锁碧窗春晓。

【注释】

①帝子：此处指蜀宫妃子。

②禁花：宫禁内的落花。

【译文】

沉沉的月色，悄悄的人声，后庭的那一炷燃香，袅袅的烟絮缭绕飞旋。蜀宫妃子不再归来，宫禁内落花满地，也懒得去将它清扫。

太多的离愁别恨，太少的机会相见，不知他何处醉迷仙岛？凄清的更漏声中，宫树上的杜鹃鸟又在啼叫，我紧锁着眉头，碧窗之外又见春晓。

杏园芳（严妆嫩脸花明）

严妆①嫩脸花明，教人见了关情。含羞举步越罗轻，称娉婷。

终朝咫尺窥香阁，迢遥似隔层城。何时休遣②梦相萦，入云屏。

【注释】

①严妆：端正秀丽的妆容。

②休遣：不让。

【译文】

端庄的她拥有一张娇嫩的脸，如同花儿一样鲜明，无论是谁都会顿生爱慕之情。她含羞离去之时，越罗长裙轻轻地飘动，轻盈的姿态如娉婷仙女。

终日窥视着她的闺阁，尽管相隔咫尺，仿佛却隔着遥远的高城。什么时候才能让我停止梦中的思念？让我进入她的闺阁。

醉公子（暮烟笼藓砌）

暮烟笼藓砌①，戟门②犹未闭。尽日醉寻春，归来月满身。

离鞍偎绣袂③，坠巾花乱缀。何处恼佳人，檀痕衣上新。

【注释】

①藓砌：有苔藓的台阶。

②戟门：指显贵之家的大门。

③绣袂：代指女子。

【译文】

暮霭笼罩着长满石阶的苔藓，大门依然敞开着，还在等待着他的归来。他整日在外醉饮作乐，归来时满身尽是月色。

下马之后醉态朦胧，紧靠着搀扶者的绣腕，垂下的头巾上花儿散乱地点缀着。是什么让佳人恼怒？衣上又有沾染了口红的新迹。

菩萨蛮（陇云暗合秋天白）

陇云暗合秋天白，俯窗独坐窥烟陌①。楼际角②重吹，黄昏方醉归。

荒唐③难共语，明日还应去。上马出门时，金鞭莫与伊。

【注释】

①烟陌：暮霭笼罩的小路。

②角：号角。

③荒唐：行为不检点。

【译文】

旷野中幽暗的暮色渐渐地遮住秋日的苍茫，她俯窗独坐，看着炊烟四起的街巷。城楼上的号角又一次吹响，黄昏时分他才醉归。

他总是在外面而不顾家，我已很难与他说上话，说了也并不会改变什么，明日他还会去寻柳问花。等他再骑马出门之时，我不会把金鞭给他。

毛熙震（二十九首）

【词人简介】

毛熙震，生卒年、字号不详，蜀人。曾为后蜀秘书监，《花间集》称毛秘书。通音律，工诗词，其词多写闺情，辞藻华丽，亦有淡雅之作。今存词二十九首。有王国维辑《毛秘书词》一卷。

浣溪沙（七首）

其一（春暮黄莺下砌前）

春暮黄莺下砌前，水晶帘影露珠悬，绮霞①低映晚晴天。
弱柳万条垂翠带，残红满地碎香钿，蕙风②飘荡散轻烟。

【注释】

①绮霞：彩霞。
②蕙风：香风。

【译文】

春日的傍晚，黄莺飞落于阶前，水晶帘幕的珠影仿佛似露珠穿连。灿烂的晚霞映红傍晚的云天。

弱柳低垂着万条翠带，落花洒满庭院，犹如女子发上香钿，碎片坠落在地上，暮烟荡起香絮随香风飘散。

271

其二（花榭香红烟景迷）

花榭香红烟景迷①，满庭芳草绿萋萋，金铺闲掩绣帘低。

紫燕②一双娇语碎，翠屏十二晚峰③齐，梦魂消散醉空闺。

【注释】

①花榭：花坛。烟景：春日美景。

②紫燕：又称越燕，燕子的一种。

③十二晚峰：指画屏上巫山十二峰的晚景。

【译文】

鲜花开遍花坛，绿草长满庭院，烟景一派迷离。她掩门垂帘，满怀寂寞。

紫燕双飞，娇声碎语，画屏上巫山十二晚峰林立。她在空闺中神情如痴如醉，宛如梦境，魂魄飘散。

其三（晚起红房醉欲消）

晚起红房①醉欲消，绿鬟云散袅金翘，雪香花语②不胜娇。

好③是向人柔弱处，玉纤时急④绣裙腰，春心牵惹转无聊。

【注释】

①红房：华丽的闺房。

②雪香：指肌肤白而香。花语：指言语柔美。

③好：常、多之意。

④急：紧。

【译文】

很晚的时候才从闺房中起身，昨夜的醉意快要消尽。鬓边低垂着欲坠的金翘，乌黑的发髻已散成乱云。雪白的肌肤，温柔的声音，好一位娇滴滴的美人。

经常向人表现出娇美顺柔的样子，玉指不时拢地住绣裙腰。荡漾的春心牵着她的情思，转而成为消沉的相思。

其四（一只横钗坠髻丛）

一只横钗坠髻丛，静眠珍簟起来慵，绣罗红嫩抹①酥胸。
羞敛细蛾魂暗断，困迷②无语思犹浓，小屏香霭碧山重。

【注释】

①抹：掩住，贴住。

②困迷：困惑迷乱。

【译文】

一只横坠的金钗垂落在乌黑的发间，她静静地躺在席上，动也懒得动。红色的绣罗贴着胸脯。

她含羞地皱起细蛾眉，思绪还停滞在暗断的梦里，似乎被梦境的困惑迷乱着，默默无语地情思正浓。香雾笼罩着小屏上的重重碧山。

其五（云薄罗裙绶带长）

云薄罗裙绶带长，满身新裛瑞龙香①，翠钿斜映艳梅妆。
伴不觑人空婉约②，笑和娇语太猖狂③，忍教牵恨暗形相④。

【注释】

①裛（yì）：沾染、浸湿；熏染。瑞龙香：即龙涎香。

②觑（qù）：眯着眼睛看。婉约：娇羞的样子。

③猖狂：放任而无拘束，这里是撒娇之意。

④形相：细看。

【译文】

罗裙如云一样轻飘，丝带长垂，满身沾染刚熏的龙涎香，头饰翠绿，与时髦的艳梅妆相映衬。

表面上假装眼不视人，十分自在委婉含蓄，一语一笑又是那样的娇美

和洒脱。男子带着难言的怨恨，偷偷地观看这个女子的美丽仪容，恨自己不能与之相近。

其六（碧玉冠轻袅燕钗）

碧玉冠轻袅燕钗，捧心^①无语步香阶，缓移弓底绣罗鞋^②。

暗想欢娱何计好，岂堪期约有时乖^③，日高深院正忘怀。

【注释】

①捧心：双手抱着胸口，表示病态或娇态。用西施捧心典故。

②弓底鞋：古代缠足的妇女所穿的鞋。

③乖：背离。

【译文】

碧玉冠上，袅袅轻摇着燕形的金钗，双手敛袖抱在胸前，默默无语地似西子的娇态，弓底的绣鞋缓缓地移动，她漫步阶前愁思徘徊。

心中在暗自期望着相聚，却又不知如何安排约会，难以忍受在相约之时，想见之人却不能如约而至。中午高高的骄阳照着深院，她却依然在为相约之事冥思忘怀。

其七（半醉凝情卧绣茵）

半醉凝情卧绣茵，睡容无力卸罗裙，玉笼鹦鹉厌听闻。

慵整落钗金翡翠，象梳^①欹鬓月生云，锦屏绡幌^②麝烟熏。

【注释】

①象梳：象牙梳。

②绡幌：用薄绸做的幔帘。幌（huǎng）：布幔。

【译文】

她半醉半醒，眼含柔情，卧于绣榻之上。她睡意阑珊，无力去解罗裙，连玉笼中鹦鹉的欢快叫声也无心去听。

懒懒地去整理一下掉落的翡翠金钗，象牙梳斜插在鬓发上，好像明月出乌云。锦屏绡幔能，麝烟熏燃。

临江仙（二首）

其一（南齐天子宠婵娟）

南齐天子宠婵娟①，六宫罗绮②三千。潘妃③娇艳独芳妍，椒房兰洞④，云雨降神仙。

纵态⑤迷欢心不足，风流可惜当年。纤腰婉约步金莲⑥，妖君倾国⑦，犹自至今传。

【注释】

①南齐天子：南齐废帝东昏侯萧宝卷（483—501 年）。宠婵娟：指贪恋女色。此处特指潘妃。

②罗绮：代指宫女。

③潘妃：东昏侯妃子。

④椒房兰洞：古代妃子居所。此代指奢华的居处。

⑤纵态：放纵的样子。

⑥婉约：柔美。步金莲：据《南齐书》载：东昏侯凿地为金莲花，使潘妃行其上，曰："此步步生莲花也"。

⑦妖君倾国：媚惑国君，倾覆国家。

【译文】

南齐天子萧宝卷贪恋女色，六宫中有美女三千。娇艳的潘妃独享恩宠，椒房兰洞中，纵情云雨，快活似神仙。

神态放纵，迷恋欢情，心犹不足，可惜当初太过风流。纤腰柔美，步步生莲。媚惑国君，倾覆国家，妖媚祸国的名声从那时一直流传到现在。

其二（幽闺欲曙闻莺啭）

幽闺欲曙闻莺啭，红窗月影微明。好风频谢①落花声，隔帷残烛，犹照绮屏筝。

绣被锦茵眠玉②暖，炷香斜袅烟轻。淡蛾羞敛不胜情，暗思闲梦，何处逐云③行。

【注释】

①谢：吹落。

②眠玉：指美人睡态。

③云：代指行踪不定的游子。

【译文】

天就要亮了，在这深闺之中依然能听到外面婉转的莺鸣，微明的红纱窗内，倒映着正在西沉的月影。风儿不住地吹落残花，落地之时发出声响，帐外的残烛依旧照着绣屏下的古筝。

绣被锦褥让如玉的肌肤暖意融融，燃香斜旋的轻烟在袅袅飘动。她的淡眉含羞地微皱着，似乎是在惋惜梦断时的那份欢情，心里还在想着梦之人，不知他现在在何处漂泊？

更漏子（二首）

其一（秋色清）

秋色清，河①影淡，深户烛寒光暗。绡幌碧，锦衾红，博山香炷融②。

更漏咽，蛩鸣切，满院霜华如雪。新月上，薄云收，映帘悬玉钩。

【注释】

①河：指银河。

②融：指燃尽。

【译文】

秋夜凄清，淡淡的银河就想依稀的云影，深闺黯淡的烛光透着寒冷。绿色的纱幔，笼着绣被的殷红，博山炉的香絮长得似乎已经凝冻。

时断时续的更漏声似乎是在鸣咽，蟋蟀凄切的悲鸣里，满院霜花白如凝雪。新月初上，薄云飘散，绣帘上映出新月。

其二（烟月寒）

烟月寒，秋夜静，漏转金壶初永①。罗幕下，绣屏空，灯花结碎红②。

人悄悄，愁无了，思梦不成难晓。长忆得，与郎期，窃香③私语时。

【注释】

①初永：初长。指天初转长。

②碎红：指灯花的形状。

③窃香：指幽会男女偷情。用晋贾充之女以奇香私赠韩寿事。据《晋书·贾充传》载：韩寿美姿貌，贾充女见而悦之，潜通音好，时西域贡奇香，一着人则经月不歇，帝惟赐充，充女密窃而私贻寿。

【译文】

透着清寒的朦胧月色笼罩着秋夜的寂静，金壶刚刚响起长夜的滴漏声。静静的罗幕下，绣屏内依旧空空，只有灯花爆出点点火红。

她默默无声，心底的思愁没有穷尽，愁思无梦难熬到天明。往事萦绕在她的脑海中。曾经与情郎的约定，偷偷私语时的情景……

女冠子（二首）

其一（碧桃红杏）

碧桃红杏，迟日①媚笼光影，彩霞深。香暖熏莺语，风清引鹤音。
翠鬟冠玉叶②，霓袖捧瑶琴。应共吹箫侣③，暗相寻。

【注释】

①迟日：春日。

②冠：戴。玉叶：头上戴的首饰。

③吹箫侣：指萧史和弄玉。

【译文】

桃绿杏红，阳光和煦，映照着春日的明媚，天边飘着浓浓的彩霞。暖暖的香气中，黄莺在婉转地歌唱，清风中阵阵鹤鸣。

乌黑的浓发上佩着玉叶，长长的彩袖将瑶琴捧在怀中。她暗自希望和弄玉一样，也有一个吹箫的伴侣与她共度漫长的人生。

其二（修蛾慢脸）

修蛾慢①脸，不语檀心②一点，小山妆。蝉鬓低含绿，罗衣淡拂黄。
闷来深院里，闲步落花傍。纤手轻轻整，玉炉香。

【注释】

①慢：同"曼"，清秀之意。

②檀心：红唇。

【译文】

　　细长的弯眉显出清秀的面庞，一点檀红点在她沉默的唇上，发髻盘成小山形。薄薄的鬓发飘垂在耳旁，罗衣轻拂着淡淡的鹅黄。

　　烦闷之时，她又来到了深院，伴着满地的落花，闲步在花坛边。纤纤玉手轻轻地整理香案，拨弄着玉炉之中的燃香。

清平乐（春光欲暮）

　　春光欲暮①，寂寞闲庭②户。粉蝶双双穿槛舞，帘卷晚天疏雨。

　　含愁独倚闺帷，玉炉烟断香微。正是销魂③时节，东风满树花飞。

【注释】

①欲暮：即将逝去。

②闲庭：寂静的庭院。

③销魂：哀愁之意。

【译文】

　　春天即将逝去，空荡荡的庭院依然是静寂一片。双双飞舞的彩蝶在亭栏间穿来穿去，傍晚之时，帘外下起了稀稀落落的雨。

　　含着深深的愁情独自倚在绣帏

中，玉炉中只剩下一点残香，袅袅的轻烟时断时续。这是最让人愁苦不堪的时节，东风中满树的春花漫天纷飞。

南歌子（二首）

其一（远山愁黛眉）

远山愁黛碧，横波①慢脸明，腻香红玉茜罗②轻。深院晚堂人静，理银筝。

鬟动行云影，裙遮点屐声③，娇羞爱问曲中名④。杨柳杏花时节，几多情？

【注释】

①横波：指眼波。

②茜罗：绛色丝罗。

③点屐声：木屐着地的声音。屐（jī）：木屐。泛指鞋子。

④曲中名：即曲调名。

【译文】

远山一样的黛眉上，仿佛带着淡淡的愁容，清秀的脸上的一双明眸，流盼着秋水似的波影。那一身轻飘飘的大红罗裙，映衬出她的香肤如玉般润红。在夜阑人静的画堂深处，她为我弹奏银筝。

鬟发在轻轻飘动，如同白雪上掠过一缕云影，拖地的裙摆遮住了绣鞋，里面传出叩地的和拍声，娇羞地问我这首曲子叫什么名字。在这柳绿杏红的时节，这是多么可爱的柔情！

其二（惹恨还添恨）

惹恨还添恨，牵肠即断肠。凝情不语一枝芳①，独映画帘闲立，绣衣香。

暗想为云女②，应怜傅粉郎③。晚来轻步出闺房，髻慢钗横无力，纵猖狂④。

【注释】

①一枝芳：指女子沉静不语如一枝鲜花。

②为云女：指巫山神女。这里泛指多情美女。

③傅粉郎：魏时大臣何晏面白，魏明帝怀疑他傅了粉。此处指情郎。

④纵猖狂：指纵情云雨。

【译文】

相思惹怨恨，越是相思越是生恨，怀恋牵情肠，越是怀恋越是断肠。她凝情不语像一枝花儿，闲立的身影映在帘幕之上，绣衣飘散着缕缕幽香。

暗想当年似巫山神女般多情，应爱那俊美的少年郎。傍晚时分，轻迈着步子走出闺房前去与情郎幽会，她的发髻散乱金钗横坠，浑身无力。

何满子（寂寞芳菲暗度）

其一（二首）

寂寞芳菲暗度，岁华如箭堪惊。缅想①旧欢多少事，转添春思难平。曲槛丝垂金柳，小窗弦断银筝。

深院空闻燕语，满园闲落花轻。一片相思休不得，忍教长日②愁生。谁见夕阳孤梦，觉来③无限伤情。

【注释】

①缅（miǎn）想：缅怀；追思。

②长日：终日。

③觉来：醒来。

【译文】

青春的时光在寂寞中悄悄流逝，光阴如箭，快得令人心惊。回想旧事，许多的欢情平添了多少的春思，忧愁的心平静下来就更困难了。弯弯曲曲的亭栏边低垂着金丝似的细柳，小窗前还放着断了弦的银筝。

深院里空闻燕子的叫声，落花轻轻地飘落洒满空寂的院庭。相思缠绕心头，无休无止，只有让这生生不息的思愁来陪伴我漫漫的人生。谁在梦中见过夕阳那凄凉孤独的晚景？醒来总令我生出无尽的伤情。

其二（无语残妆淡薄）

无语残妆澹薄，含羞鲜袂①轻盈。几度香闺眠过晓，绮窗疏日②微明。云母帐③中偷惜，水晶枕上初惊。

笑靥嫩疑花坼，愁眉翠敛山横。相望只教添怅恨，整鬟时见纤琼④。独倚朱扉闲立，谁知别有深情。

【注释】

①鲜袂：垂袖。

②疏日：稀疏的阳光。

③云母帐：以云母为饰的帐。云母：一种矿石。

④纤琼：指佳人纤细的玉指。

【译文】

她默默无言，带着淡淡的残妆，含羞垂袖，体态轻盈。好几次在她的香闺内过夜到天明，稀疏的阳光透过绿窗，带来些许光明。云母屏帐内偷偷怜惜，水晶枕上醒来初惊。

笑时娇嫩得如初绽之花，忧愁时双眉如翠山横斜。抬头相望只能更添惆怅怨恨，整理云鬟时现出纤纤玉手。看起来是无事靠门独立，谁知这里面另有深意。

小重山（梁燕双飞画阁前）

梁燕双飞画阁前，寂寥多少恨，懒孤眠。晓来闲处想君怜，红罗帐，金鸭冷沉①烟。

谁信损婵娟②，倚屏啼玉箸③，湿香钿。四肢无力上秋千，群花谢，愁对艳阳天。

【注释】

①沉：沉香。

②婵娟：形容姣好面容。

③玉箸：比喻晶莹的泪行。

梁间燕子双双在画阁前飞舞，寂寞中眼含多少幽恨，慵懒时孤枕难眠。早上起来，悠闲独处，又想起情郎的怜爱。红罗帐中，金鸭香炉内沉香烟已熄灭。

谁能相信我容颜已憔悴，倚屏哭泣泪水长流，打湿脸上香钿。四肢无力，难上秋千，百花凋谢，面对这艳阳天，我愁眉不展。

定西番（苍翠浓阴满院）

苍翠浓阴满院，莺对语，蝶交飞，戏①蔷薇。

斜日倚栏风好，余香出绣衣。未得玉郎②消息，几时归。

【注释】

①戏：戏弄。

②玉郎：对丈夫的爱称。此处指情郎。

【译文】

满院都是树木浓阴的苍翠，在树上对鸣着的莺鸟，纷飞彩蝶在戏弄蔷薇。

清爽的晚风中，她倚栏看着落日的余晖，华丽的绣衣上飘散着淡淡的清香。还是没有得到郎君的消息，不知他什么时候才能归来。

木兰花（掩朱扉）

掩朱扉，钩翠箔①，满院莺声春寂寞。匀粉泪，恨檀郎，一去不归花又落。对斜晖，临小阁，前事岂堪重想着②。金带③冷，画屏幽，宝帐慵熏兰麝薄。

【注释】

①翠箔：翠色帘幕。

②想着：想起来。

③金带：枕头上的装饰物，这里指枕头。

【译文】

关上红色的闺门，拉上翠绿的帘幕，在春天寂寞里，害怕听到满院的莺歌。用妆粉抹去脸上的泪痕，心中怨恨情郎，一去竟不知归来，又到了花落时节。

对着夕阳的余晖，登上小楼绣阁，往事已不堪回想，不敢再想起昔日的情思。金带的绣枕冷冰冰的，画屏映着幽幽的暮色，薄薄的纱帐空空的，懒得再为它重熏起兰麝。

后庭花（三首）

其一（莺啼燕语芳菲节）

莺啼燕语芳菲节，瑞庭花发①。昔时欢宴歌声揭②，管弦清越。

自从陵谷追游③歇，画梁尘黦④。伤心一片如珪⑤月，闲锁宫阙。

【注释】

①瑞庭：指宫庭。花发：即《后庭花》。

②揭：揭调、高调。

③陵谷：丘陵和山谷。比喻世事的变化。追游：寻胜而游；追随游览。

④尘黦：尘斑。黦（yuè）：玷污。

⑤珪月：未圆的秋月。珪（guī）：同“圭”，长形玉版。

【译文】

莺啼燕语，芳菲时节，宫庭内有唱起了《后庭花》。从前的欢庆宴席上，歌声飞扬，管弦清越。

自从世事发生巨变之后，画梁上尘土堆积。心伤欲碎如一弯秋月，静静地笼罩着旧时宫阙。

其二（轻盈舞伎含芳艳）

轻盈舞伎含芳艳，竞妆①新脸。步摇珠翠修蛾敛，腻鬟云染。

歌声慢发开檀点，绣衫斜掩。时将纤手匀红脸，笑拈金靥②。

【注释】

①竞妆：入时的妆饰。

②金靥：女子酒窝处的黄色妆饰品。

【译文】

姿态轻盈的舞女就像含香的鲜花一样浓艳，入时的妆饰衬托出鲜嫩的脸颊。

头上的步摇缀着金珠翠玉，细长的弯眉轻轻地皴敛。浓密的鬓发，如乌云所染。

唱歌之时微微开启红唇，绣花的舞衣在胸前斜掩着。时常将玉手轻拂面庞，似乎是为了在涂匀脸上的粉，其实只是担心笑掉了脸上的贴花，而去轻轻地拈住金箔的花片。

其三（越罗小袖新香蒨）

越罗小袖新香蒨①，薄②笼金钏。倚栏无语摇轻扇，半遮匀面。

春残日暖莺娇懒，满庭花片。怎不教人长相见，画堂深院。

【注释】

①蒨（qiàn）：同"茜"，茜草，可以染绛色。此处形容衣色。

②薄：指薄纱。

【译文】

将飘香的大红越罗裁制成小袖短襟的新衫，薄薄的袖笼露出她臂上的金钏。她倚栏沉默，手中轻摇着的团扇总是在她脸上晃动，半遮着粉黛的芳颜。

春暮时阳光更暖，黄莺娇懒的歌声时续时断，凋残的春花纷纷飘落，庭中洒满残红千片。为什么不能让我经常与她相见，咫尺相望的画堂仅隔着幽深的庭院。

酒泉子（二首）

其一（闲卧绣帷）

闲卧绣帷，慵想万般情宠。锦檀偏，翘股①重，翠云敧。

暮天屏上春山碧，映香烟雾隔。蕙兰心，魂梦役②，敛蛾眉。

【注释】

①翘股：金钗之类的首饰。

②役：牵役，缠绕。

【译文】

闲卧在绣帐里面，懒得再去回想那万般被宠爱的甜蜜。斜靠在枕上，金钗翠翘重叠，浓密的黑发散落在枕上。

傍晚的霞光照亮了屏上春山的碧绿，映出如雾的香烟，好像是要隔断她的思绪。芳心常常被魂梦缠绕着，思愁都锁进了那紧皱的蛾眉里。

其二（钿匣舞鸾）

钿匣舞鸾①，隐映艳红修碧。月梳②斜，云鬓腻，粉香寒。
晓花微敛轻呵③展，袅钗金燕软。日初升，帘半卷，对妆残。

【注释】

①舞鸾：指镜中孤影。

②月梳：月形的梳子。

③呵：呵气。

【译文】

妆匣的铜镜上雕有飞鸾，隐映出她面容的红艳，细长的黛眉弯弯。月牙形的梳子斜插于发上，细细的鬓发轻拂着脸上香粉的微寒。

早晨的花儿微闭着，轻轻对它呵口气它就舒展开了，软软的燕形金钗在她的发间轻颤。太阳初升时，帘幕半卷，她对着鸾镜整理着残妆。

菩萨蛮（三首）

其一（梨花满院飘香雪）

梨花满院飘香雪，高楼夜静风筝①咽。斜月照帘帷，忆君和梦稀。
小窗灯影背，燕语惊愁态。屏掩断香②飞，行云③山外归。

【注释】

①风筝：此处指风铃。

②断香：阵阵的香气。

③行云：比喻远行的情人。

【译文】

满院的梨花就像是飘香的白雪，静夜中，高楼的檐下，筝片在风中呜咽。月儿斜照着帘幕，我思念的郎君，近来梦见的次数也少了。

小窗上映着幽暗的灯影，梁间的燕叫声惊断了愁梦。屏风中断断续续的香烟袅袅飘散，仿佛我刚刚梦到的行云，正从巫山飘回家中。

其二（绣帘高轴临塘看）

绣帘高轴①临塘看，雨翻荷芰真珠散。残暑晚初凉，轻风渡水香。
无聊悲往事，怎奈牵情思。光景②暗相催，等闲③秋又来。

【注释】

①高轴：高卷。

②光景：时光。

③等闲：无端。

【译文】

高卷起绣帘，在水边观赏雨中的荷塘，急雨如颗颗珍珠，在荷菱的绿叶之上翻扬。夏末的傍晚初来凉爽，风儿穿过急雨带来了阵阵荷花的清香。

闲来不禁悲叹往事，怎奈那往事又牵动情思。光阴暗暗催人衰老，无由之时，秋天又来了。

其三（天含残碧融春色）

天含残碧融春色，五陵薄幸①无消息。尽日掩朱门，离愁暗断魂。
莺啼芳树暖，燕拂回塘满。寂寞对屏山②，相思醉梦间。

【注释】

①五陵：指汉高帝长陵、惠帝安陵、景帝阳陵、武帝茂陵、昭帝平陵。均在今咸阳附近，因地近都城长安，附近迁来很多富豪。此处指富贵人家所居的地方。薄幸：浅薄轻浮。此指薄情郎。

②屏山：屏风上的山景。

【译文】

天色已晚含残碧，融入茫茫春色中，薄情郎依旧杳无消息。只有整天闭门独处，暗自伤神如魂断。

黄莺啼鸣，树木变绿，燕子又飞回来了，在池塘上空上下飞舞。屏风上的山景，满怀寂寞，只能把相思之情，寄于醉梦之中。

花间集 卷第十

李珣（三十七首）

【词人简介】

李珣（约855—930年），字德润，前蜀梓州（今四川三台）人。少有诗名，兼通医理，《花间集》称李秀才。诗词题材广泛，除男女闺情之外，也有抒怀之作，描写南方的风物颇有特色。词风清婉，与温韦词风相近，在花间派词人中别具一格。著有《琼瑶集》，已佚。《花间集》收录其词37首。

浣溪沙（四首）

其一（入夏偏宜澹薄妆）

入夏偏宜澹薄①妆，越罗衣褪郁金黄②，翠钿檀注助容光。

相见无言还有恨，几回拚却③又思量，月窗香径梦悠飏。

【注释】

①澹薄：即淡薄。

②郁金黄：郁金染成的黄色。郁金：草名，可制黄色染料，多年生草本。

③拚却：抛弃，舍弃。

【译文】

刚刚入夏的时节，这个时候的装束应该是穿上淡薄的衣装，越地丝绸做成的衣衫褪去了郁金草染成的金黄，翠色钗钿与红色胭脂增添了美艳的容光。

回想相见之时不知道说什么，心里却还有一些怨恨，几次想说分手，最后总是没有开口，月光满窗，花径幽幽，思念的悠长恰似一场梦一样。

其二（晚出闲庭看海棠）

晚出闲庭看海棠，风流学得内家妆①，小钗横戴一枝芳②。

镂玉梳斜云鬓腻，缕金衣透雪肌香，暗思何事立残阳。

【注释】

①风流：风韵。内家妆：皇宫内的妆束，即宫女们的妆扮模样。

②芳：指鲜花。

【译文】

在傍晚之时漫步闲庭观赏海棠，那风流的妆扮像是刚学会了宫内新妆。把一枝花儿横置在小巧的金钗上。

雕花的玉梳斜拢住云发，一缕细细的鬓发在耳旁轻飚，金丝薄衣里，雪白的肌肤散出淡淡的香味，不知是因何事而在夕阳下伫立凝望。

其三（访旧伤离欲断魂）

访旧伤离欲断魂，无因①重见玉楼人，六街②微雨镂香尘。

早为不逢巫峡梦③，那④堪虚度锦江春，遇花倾酒莫辞频。

【注释】

①无因：没有机缘。

②六街：泛指繁华街市。

③早为：已是。巫峡梦：指楚襄王梦巫山神女事。

④那：同"哪"。

【译文】

　　故地重游之时又勾起断肠的离恨，也许今生再没有机会重见楼上的伊人。大街上忽然下了一阵阵微雨，遍地落花荡起缕缕香尘。

　　本来就因为没有遇到巫山神女那样的艳事而遗憾，再加上目前又虚度了锦江美好的春色。如今岂能再次虚度这锦江之畔的新春，在这春花烂漫的时节，我将倾杯寻醉，不停痛饮。

其四（红藕花香到槛频）

红藕花香到槛频，可堪闲忆似花人，旧欢如梦绝音尘。

翠叠画屏山隐隐，冷铺纹簟水潾潾①，断魂何处一蝉新②。

【注释】

①水潾（lín）潾：波光闪烁的样子。此处形容凉席的花纹。

②一蝉新：突然响起一声蝉鸣。

【译文】

　　一阵阵微风吹过亭栏，不断飘来红莲的香馨，让我如何才能忍受悠悠的思念，我又想起那如花的姑娘，旧日的欢情好像一场梦，此时的她已是杳无音信。

　　隐约可见画屏上翠山叠叠，清冷的竹席之上，似水的花纹漂动着宛如波光潾潾。不知什么地方响起一阵蝉鸣，是不是要召回我飘断的思魂？

渔歌子（四首）

其一（楚山青）

楚山青，湘水绿，春风澹荡看不足①。草芊芊，花簇簇，渔艇棹歌相续。

信②浮沉，无管束，钓回乘月归湾曲。酒盈樽，云满屋，不见人间荣辱。

【注释】

①潎荡：即淡荡，水波动荡的样子。不足：不够。

②信：任由。

【译文】

青青的楚山，明静的湘水，清风徐来，让人流连忘返。青草茂盛，繁花盛开，海艇与小船来往穿梭，悠然垂钓于清波之上，歌声不断。

任由小艇随意上下浮沉，无拘无束，垂钓归来之时，身披月色驶入港湾。杯中的酒已斟满，轻烟如云满屋缭绕，在这儿不见人间荣辱，也不分尊卑贵贱。

其二（荻花秋）

荻①花秋，潇湘夜，橘洲②佳景如屏画。碧烟中，明月下，小艇垂纶③初罢。

水为乡，篷作舍，鱼羹稻饭常餐也。酒盈杯，书满架，名利不将心挂。

【注释】

①荻（dí）：植物名，多年生草本，生长在路边和水旁。

②橘洲：又名橘子洲、下洲、水鹭洲、水陆洲、长岛，因多橘而闻名。在湖南长沙湘江中。

③垂纶（lún）：垂钓。纶：较粗的丝线，常指钓鱼线。

【译文】

潇湘的夜里，微风吹拂着秋天的荻花，橘子洲头的美景如同屏上的山水画。浩渺的烟波中，皎洁的月光下，收拢钓鱼的丝线，摇起小艇归去。

绿水就是家园，船篷就是屋舍，每日三餐是糙米鱼虾。面对满杯的水酒，望着满架的诗书，已心满意足，不再牵挂名利。

其三（柳垂丝）

柳垂丝，花满树，莺啼楚岸①春山暮。棹轻舟，出深浦，缓唱渔歌归去。

罢垂纶，还酌醑②，孤村遥指云遮处。下长汀，临浅渡，惊起一行沙鹭③。

【注释】

①楚岸：楚江之岸。长江濡（rú）须口以上至西陵峡，古称楚江。

②醑（xǔ）：美酒。

③沙鹭：栖息在沙滩或沙洲上的鹭鸶。

【译文】

垂柳轻摇着细长如丝的枝条，树上开满了花儿，莺啼草绿的楚江畔，最美的是春日傍晚之候。划起一叶轻舟，驶出深深的水浦，缓缓唱着渔歌悠悠归去。

垂钓回来，去品酌美酒，遥望被水雾笼罩的远处，心已飞向云烟袅袅的孤村头。绕过江边的沙洲，将船舶停在浅滩，下船时匆忙的脚步声惊起一行沙鹭。

其四（九疑山）

九疑山①，三湘水②，芦花时节秋风起。水云间，山月里，棹月穿云③游戏。

鼓清琴，倾渌蚁④，扁舟自得逍遥志。任东西，无定止，不议人间醒醉。

【注释】

①九疑山：即九嶷山。在今湖南宁远县南，相传虞舜葬于此。

②三湘水：流经湖南的三条江水。湘水发源与漓水合流后称漓湘，中游与潇水合流后称潇湘，下游与蒸水合流称为蒸湘，总名三湘。这里指湘江水域。

③棹月穿云：月和云倒映水中，舟行其上，棹点水中月，舟穿水中云。

④渌（lù）蚁：酒的别称。酒初熟时有渣，浮如小蚁，故称。渌：同"醁"，美酒。

【译文】

三湘水的清波映衬着九嶷山的苍绿，芦花飘白的时节，秋风荡起涟漪。

云在水里，山和月也在水里，我摇着船儿，如一弯新月在云间穿行游戏。

畅饮新酒，弹着清越的琴曲，一叶扁舟自由自在地飘荡着，这正是我所追求的逍遥。随着船儿东游西荡，没有目的，远离开人间是非，也不用议论谁是清醒的、谁是醉迷的。

巫山一段云（二首）

其一（有客经巫峡）

有客经巫峡，停桡向水湄①。楚王曾此梦瑶姬，一梦杳无期。
尘暗珠帘卷，香消翠幄垂。西风回首不胜悲，暮雨洒空祠②。

【注释】

①水湄（méi）：水岸。湄：岸边，水与草交接的地方。

②祠：指巫山神女祠。相传为楚怀王立，号为朝云。

【译文】

乘那途径巫峡的客船，在船停之后走向岸边。就是这里，楚王曾梦游此地与神女相会。谁知那一梦之后，两人都互断音讯，再也没有相见。

灰暗的尘土，已积满高卷的珠帘，殿堂静垂着绿色的帐帘，往日的香火早已经香销烟散，西风萧瑟，回首楚王梦神女的旧事，心中充满了不尽的惆怅，只见暮雨晚风吹打着巫山神女的空祠。

其二（古庙依青嶂）

古庙依青嶂①，行宫②枕碧流。水声山色锁妆楼③，往事思悠悠。
云雨朝还暮，烟花春复秋。啼猿何必近孤舟，行客自多愁。

【注释】

①古庙：指巫山神女庙。青嶂（zhàng）：即十二峰。嶂：形势高险像屏障的山峰。

②行宫：京城以外供帝王出巡时居住的宫室。此处指楚灵王游宴处，俗称细腰宫。

【译文】

古庙依着青翠的巫山，行宫枕着碧绿的江流。水声山色环抱着神女的妆楼，悠悠往事让人发出无限的感慨。

朝云过后依然是苦雨，美丽的春天过后又是金秋。山间的啼猿何必再靠近孤舟，何必再对着行客悲啼，远行的旅客自有许多忧愁啊。

临江仙（二首）

其一（帘卷池心小阁虚）

帘卷池心小阁虚，暂凉闲步徐徐。芰荷经雨半凋疏，拂堤垂柳，蝉噪夕阳余。

不语低鬟①幽思远，玉钗斜坠双鱼②。几回偷看寄来书，离情别恨，相隔欲何如？

【注释】

①低鬟：低头。

②双鱼：钗上的双鱼形花饰。

【译文】

池心小阁，朱门虚掩，帘栊高卷，她在阁外散步乘凉。经过一夜风雨，菱花与荷花凋零大半。夕阳余晖下，垂柳拂堤，蝉声阵阵。

低头不语，情思幽远，玉钗上的双鱼形花饰斜坠。好几次偷看寄来的书信，信中满是离情别恨，然而相隔万里，又能如何？

其二（莺报帘前暖日红）

莺报帘前暖日红，玉炉残麝犹浓。起来闺思尚疏慵①，别愁春梦，谁解此情悰②。

强整娇姿临宝镜，小池一朵芙蓉③。旧欢无处再寻踪，更堪回顾，屏画九疑峰④。

【注释】

①疏慵：疏慢懒散，精神不振。

②情悰（cóng）：情怀；情绪。悰：欢乐；乐趣。

③小池：代指镜子。芙蓉：比喻佳人姿容美丽。

④九疑峰：即九嶷山，指画屏上所绘。

【译文】

啼叫的莺鸟仿佛在报告着，暖暖的朝阳已经映红帘栊，玉炉中的残香，缥缈的烟絮依旧很浓。懒起从闺中起来，思绪还停留在昨夜的梦境中。在漫长的别愁里，谁能知道春梦带给她多少欢情呢？

强忍住心中的激动，对着镜子梳整妆容，那含羞的娇脸，如同池中的一朵芙蓉。往昔的欢娱好似一场幻梦，如今已无处再寻踪影。只有将那悠悠的思念，寄与画屏上的九嶷群峰。

南乡子（十首）

其一（烟漠漠）

烟漠漠①，雨凄凄，岸花零落鹧鸪啼。远客扁舟临野渡②，思乡处，潮退水平春色暮。

【注释】

①漠漠：烟雾迷蒙的样子。

②扁（piān）舟：小船。临野渡：靠近荒野渡口处。

【译文】

水雾蒙蒙，细雨凄凄，岸上的春花凋零飘落，鹧鸪在声声悲啼。远客驾着扁舟，靠近荒滩渡口，这个让人思乡之地，浪平潮退，已是黄昏之时。

其二（兰棹举）

兰棹举，水纹开，竞携藤笼①采莲来。回塘深处遥相见，邀同宴，渌酒一卮红上面②。

【注释】

①藤笼：藤编的笼子。

②一卮：一杯。卮（zhī）：古代酒器。上面：上脸，喝酒后脸色发红。

【译文】

摇起了小船的双桨，划破平静的水面，姑娘们拿着藤笼竞相去池塘采莲。在荷塘的深处，她们远远地相唤，相邀同饮美酒，一杯便红透了脸。

其三（归路近）

归路近，扣舷歌，采真珠处水风多①。曲岸小桥山月过，烟深锁，豆蔻②花垂千万朵。

【注释】

①真珠：即珍珠。水风：指船歌。

②豆蔻：多年生常绿草本植物，产岭南，可入药。

【译文】

船儿渐渐靠近村落，姑娘们扣着船舷唱起歌儿。珍珠之乡都有很多的船曲，船曲同珍珠一样多。一条弯弯的小河上有一座弯弯的小桥，弯弯的月儿正穿过山间。被炊烟笼罩的小村旁，豆蔻花开了千朵万朵。

其四（乘彩舫）

乘彩舫①，过莲塘，棹歌惊起睡鸳鸯。游女带香偎伴笑，争窈窕，竞折团荷遮晚照②。

【注释】

①彩舫（fǎng）：画舫，一种五彩缤纷的船。舫：泛指小船。

②晚照：夕阳的余晖。

【译文】

乘着五彩缤纷的船，驶过飘香的荷塘，船歌悠扬，惊醒酣睡的鸳鸯。满身荷香的少女相偎嬉笑，这些少女个个姿态美好，落日的霞光映红了笑脸，她们争相用荷叶遮住夕阳。

其五（倾渌蚁）

倾渌蚁，泛红螺①，闲邀女伴簇笙歌。避暑信船②轻浪里，闲游戏，夹岸荔枝红蘸水③。

【注释】

①泛：溢出。红螺：一种用红螺做的酒器。

②信船：纵任小舟飘荡。

③蘸：浸入。

【译文】

斟上满满的美酒，溢出红螺酒杯，闲来欣邀女伴相聚，伴着笙唱起欢歌。在船上避暑真快活啊，任由小船在轻浪里漂流，在悠闲的游戏中观赏美景，两岸的荔枝把水映成了红色。

其六（云带雨）

云带雨，浪迎风，钓翁回棹①碧湾中。春酒②香熟鲈鱼美，谁同醉？缆却扁舟篷底睡。

【注释】

①回棹：回船。

②春酒：冬季酿制、春季而成的酒。

【译文】

　　冒着云带来的雨，冲出波浪卷起的狂风，垂钓的人顶着狂风暴雨，驾着船儿驶回宁静的港湾。船上飘来美酒和鲈鱼的香味，莫非有谁与他共饮？原来他只是在拴缆的扁舟篷下，独饮、独醉、独睡。

其七（沙月静）

　　沙月静，水烟①轻，芰荷香里夜船行。绿鬟红脸谁家女？遥相顾，缓唱棹歌②极浦去。

【注释】

　　①水烟：水雾。

　　②棹歌：以桨击节而歌。此处指船歌。

【译文】

　　月儿映照着沙滩的静寂，水雾呈现出梦一样的迷离，在菱花红莲飘香的湖上，一条小船穿行在月光里。发浓如云，脸红似玉，那是谁家的女子？她远远地看着我，缓慢悠扬地哼着船歌向远方驶去。

其八（渔市散）

　　渔市散，渡船稀，越南①云树望中微。行客待潮天欲暮，送春浦，愁听猩猩啼瘴雨②。

【注释】

　　①越南：古百越之地。今闽、粤一带。

　　②瘴雨：含瘴气的雨。

【译文】

　　渔市已经散去，渡船逐渐稀疏，远远望去岭南如云的树林已经很难看得清楚。行客在傍晚等待涨潮起航，送他去春浦，听着猩猩在瘴雨中的啼叫，心中充满离别的愁绪。

其九（拢云髻）

拢云髻，背①犀梳，焦红②衫映绿罗裙。越王台③下春风暖，花盈岸，游赏每邀邻女伴。

【注释】

①背：插。

②焦红：即"蕉红"，深红色。

③越王台：西汉南越王赵佗筑。在今广东越秀山上。

【译文】

梳拢如云的鬟丝，把犀角梳子插于鬟发间，绣罗衣襟的碧绿映衬出衣衫的红艳。越王台下春风正暖，春花开满珠江两岸，频频邀请邻家女一起去赏花游玩。

其十（相见处）

相见处，晚晴天，刺桐①花下越台前。暗里回眸深属意②，遗双翠，骑象背人③先过水。

【注释】

①刺桐：植物名，似桐而有刺。

②属意：暗含情意，心有所属。

③背（bèi）人：指避开别人。

【译文】

初晴的一个傍晚，她和他终于相见，在刺桐树的花下，在越王台前的江边。她在回眸中表达了心中的爱，又将玉佩遗落在他的面前。避开其他人骑着大象先过江去，在江的对岸等他来见面。

女冠子（二首）

其一（星高月午）

星高月午，丹桂青松深处。醮坛开，金磬①敲清露，珠幢②立翠苔。
步虚声③缥缈，想象思徘徊。晓天归去路，指蓬莱。

【注释】

①磬（qìng）：古代的一种铜制打击乐器，形如钵。

②珠幢（chuáng）：以珠为饰的旌旗。幢：古代仪仗中的一种旗帜。

③步虚声：道士诵经的声音。

【译文】

午夜星高月圆时分，丹桂青松的丛林深处。祭坛求神的仪式开始，金磬在清凉的晨露中响起，珠旗在翠阶上伫立着。

神秘幽远的诵经声好似是来自天外的缥缈，让人的思绪中充满了想象，徘徊在幻梦里。天明时归去的路，直通蓬莱仙岛。

其二（春山夜静）

春山夜静，愁闻洞天①疏磬。玉堂②虚，细雾垂珠佩，轻烟曳翠裾。

对花情脉脉，望月步徐徐。刘阮今何处？绝来书。

【注释】

①洞天：道家仙人所居处。

②玉堂：仙人所居内室。

【译文】

春山的夜笼罩着静寂，更害怕听见那稀疏的钟磬声。空荡荡的庵堂里，相伴

她身边的，只有念珠上飘绕的薄雾，绿襟上缭绕的烟絮。

她含情脉脉地望着花儿，在徘徊的漫步中望着月儿。刘郎啊，你到底在哪儿，为什么会断了书信呢？

酒泉子（四首）

其一（寂寞青楼）

寂寞青楼①，风触绣帘珠碎撼②。月朦胧，花暗淡，锁春愁。

寻思往事依稀梦，泪脸露桃红色重。鬓欹蝉，钗坠凤，思悠悠。

【注释】

①青楼：此处指女子所居处所。

②珠碎撼：指帘上的珠翠零乱地摇动。

【译文】

寂寞的青楼，夜风吹动着珠帘，摇碎帘幕上的流苏。朦胧的月儿与暗淡的花儿锁住春日的愁绪。

回想的往事模糊如同梦境，满脸的伤心泪啊，好像红颜桃花上珠露重重。风吹着鬓发在耳边斜飞，凤钗的坠儿不停地摇动，我思念悠悠弥漫在无尽的夜空。

其二（雨渍花零）

雨渍花零①，红散香凋池两岸。别情遥，春歌断，掩银屏。

孤帆早晚离三楚②，闲理钿筝愁几许。曲中情，弦上语，不堪听。

【注释】

①渍（zì）：浸泡、淋湿。零：零落。

②三楚：战国楚地，今黄淮至湖南一带。

【译文】

花儿在雨中凋落，小池的两岸残红满地。浸水的红色渐渐褪去，一缕残香在风中飘零。遥远的思念依旧萦绕着我，在中断的春歌里，在关掩的银屏上。

他的孤船也许正在朝霞暮霭中离开江陵。我在孤寂中弹着消愁的筝曲，而筝曲却让我平添了不知多少愁情。那曲中的幽思，银弦的悲鸣，让我不忍再听下去。

其三（秋雨联绵）

秋雨联绵，声散败①荷丛里。那堪深夜枕前听，酒初醒。

牵愁惹思更无停，烛暗香凝天欲曙。细和②烟，冷和雨，透帘旌。

【注释】

①败：枯败。

②和：含着，夹着。

【译文】

秋雨连绵，淅淅沥沥地敲打着已经凋败的荷丛中。夜深之时，醉后初醒，不忍再听那枕前的雨声。

雨声牵扯着愁思，好似凄凄的秋雨绵绵不止，在暗淡的烛光里看着香烛燃尽，直到天将明时分。窗外的细烟冷雨，透过了帘幕。

其四（秋月婵娟）

秋月婵娟①，皎洁碧纱窗外。照花穿竹冷沉沉，印池心。

凝露滴，砌②蛩吟，惊觉谢娘残梦。夜深斜傍枕前来，影徘徊③。

【注释】

①婵娟：形容形态美好。

②砌：台阶上。

③影：指月影。徘徊：依恋不舍的样子。此处有摇荡之意。

【译文】

秋月娇媚秀丽，碧纱窗外一片皎洁。秋月照着花儿，穿过竹林，寒气沉沉，倒映在池水中。

花上露珠凝聚低落，阶前蟋蟀低吟，惊醒了女子的残梦。深夜月影动荡，斜斜地映照在枕头边。

望远行（二首）

其一（春日迟迟思寂寥）

春日迟迟①思寂寥，行客关山路遥。琼窗时听语莺娇，柳丝牵恨一条条。

休晕绣②，罢吹箫，貌逐残花暗凋。同心③犹结旧裙腰，忍辜风月度良宵。

【注释】

①迟迟：舒缓、从容不迫之意。

②晕绣：刺绣基本技法之一，用彩线绣成颜色自然的花纹。

③同心：即同心结，用锦带制成的菱形连环回文结，表示恩爱之意。

【译文】

春天的白昼越来越长，我越发难以忍受思愁带来的寂寥，遥想他远行在关山道上，与我相距路途遥远。镂花的雕窗外，总是能听到黄莺的娇语，窗外的丝丝垂柳，条条都牵着怨愁在心中缠绕。

已经无心刺绣，更没有兴致弹琴吹箫，美丽的容貌像暮春的花瓣，渐渐凋落，暗黄枯焦。昔日订情的同心结，仍旧束着旧裙的纤腰处，如何能忍心辜负春风明月，虚度良宵。

其二（露滴幽庭落叶时）

露滴幽庭落叶时，愁聚萧娘①柳眉。玉郎一去负佳期，水云迢递②雁书迟。

屏半掩，枕斜欹，蜡泪无言对垂。吟蛩断续漏频移③，入窗明月鉴④空帷。

【注释】

①萧娘：代指美丽的女子。

②迢递：遥远。

③移：刻漏上银箭在移动。

④鉴：照。

【译文】

露珠滴落在幽静的小院中，又到了秋黄叶落之时，女子紧皱愁眉。情郎一去误了相会佳期，天高水长，路途遥远，书信迟迟不来。

小屏半掩，斜靠山枕，双蜡默默，相对垂泪。蟋蟀的叫声断断续续，时光一刻刻在消逝。明月射进窗内，照着空虚的罗帷。

菩萨蛮（三首）

其一（回塘风起波纹细）

回塘①风起波纹细，刺桐花里门斜闭。残日照平芜②，双双飞鹧鸪。
征帆何处客，相见还相隔。不语欲魂消，望中③烟水遥。

【注释】

①回塘：弯弯曲曲的池塘。

②平芜：布满杂草的原野。

③望中：视野之内。

【译文】

弯弯曲曲的池塘上，风吹起一片清波涟漪。在刺桐花的斜影中关闭院门。在映着残夕的旷野中，鹧鸪正双双结伴远去。

远行的船只不知要驶向何方，远远相隔又远远相望。我默默地立岸边，让思魂随着船帆在水上漂荡，直到帆影渐渐消失，寥廓的江天只剩下茫茫烟水。

其二（等闲将度三春景）

等闲①将度三春②景，帘垂碧砌参差影。曲槛日初斜，杜鹃啼落花。
恨君容易处，又话潇湘去。凝思倚屏山，泪流红脸斑。

【注释】

①等闲：平常。

②三春：孟、仲、季三春，即整个春季。

【译文】

不知不觉春天即将逝去，静静的青石阶上映着垂帘交错的影迹。斜阳照着曲折的栏杆，片片落花引来杜鹃阵阵哀啼。

只恨郎君太薄情，轻易离开我远去潇湘。我终日倚屏痴想，哭红的脸上泪痕斑斑。

其三（隔帘微雨双飞燕）

隔帘微雨双飞燕，砌花①零落红深浅。捻②得宝筝调，心随征棹遥。
楚天云外③路，动④便经年去。香断画屏深，旧欢何处寻？

【注释】

①砌花：落洒在阶台上的花瓣。

②捻：弹奏弦乐的一种指法。

③楚天云外：古楚国地域以外，表示路程遥远。

④动：动辄，不觉，不经意。

【译文】

隔着珠帘看见微雨中双双飞起的春燕，石阶上落下了颜色深深浅浅的残花。弹筝的曲调，心也仿佛随着征帆飘向远方。

通向南方的路远在云外天边，他不觉中一去就是一年。画屏深处烟消香冷，不知去哪里寻找昔日的欢乐？

西溪子（金缕翠钿浮动）

金缕翠钿浮动①，妆罢小窗圆梦②。日高时，春已老，人来到。满地落花慵扫。无语倚屏风，泣残红。

【注释】

①浮动：颤动。

②圆梦：回想昨夜做的梦。

【译文】

朝霞的缕缕金光在她发间的翠钿上浮动，梳妆后，她仍旧痴坐在窗前，细细地回想夜里的梦。太阳高高升起的时候，春色已经褪去了往昔的荣华，相约的人应该要来了。无心去扫满地的落花。默默无言地倚着屏风，对着落花哭泣。

虞美人（金笼莺报天将曙）

金笼莺报天将曙，惊起分飞①处。夜来潜②与玉郎期，多情不觉酒醒迟，失归期。

映花避月遥相送，腻鬓偏垂凤。却回③娇步入香闺，倚屏无语捻云篦④，翠眉低。

【注释】

①分飞：分别。

②潜：暗地里。

③却回：返回。

④云篦：云母所饰的篦梳。白居易《琵琶行》："钿头云篦击节碎，血色罗裙翻酒污。"

【译文】

金笼中黄莺的啼声报道天将黎明，莺声惊醒了将要分别的恋人。夜里悄悄与情郎欢聚，沉入多情的爱河里，不知不觉喝多了酒，醒来时已迟了归期。

穿过花丛，避开残月，依依不舍地送走情郎，发鬓边风钗斜垂。她娇柔地转身回到自己的闺阁，倚着屏风沉默无语，手中捻弄着篦梳，低头轻蹙翠眉。

河传（二首）

其一（去去）

去去，何处？迢迢巴楚①，山水相连。朝云暮雨，依旧十二峰前，猿声到客船。

愁肠岂异丁香结②？因离别，故国③音书绝。想佳人花下，对明月春风，恨应同。

①迢迢巴楚：意思是巴山楚水，相隔遥远。巴：四川一带。楚：江汉一带。

②丁香结：丁香的花蕾，含苞不放。诗词中多以喻愁结不解。

③故国：故乡。这里指蜀地。

【译文】

走啊走！走到何处才是尽头？迢迢巴山与楚水，山水相连。神女的相思幻化成朝云暮雨，在巫山的十二峰前徘徊不去，一阵猿啼迎来了客船。

勾起远客思乡的愁和丁香的花蕾有什么分别呢？只因为这远远的别离，故园的音信就此隔绝。遥想佳人在花下，迎着春风，对着明月，她的离愁别绪与我应是一样的。

其二（春暮）

春暮，微雨。送君南浦，愁敛双蛾。落花深处，啼鸟似逐离散，粉檀珠泪和。

临流①更把同心结，情哽咽，后会何时节？不堪回首，相望已隔汀洲，橹声幽②。

【注释】

①临流：指船就要走了。

②幽：幽微。说明舟已远去。

【译文】

晚春时节，细雨濛濛。南浦送君离别，她愁眉紧锁，就好像悲啼的鸟儿被驱赶着四处飞散，粉脂和着眼泪一起流淌。

船就要走了，哽咽着挽着同心结，再相会不知是何时节？不敢回头，再相望已被水中沙洲所隔，只能听到幽长的橹声。

参考文献

[1] 赵崇祚 . 花间集校 [M]. 北京：人民文学出版社，2017.

[2] 赵崇祚 . 万卷楼国学经典（升级版）：花间集 [M]. 沈阳：万卷出版公司，2017.

[3] 柯宝成 . 花间集 [M]. 武汉：武汉出版社，2017.

[4] 赵崇祚 . 杨景龙校注 . 中国古典文学基本丛书：花间集校注（全四册）[M]. 北京：中华书局，2015.

[5] 赵崇祚，墨香斋 . 花间集：品味古人审美情趣及艺术成就 [M]. 北京：中国纺织出版社，2015.

[6] 赵崇祚 . 崇贤馆藏书：花间集 [M]. 北京：北京联合出版公司，2014.

[7] 杨鸿儒 . 古典名著聚珍文库：花间集 [M]. 杭州：浙江古籍出版社，2013.

[8] 赵崇祚 . 大中华文库：花间集 [M]. 北京：译林出版社，2013.

[9] 赵崇祚 . 家藏四库系列：花间集（插图本）[M]. 南京：凤凰出版社，2012.

[10] 赵崇祚 . 文华丛书系列：花间集 [M]. 南京：江苏广陵书社有限公司，2011.